Tödliche Rollenspiele

AF217806

Das Buch

Der Klassenlehrer behauptet, es sei eine nette, harmlose Truppe, aber Hannah Schmielink, Schulpsychologin aus Münster, ist ratlos: Warum reden die Mitschüler der von einem Segelschiff verschwundenen Maybritt nicht mit ihr? Was geht in dieser »Eiskammer« vor sich? Klassen-Clown Miguel, Handy-Freak Lennart, die Erzfeindinnen Amelie und Nadine, der stets schrill gekleidete Marvin und Dialysepatient Jonathan scheinen ein schreckliches Geheimnis zu hüten.

Weder von ihrem gesundheitlich angeschlagenen Ehemann – Hauptkommissar bei der Kripo Münster – noch vom Kollegium des Berufskollegs in Rheine erfährt Hannah nennenswerte Unterstützung. Nur Franziska, die Freundin der verschwundenen Schülerin, will die Wahrheit wissen – um jeden Preis – und löst eine verhängnisvolle Kette von Ereignissen aus. Als ein Mord geschieht, steht bald fest, dass der Täter in der Schule zu finden ist. Hannah kennt alle Verdächtigen – und lässt sich dennoch täuschen. Es wird eng für sie...

Die Autorin

Helga Streffing wurde in Werne geboren und ist in Rheine aufgewachsen. Nach dem Studium von Anglistik und Sozialwissenschaften in Münster hat sie viele Jahre an verschiedenen Berufskollegs unterrichtet und war zusätzlich als Schulseelsorgerin tätig. Sie ist verheiratet und lebt mit ihrem Mann in Rheine. In einem Sabbatjahr begann sie Krimis zu schreiben. »Tödliche Rollenspiele« ist der sechste Fall um die Münsteraner Schulpsychologin Hannah Schmielink.

Näheres in ihrem Krimiblog »muensterlandkrimi.wordpress.com« und auf ihrer Facebook-Autorenseite »Helga Streffing und ihre Krimis«.

Außerdem erschienen im Dialogverlag:

Tod im Kollegium (ISBN: 978-3-941462-47-2)

Tod im Kloster-Internat (ISBN: 978-3-941462-59-5)

Tod im Golddorf (ISBN: 978-3-941462-79-3)

Pilgerfahrt in den Tod (ISBN: 978-3-944974-06-4)

Tödliche Familien (ISBN: 978-3-944974-24-8)

Tod im Nachbarhaus (ISBN 978-3-944974-51-4)

Helga Streffing

Tödliche Rollenspiele

Der sechste MÜNSTERLAND-KRIMI
mit Hannah Schmielink

 dialogverlag

Besuchen Sie uns im Internet:
www.dialogverlag.de

Umwelthinweis:
Dieses Buch wurde auf chlor- und säurefreiem Papier gedruckt.

Bibliografische Information der Deutschen Nationalbibliothek
Die Deutsche Nationalbibliothek verzeichnet diese Publikation in der Deutschen
Nationalbibliografie; detaillierte bibliografische Daten sind im Internet über
http://dnb.d-nb.de abrufbar.

ISBN 978-3-944974-33-0
2. Auflage 2021
© 2018 by **dialog**verlag

Titelbild und grafische Gestaltung: Michael Bönte und Ruth Feldbrügge
Gesamtherstellung: **dialog**verlag

Denn das Böse triumphiert alleine dadurch,
dass gute Menschen nichts tun.

Edmund Burke
(Philosoph und Schriftsteller)

Gegen halb acht abends –

Berufskolleg Dorenkamp

Sie parkte ihren Wagen direkt vor dem Haupteingang. Um diese Zeit würde sie dort niemanden stören. In aller Eile lud sie ihre Utensilien aus und hastete zur Tür. Aus dem Augenwinkel sah sie, dass Jasmin bereits Ordnung auf dem Schulhof geschaffen hatte.

Mit dem Ellenbogen drückte sie die Klinke herunter: nicht abgeschlossen. Wieder einmal! Dabei waren sie allein in dem riesigen Gebäude. Sie musste dringend mit ihrer Kollegin darüber reden. Aber nicht heute.

Sie bugsierte den Wagen mit Eimern, Putzmitteln und Wischern vorsichtig durch die schwere Glastür und wandte sich in Richtung Aula. Im Foyer fand sie ihre Kollegin, die sich mit Stöpseln im Ohr dem Boden widmete und vor sich hinsummte.

Als sie sie am Arm berührte, machte Jasmin einen Satz und fummelte hektisch an ihren Ohren. »Du bist es!«, keuchte sie. »Ich hatte schon gar nicht mehr mit dir gerechnet.«

Mal wieder schnippisch wie es Jasmins Art war, aber heute wagte sie nicht zu kontern. Die Kollegin hatte ihr wirklich die meiste Arbeit schon abgenommen. Aber was konnte sie dafür, dass dieser Sonderauftrag in der Schule genau auf den Geburtstag ihres Sohnes fiel? Immerhin gab es für sie beide eine hübsche Summe extra dafür.

7

»Ich habe mich total beeilt, aber es hat gedauert, bis die Kids Pommes und Würstchen verdrückt hatten und von ihren Eltern abgeholt wurden. Dann musste ich Jerry zu meinem Ex bringen. Von da bin ich so schnell wie möglich hierher gerast. – Draußen ist schon alles klar, habe ich gesehen.«

Betont gelassen packte Jasmin ihre Sachen zusammen. »Ich habe meinen Teil für heute getan«, sagte sie mit ätzendem Unterton. »Kippen aufgesammelt, Aula gewischt und die Büffet-Tische sauber gemacht. Was da alles drauf klebte! Ekelig, sag ich dir. Für dich bleiben nur noch das Foyer und die Flure hier unten. Ach ja: Vergiss nicht die Klassenräume in den beiden obersten Stockwerken, die du gestern nicht geschafft hast, weil du noch für Jerrys Party einkaufen musstest. Nicht, dass sich am Montag irgendwer über uns beschwert.«

»Keine Sorge. Habe ich auf dem Schirm.« Tatsächlich hatte sie die acht ungeputzten Räume vollkommen verdrängt. »Vergiss nicht, die Eingangstür hinter dir abzuschließen, Jasmin.«

Als sie das oberste Stockwerk in Angriff nahm, warf sie einen Blick aus dem Fenster. Der Himmel hatte sich mit einer dunklen Wolkendecke zugezogen, die Dämmerung setzte früher ein als in den letzten Tagen.

Der erste Raum war in der Regel schnell zu schaffen, weil die Klassenlehrerin ihre Truppe im Griff hatte. Hier und da ein paar Krümel, ein winziger Fetzen Papier. Das ging zügig.

Beim Betreten des nächsten Klassenzimmers musste sie bereits das Licht einschalten. Es sah aus wie immer: zertretene Kreide vor der Tafel, unzählige Schnipsel auf dem Boden, Kaugummireste am Rand des Papiereimers. Diverse Schüler hatten ihre Stühle auf dem Boden stehen lassen. Normalerweise ärgerte sie sich über die zusätzliche Arbeit, aber heute ließ sie es erst gar nicht so weit kommen. Möglichst bald weg von hier – aufs Sofa!

Als sie in der hintersten Reihe einen Stuhl auf den Tisch stellte, fiel ihr Blick auf den Schulhof. Ein Mann mit Käppi ging direkt auf den Haupteingang zu. In dem Moment schaute er nach oben. Erschrocken wich sie zurück. Bestimmt konnte er sie am hell erleuchteten Fenster sehen.

Ob Jasmin tatsächlich abgeschlossen hatte? Bestimmt hatte sie es wieder vergessen, aber woher sollte dieser Typ das wissen? Was soll's, wahrscheinlich nahm er nur eine Abkürzung über den Schulhof.

Rasch entfernte sie sich vom Fenster, packte ihre Ausrüstung auf den Rollwagen und löschte das Licht. Noch zwei Räume ...

Auf dem Flur hielt sie inne und horchte, aber alles war ruhig. Was natürlich nichts heißen musste. Die Eingangshalle war weit entfernt. Wenn er sich gerade nach oben schlich ...

Hektisch suchte sie ihren Rollwagen ab. Begraben unter selten genutzten Putztüchern fand sie das Pfefferspray, das ihr Ex vor Jahren für sie besorgt hatte, und steckte es in die Hosentasche. Ihr Puls beruhigte sich ein wenig.

Den nächsten Raum putzte sie im Dämmerlicht, saugte systematisch, kontrollierte die Mülleimer per Hand und verschwand wieder. Hoffentlich gab es keine Beschwerden.

Endlich der letzte Raum. Sollte sie den einfach auslassen? Besser nicht. Sie überwand sich, öffnete die Tür.

Der Geruch stieg ihr augenblicklich in die Nase, aber sie konnte ihn nicht sofort zuordnen. Das bisschen Restlicht vom Schulhof ließ nur Konturen erkennen: die im Rechteck aufgestellten Tische, die darauf aufgetürmten Stühle, die Tafel – alles völlig normal.

Mit einer Hand schob sie vorsichtig den Rollwagen in den Raum, mit der anderen umklammerte sie das Pfefferspray in ihrer Tasche.

Der Geruch wurde intensiver. Irgendwie metallisch. Wie ... von ... Jerrys Bettzeug, wenn er nachts heftiges Nasenbluten hatte ...

Instinktiv suchte sie nach dem Lichtschalter.

Einige Tage früher –

Sonntag, 1. September

Gegen halb sieben abends

Gedankenverloren räumte Hannah die verstreuten Plastikförmchen in den Sandkasten und ging ein paar Schritte. Die Sonne hatte ihr allabendliches kurzes Gastspiel begonnen und tauchte den Garten in spätsommerliches Licht.

Zum ersten Mal seit Wochen nahm sie das üppige Grün bewusst wahr. Kein Wunder bei den so gut wie täglichen Regengüssen in den letzten Wochen! Der Sommer war vorüber, ohne dass er stattgefunden hatte. Keine brüllend heißen Tage, an denen man spätestens morgens um acht lüften musste, um danach schleunigst die Hitze auszusperren. Mit bloßen Füßen laufen, Lasse selig im Planschbecken, lange Abende auf der Terrasse – keine dieser Verheißungen hatte sich in diesem Jahr erfüllt.

Das Telefon riss sie aus ihren Überlegungen, dass es an der Zeit wäre, die längst verblühten Stängel von Phlox und Rittersporn zu kappen und die Rosen noch einmal zu beschneiden.

»Hannah Schmielink.«

»Gerrit Höllmann.«

»Gerrit! Schön, dass du dich meldest. Alles gut bei dir? Kommst du gut klar?«

»Doch. Kann man so sagen. Im Normalfall ist es ziemlich ruhig. Ich musste mich bisher nicht gerade überarbeiten.«

Vor einigen Monaten hatte sich Jans früherer Kollege von der Kripo Münster nach Rheine versetzen lassen. So richtig hatte Hannah diesen Schritt bis heute nicht nachvollziehen können.

»Jan ist gerade in der Küche beschäftigt. Komm doch mal zum Abendessen und Klönen vorbei. Wir würden uns freuen«, schlug sie vor.

»Das mache ich gern. Aber ich rufe aus einem bestimmten Grund an. Wir haben einen heftigen Fall auf dem Tisch: Es geht um eine vermisste Schülerin.«

Hannah setzte sich auf einen Gartenstuhl. Das wuchernde, immergrüne Gewächs seitlich der Terrasse schützte sie vor dem auffrischenden Wind.

»Genaues weiß ich noch nicht«, fuhr Gerrit fort. »Das Mädchen ist während einer Klassenfahrt von einem holländischen Segelschiff verschwunden. Bisher habe ich nur eine knappe Mitteilung der Kollegen aus Harlingen bekommen. Jedenfalls besucht sie ein Berufskolleg hier in Rheine. Ich habe vorhin mit dem Schulleiter gesprochen. Er scheint sehr daran interessiert, dass die Mitschüler professionell aufgefangen und begleitet werden. Und da habe ich an dich gedacht.«

»Aber wenn das Mädchen abgetaucht ist, ist das doch kein Fall für die Notfallseelsorge, sondern eher für die Jugendhilfe.«

»Sie ist mitten in der Nacht von einem Schiff verschwunden, bei voller Fahrt und Windstärke sieben!«

»Das hört sich allerdings dramatisch an«, gab Hannah zu. »Okay. Was soll ich tun?«

»Wir könnten uns morgen früh bei uns in der Dienststelle

treffen. Bis dahin habe ich hoffentlich mit dem Ermittler gesprochen, der die Vernehmungen der Passagiere und der Crew durchgeführt hat. Danach könntest du zum Berufskolleg Dorenkamp fahren und die Lehrer und Schüler treffen, die dabei waren. Sie sind zu zehn Uhr in die Schule bestellt.«

»Wäre das nicht eher ein Fall für die Notfallseelsorge in Steinfurt?«

»Stimmt schon, aber dort sind morgen mehrere Mitarbeiter nicht verfügbar. Wie sieht es bei euch aus?«

Besser, musste Hannah zugeben. Momentan war die Schulpsychologische Beratungsstelle in Münster personell gut besetzt. Natürlich würden einige Umplanungen nötig werden, aber solche Situationen hatten sie schon öfter bewältigt. Notfälle gingen immer vor.

»Hannah, du hast Erfahrungen mit Jugendlichen und kennst die Situation an solchen Schulen. Ich weiß niemanden, der besser geeignet wäre.«

»Gut«, sagte sie mit einem Seufzer. »Ich mache es. Allerdings kann ich mich maximal bis Dienstag oder Mittwoch mit dem Fall befassen. Jan und ich wollen für ein verlängertes Wochenende verreisen.«

»Das reicht vermutlich erst mal aus. – Und wo bleibt Lasse so lange?«

»Den haben wir heute zu seinen Großeltern nach Xanten gebracht. Zum allerersten Mal. Bin gespannt, wie das klappt. Aber wir sind ja noch ein paar Tage hier und können ihn zur Not abholen.«

»Ach was! Oma und Opa werden ihn so verwöhnen, dass er euch bis Sonntag vergessen hat«, feixte Gerrit.

Hannah lächelte. Wahrscheinlich hatte Gerrit vollkommen recht. Sie war mal wieder übermäßig besorgt um ihren Sohn, aber sie konnte eben nicht aus ihrer Haut.

Sie ließ sich die Adressen von Polizeistation und Schule geben und legte auf.

»Wer war das? Doch nicht meine Eltern?«

Jan hatte den Tisch gedeckt, Tee gekocht und einen kleinen Salat gemacht. Mehr konnten sie nach der mehr als ausreichenden Verpflegung in Xanten nicht schaffen.

»Gerrit.«

»Ach? Genießt er seine Beförderung?«, fragte er in scharfem Ton.

»Darüber haben wir nicht gesprochen. Er hat einen Fall für mich. Ich muss morgen früh nach Rheine.«

Jan antwortete nicht. Er war schon den ganzen Tag über ziemlich schweigsam. Bei seinen Eltern war es Hannah fast peinlich gewesen, wie wenig er sich am Gespräch beteiligt hatte.

Ohne Lasse verlief ihre Mahlzeit extrem ruhig. Zu ruhig für Hannahs Geschmack.

Montag, 2. September

Kurz vor acht

Es wäre ein Umweg gewesen, die B54 zu meiden, obwohl es Hannah wegen der häufigen Unfälle mit Schwerverletzten und Toten immer widerstrebte, diese Bundesstraße zu benutzen. Immerhin hatte man nach langem Hin und Her den grünen Mittelstreifen fertig gestellt. Ob die Noppen, die bei Reifenkontakt ein summendes Signal verursachten, wirklich bei der Unfallverhütung halfen, war umstritten, aber immerhin fühlte Hannah sich nun deutlich sicherer.

Ihre Kollegen in der Beratungsstelle hatten vermutlich im Moment alle Hände voll zu tun mit der Verlegung von Hannahs Terminen, aber Dorothee hatte ausdrücklich versichert, dass der Fall in Rheine Priorität hatte.

Die bisherigen Informationen über das Geschehen waren äußerst spärlich. Ob die Schülerin bei dem stürmischen Wetter über Bord gegangen war? Ein Unfall also? Aber warum war dann die Kripo in Rheine eingeschaltet worden?

Von Minute zu Minute kamen Hannah mehr Fragen. Wie mochte es den Mitschülern des Mädchens gehen? Und wie den Lehrern? Ein Unfall auf einer Klassenfahrt, wahrscheinlich mit tödlichem Ausgang, war wohl der Super-Gau der beruflichen Laufbahn eines Lehrers – ein wahr gewordener Albtraum. Bestimmt klammerten sich alle Beteiligten an die Hoffnung, das Mädchen könnte doch noch unversehrt wieder auftauchen.

Inzwischen befand sie sich auf der Bundesstraße, die Neuenkirchen mit der markanten doppeltürmigen Kirche weiträumig umging. Das Navi lotste sie in eine ländlich wirkende Gegend. Zur Linken tauchte eine Anhöhe auf, vermutlich nicht besonders hoch, aber nach etlichen Kilometern über flaches Land kam sie ihr wie ein Berg vor.

Sie hielt nun direkt auf die Erhebung zu. Von der Stadt war nichts zu sehen, obwohl das Navi nur noch sieben Minuten Fahrtzeit anzeigte. Erst an der höchsten Stelle der bewaldeten Kuppe hatte sie für einen kurzen Moment freie Sicht auf das Häusermeer und die Türme von Rheine, bevor es wieder hinunter ging.

Auf einmal blitzte es. Nicht aus den dunklen Wolken, sondern vom Straßenrand! Fluchend bremste sie. Zu spät. 60 ist nicht 50.

Mehrmals bog sie ab, überquerte die Ems und erreichte einen umzäunten Backsteinbau mit leuchtend blauem Polizei-Logo. Auf einem winzigen Parkstreifen davor war Platz für ihr Auto.

Wie im Münsteraner Präsidium musste sie erst einmal klingeln. Ein Summer ertönte, und sie betrat einen schmalen Flur. Rechts in der Wand die schusssichere Glasscheibe, durch die alle Besucher ausgiebig gemustert wurden – die übliche Sicherheitsmaßnahme. Dann erst wurde sie in den Raum dahinter eingelassen.

»Was kann ich für Sie tun?«, erkundigte sich der Beamte hinter dem blanken Schreibtisch in höflichem Tonfall.

»Hannah Schmielink. Kriminalhauptkommissar Höllmann erwartet mich.«

Der Mann griff zum Telefon und meldete sie an. »Kommt gleich. Dauert nur einen Moment.«

Hannah nickte. Der Beamte wandte seine Aufmerksamkeit

für einen Augenblick einem Monitor zu und sagte dann: »Ich kenne einen Hauptkommissar Schmielink. Verwandtschaft?«

»Mein Mann«, sagte Hannah.

Ein breites Lächeln erschien auf dem Gesicht des Beamten. »So klein ist die Welt.«

In dem Moment klingelte das Telefon, und der Beamte widmete sich geduldig einem aufgebrachten Bürger, der offenbar seine Kreditkarte verloren hatte.

Die Luft in dem Raum war stickig. Endlich erschien Gerrit und begrüßte sie äußerst zurückhaltend. Erst draußen lächelte er gequält. »Der Kollege, mit dem ich das Büro teile, ist von Natur aus neugierig. Man hätte kein privates Wort wechseln können. Wie wäre es mit einem kleinen Gang zur Ems? Sind nur ein paar Schritte.«

Hannah war es recht, denn die Sonne hatte sich durch die Wolken gekämpft. Die Meteorologen hatten recht mit der versprochenen Wetterbesserung. Gute Aussichten für das Wochenende mit Jan.

An einer Ampel schaute Hannah ihren Begleiter verstohlen von der Seite an. Er sah blass aus, schien noch schmaler geworden zu sein. Volles dunkelblondes Haar, kaum graue Haare, kleine Fältchen, recht attraktiv. Warum er mit knapp vierzig noch Single war, war ihr ein Rätsel.

»Bin nicht gerade freundlich in Rheine empfangen worden«, erzählte sie. »Eine Radarfalle am Ortseingang.«

»Habe schon gehört, dass die Kollegen sich gerne am Waldhügel postieren«, grinste Gerrit.

»Ganz schön geschäftstüchtig. Die Straße ist breit und abschüssig. Man fährt automatisch schneller, aber mit Verkehrsgefährdung hat das noch nichts zu tun. Ich wusste übrigens nicht mal, dass es in Rheine Hügel gibt. Auf dem Weg zum Zoo neulich sind mir jedenfalls keine aufgefallen.«

»Es gibt sogar drei«, feixte Gerrit. »Scheinst dich ganz schön zu ärgern.«

»Klar doch«, gab Hannah zu. »War total unnötig.«

Plaudernd erreichten sie eine Fußgängerbrücke über die Ems. »Am Marktplatz drüben gibt es mehrere Cafés, aber im Freien ist es um diese Uhrzeit zu frisch.« Gerrit führte sie stattdessen eine Treppe hinab durch eine etwas verwilderte Grünanlage, und schon schlenderten sie am Fluss entlang.

»Hast du inzwischen neue Informationen von den holländischen Kollegen bekommen?«

»Leider nur das Nötigste. Es handelte sich um eine Klassenfahrt, bei der die Schüler selbst segeln mussten. Unter Anleitung des Skippers der ›Undine‹ natürlich. Die 18-jährige Maybritt Benningsen ist am Samstagmorgen nicht zum Frühstück erschienen. Zuerst hat man vermutet, sie könnte an Land gegangen sein.«

»An Land? Ich dachte, das Boot war unterwegs.«

»Nicht mehr. Eigentlich wollte die Gruppe erst im Laufe des Tages nach Harlingen zurückkehren, aber am Vorabend gab es eine Sturmwarnung. Bei der brisanten Wetterlage war es dem Skipper zu riskant, mit einer Mannschaft von Amateuren zu segeln. Er hat den Motor angeworfen und gegen sechs Uhr morgens im Hafen festgemacht.«

»Also wäre es denkbar, dass sich das Mädchen aus welchen Gründen auch immer zwischen Ankunft und Frühstück von Bord geschlichen hat?«

»Zu 99 Prozent ist das ausgeschlossen. Man konnte nur über ein anderes, längsseits liegendes Segelschiff runter. Dessen Türen waren aber verschlossen, weil dort niemand mit der vorzeitigen Ankunft der ›Undine‹ gerechnet hatte. Maybritt kann das Schiff also nicht im Hafen verlassen haben.«

»Hat es eine Suchaktion gegeben?«

»Man hat am Wochenende das entsprechende Seegebiet immer wieder kontrolliert. Zu Wasser und aus der Luft: ohne Ergebnis. Fatal, dass man das Verschwinden des Mädchens erst Stunden später bemerkt hat. Die Chance, dass sie noch lebt, ist gleich null.«

Mittlerweile gingen sie an einer Schleusenkammer entlang, die eher für kleinere Schiffe oder Boote gedacht schien. Hannah schaute auf ihre Uhr. »In einer knappen halben Stunde muss ich in der Schule sein.«

»Dann lass uns zurückgehen.«

Was für ein Panorama, schoss es Hannah durch den Kopf, als sie sich umwandte. Im Vordergrund die Staustufe eines Wehrs, auf dem gegenüberliegenden Ufer leicht erhöht die Innenstadt mit einem mächtigen Kirchturm über den Dächern. Ein Postkartenmotiv!

Seufzend wandte Hannah sich wieder dem Fall zu. »Habt ihr schon eine Theorie, wieso das Mädchen unterwegs über Bord gegangen sein könnte? Ein Unfall?«

»Das ist die wahrscheinlichste Erklärung. Vielleicht ist ihr bei dem heftigen Seegang schlecht geworden, und sie ist an Deck gegangen, um frische Luft zu schnappen. Kajüten und Waschräume sind auf diesen Booten sehr eng. Es kann ziemlich unangenehm für die Mitreisenden werden, wenn sich jemand unter Deck übergeben muss.«

»Klingt logisch«, murmelte Hannah. »Suizid?«

»Müssen wir in Erwägung ziehen. Aber wir wissen noch kaum etwas über das Mädchen. Ausschließen können wir natürlich nichts. Vielleicht sehen wir weiter, wenn die Leiche irgendwann gefunden wird.«

»Wie sind die Chancen?«

»Der holländische Kollege sprach von einer großen zeitlichen Bandbreite, abhängig von Wind und Strömung. Manche werden schon nach Tagen an Land gespült, manche nach Monaten, einige nie. Wir haben den Kollegen ein Foto von Maybritt übermittelt, damit sie gegebenenfalls schnell identifiziert werden kann.«

Sie hatten die Treppe wieder erreicht. Erst jetzt fiel Hannah der achteckige, rote Pavillon mit den niedlichen Gardinen hinter winzigen Fenstern auf. Entzückend!

»Mich wundert, dass die Medien den Fall noch nicht groß herausbringen«, sagte Hannah.

»Vermutlich haben die Lehrer den Schülern frühzeitig klargemacht, dass diese Geschichte nichts für die sozialen Netzwerke ist. Außerdem stehen die bestimmt alle unter Schock. – Lass uns auf jeden Fall in Verbindung bleiben, Hannah. Kann sein, dass du in der Schule auf Dinge stößt, die für uns interessant sind.«

»Ja, klar.« Hannah war in Gedanken schon bei der Klasse und den Lehrern, die sie in dieser bedrückenden Situation unterstützen sollte. Es würde eine ziemliche Herausforderung werden.

»Bestell Jan schöne Grüße«, bat Gerrit, als sie vor Hannahs Auto standen. »Wie geht es ihm gesundheitlich?«

»Gut. Wieso fragst du?«

»Ich meinte, er hätte von einem Termin beim Orthopäden gesprochen, als wir das letzte Mal telefoniert haben. Wahrscheinlich habe ich ihn falsch verstanden, sonst wüsstest du ja davon.«

Hannah war sich da nicht so sicher.

Das Berufskolleg lag mitten in einem verkehrsberuhigten Baugebiet: ein Komplex aus mehreren Backstein-Gebäuden, davor ein großzügiger Parkplatz mit einigen freien Buchten. Eine Schule am Stadtrand hatte ihre Vorteile.

Sie begutachtete sich kurz im Spiegel hinter der Sonnenblende. Die Tönung gestern Abend hatte gut gewirkt. Sämtliche grauen Haare in ihren beinahe schulterlangen Locken waren unter einem rötlichen Schimmer verschwunden.

Sie stieg aus und steuerte auf den Eingang zu. Der Schulhof war wie leergefegt. Es ging mehrere Stufen hoch, dann eine wuchtige Glastür, ein langer Gang mit kahlen Wänden abwechselnd aus Backstein und Beton. Die Dekoration wirkte spärlich, an den Fenstern zur Schulhofseite klebten stilisierte schwarze Plastikvögel im Flug.

Eine der grünen Türen öffnete sich, und eine Schülerin kam Hannah entgegen.

»Entschuldigen Sie. Wo finde ich hier das Sekretariat?«

»Sie gehen weiter in diese Richtung, quer durch die Halle, die Treppe rauf. Dann ist es ausgeschildert.« Das Mädchen wandte sich ab, ohne auf Hannahs Dank zu achten.

Der Gang öffnete sich zu besagter Halle: Schmale Fenster in beträchtlicher Höhe ließen wenig Licht hinein. Auch hier nüchterne Backsteinwände, dazu mit Plakaten und Zetteln zugepflasterte Infotafeln und ein reichlich strapazierter grauer Teppichboden. In der Mitte Schließfächer, die sich in endlos langen Reihen übereinander türmten.

Als Hannah ein Stockwerk höher eine Hinweistafel auf das Sekretariat entdeckte, klingelte es durchdringend. Sekunden später öffneten sich Türen, eilige Schritte, Stimmen, Lachen waren zu hören.

Es hatte sich bereits eine kleine Schlange vor der breiten Theke gebildet, die die Schreibtische der beiden Sekretärinnen abschirmte. Die Ältere, blondiert, in adretter weißer Bluse und blauer Strickjacke, widmete sich mit barscher Stimme den Anliegen der diversen Bittsteller, die Jüngere bearbeitete unbeeindruckt die Tastatur ihres Computers.

»Ich brauche ein neues Formular für den Fahrtkostenantrag, Frau Teupker. Beim Austeilen letzte Woche war ich krank.«

Die Sekretärin griff hinter sich und reichte der Schülerin einen Zettel. »Jetzt aber dalli-dalli damit. – Der Nächste.«

»Ist Frau Sommer morgen noch krank? Wir sollen eigentlich eine Klausur schreiben.«

»Bin ich Hellseherin? Warten Sie auf den Vertretungsplan.«

Stöhnend drehte der Schüler ab.

Als Hannah an der Reihe war, ging das Telefon. Frau Teupker regelte in stoischer Ruhe die Bestellung für eine anstehende Schulveranstaltung. Es ging um Fingerfood, Getränke, Gläser.

Endlich wandte sie sich Hannah zu und runzelte leicht die Stirn. Anscheinend hatte sie sofort erkannt, dass sie ein unbekanntes Gesicht vor sich hatte.

»Regine! Eine Katastrophe! Mein Schlüssel ist ...«

Hinter Hannah war eine Frau ins Sekretariat gestürmt: Mitte 50, sehr schlank, graue Kurzhaarfrisur, roter Trainingsanzug mit weißen Streifen. »Ist er hier abgegeben ...«

Bevor die atemlose Lehrerin ihren Satz beenden konnte, beugte sich die Sekretärin wortlos zur untersten Schublade ihres Schreibtisches, die sich geräuschlos öffnete, und holte einen dicken Schlüsselbund hervor.

»Wo?«, fragte die Lehrerin mit einem tiefen Seufzer.

»Beim Kaffeeautomat. Martin hat ihn gefunden.«

»Dachte ich es mir doch. Ich wusste genau, dass ich ihn da noch hatte. Danke dir«, sagte die Frau stöhnend und ging.

»Was kann ich für Sie tun?«

Hannah schaute sich um. Glücklicherweise war der Strom von Schülern verebbt, aber auf dem Flur gingen ständig Leute vorbei. Vorsorglich dämpfte sie ihre Stimme.

»Hannah Schmielink von der Schulberatungsstelle Münster. Ich bin von der Kripo Rheine angefordert worden wegen der Angelegenheit auf der Klassenfahrt in Holland. Ihr Schulleiter weiß Bescheid.«

Eine Augenbraue ging nach oben. Die jüngere Sekretärin hatte einen Moment lang aufgehört zu tippen. »Herr Westermann hat mir nichts gesagt. Er ist gerade in einer Besprechung, die noch dauern kann. Hatten Sie einen Termin bei ihm?«

»Nicht direkt. Ich soll um zehn ein Gespräch mit der betroffenen Klasse führen und würde gerne vorher mit den Lehrern sprechen, die dabei waren.«

»Ach so. – Tanja, bringst du Frau Schmielink ins Lehrerzimmer zu Alexander?«

Die Jüngere nickte, stand auf und griff zu einem Schlüsselbund. Auf dem kurzen Weg über den Flur meinte Hannah, sie »schreckliche Sache« murmeln zu hören, war sich aber bei dem enormen Lärmpegel nicht ganz sicher. Die junge Frau schloss eine Tür auf, ging voraus und schaute sich in dem Raum um.

Verschiedene Tischgruppen, Computerarbeitsplätze in den Ecken, Laptop-Koffer und Regalwände füllten das riesige Lehrerzimmer und ließen es sehr beengt wirken. Vermutlich war es ursprünglich für weitaus weniger Kollegen konzipiert worden.

An der Fensterseite umringten mehrere Frauen und ein älterer Herr einen Mann von gut 30 Jahren und hörten ihm zu. Die Sekretärin tippte dem Wortführer auf die Schulter und stellte Hannah vor. Ein verbindliches Lächeln erschien wie auf Knopfdruck, als er Hannah die Hand gab.

»Alexander Vincke. Herr Westermann hat mir gar nicht gesagt, dass Sie kommen würden, aber Ihre Unterstützung ist uns natürlich sehr willkommen.« Seinen Kollegen warf er ein kurzes »Wir reden später« zu.

Vincke dirigierte Hannah mit leichten Berührungen am Oberarm durch Pulks von Kollegen und im Wege stehende Schultaschen aus dem Lehrerzimmer hinaus. Schräg gegenüber öffnete er die Tür zu einem geräumigen Büro.

»Nehmen Sie doch bitte Platz. Ich sage dem Chef kurz Bescheid, dass Sie da sind.«

Der Raum wirkte unbenutzt. Bis auf einen PC und die Telefonanlage war der überdimensionale Schreibtisch leer, ebenso die Regale. Keinerlei Büro-Utensilien wie Papierstapel, Stifte oder Aktenordner lagen herum. Auf dem runden Tisch in der Sitzecke stand eine angestaubte, gläserne Schale.

»Dies war das Arbeitszimmer unseres Chefs. Er musste vor einigen Monaten vorzeitig in den Ruhestand gehen«, informierte Alexander Vincke Hannah, als er zurückkam. »Herr Westermann war eigentlich sein Stellvertreter. Er hat die Schulleitung kommissarisch übernommen und sein Büro nebenan behalten. Er kommt, sobald er Zeit hat.«

Vincke setzte sich. Ein gutaussehender Mann, schoss Hannah durch den Kopf: Halbglatze, die restlichen Haare dunkel und kraus, Brille, ein akribisch gestutzter Vollbart. Der athletisch wirkende Körper steckte in lässigen Jeans und einem schlichten weißen T-Shirt, das seine Bräune betonte.

Es klingelte durchdringend. Aufgeschreckt schaute Hannah auf die Uhr. »Viertel vor zehn. Die Klasse ist zu zehn Uhr bestellt?«

»Ja, aber machen Sie sich keine Gedanken. Die haben genug miteinander zu bereden. Wir müssen nicht auf die Minute pünktlich da sein.«

»Gut. – Herr Vincke, sicher ist das Verschwinden der Schülerin auch für Sie sehr belastend. Vielleicht berichten Sie mir zuerst einmal, wie Sie bemerkt haben, dass das Mädchen nicht mehr an Bord war.«

Diese Frage hatte sie sich vorher zurechtgelegt. Wenn er von dem Moment redete, in dem ihm bewusst geworden war, dass etwas Entsetzliches passiert sein musste, würde ihm das bei der Verarbeitung des Erlebten helfen. Und darum ging es bei ihrer Arbeit – nicht nur hinsichtlich der Schüler.

Alexander Vincke kratzte sich am Oberarm. Ein winziges Tattoo war einen Moment lang unter dem Ärmel zu erkennen. »Ja … sehr schwierig zu sagen, wann mir das klar wurde. Es war ein längerer Prozess.«

»Hat einer der Schüler Sie informiert?«

»Nein. Ich selbst habe gemerkt, dass Maybritts Platz am Frühstückstisch leer blieb. Also habe ich sofort die Schülerin befragt, die mit ihr die Kajüte teilte. Die hatte zwar schon beim Aufwachen gemerkt, dass das andere Bett leer war, sich aber nichts dabei gedacht, weil Maybritt öfter an Deck ging, wenn ihr übel war. Wir haben noch eine Weile gewartet und schließlich angefangen zu suchen.«

Er senkte den Kopf. »Wir haben das komplette Schiff auf den Kopf gestellt. Raum für Raum. In jede Ecke haben wir geschaut. Unter jedes Tau, in jede Kiste, hinter jede Abdeckung. Meine Sorge wuchs von Minute zu Minute. Irgendwer meinte dann, sie sei vielleicht an Land gegangen, aber das konnte nicht sein.«

»Wie meinen Sie das?«

»Meine Kollegin hatte frühmorgens versucht, an Land zu gehen, um sich Zigaretten zu besorgen, aber die Türen zum Nachbarschiff waren verschlossen. Also kam diese Möglichkeit nicht in Betracht. – Natürlich mache ich mir Vorwürfe, weil ich in meiner Kajüte nichts mitbekommen habe. Nach ein paar Tagen an Bord habe ich bei der ganzen Schaukelei wie ein Bär geschlafen. Das Schiff schwankte in der Sturmnacht zwar heftiger als sonst, aber der Skipper hatte beteuert, dass er keinerlei Probleme erwartete und uns gegen Morgen sicher in den Hafen bringen würde.«

Er schluckte und fuhr fort: »Sie muss irgendwann in der Nacht über Bord gegangen sein. Eine andere Erklärung gibt es nicht.« Er schüttelte den Kopf. »Ich darf mir das nicht bildlich vorstellen: mitten in der Nacht, der kalte Wind, die aufgewühlte See. Grauenvoll!«

Hannah wartete einen Moment, bis er sich gefasst hatte. »Und niemand an Bord hat etwas gemerkt?«

»Nein. Nicht einmal der Skipper, obwohl er die ganze Nacht über wach war und das Boot gesteuert hat.«

»Merkwürdig.«

»Waren Sie schon einmal auf so einem Segler?«

»Nein, noch nie. Ich habe aber schon welche in Häfen am Isselmeer liegen sehen. Warum fragen Sie?«

»Weil der Skipper von seiner Position am Steuerrad nicht das gesamte Deck überblicken kann. Es gibt Aufbauten, Masten ...«

»Sie wollen sagen, dass er das Mädchen nicht unbedingt hätte bemerken müssen?«

»Genau.«

»Herr Vincke, können Sie mir sagen, wie die Mitschüler

reagiert haben, als ihnen bewusst wurde, dass Maybritt verschwunden war?«

Vincke legte den Kopf leicht zur Seite. »Schwer zu sagen. Manche waren verstört, einige Mädchen haben geweint. Dann kamen die Vernehmungen durch die Polizei. Es zog sich hin, und am Ende waren alle froh, als es endlich nach Hause ging.«

»War Maybritt mit jemandem besonders befreundet? Ich frage, damit ich mich darauf einstellen kann, ob ihr Verschwinden jemandem besonders nahe geht. Vielleicht das Mädchen, mit dem sie die Kajüte teilte?«

»Nicht dass ich wüsste. Maybritts Freundin Franziska hat die Versetzung im Sommer nicht geschafft und wiederholt die Klasse. Ich habe nicht beobachtet, dass Maybritt sich seither jemandem näher angeschlossen hätte.«

»Sie sagten, dass eine Kollegin Sie begleitet hat. Könnten Sie mich ihr vorstellen?«

»Natürlich. Allerdings wohl erst in der nächsten Pause. Jetzt wird sie im Unterricht sein.«

Hannah wunderte sich. Konnte man nach einem solchen Ereignis einfach zur Tagesordnung übergehen und seinen Job machen?

»Außerdem müssen wir überlegen, wie wir Ihre Kollegen einbeziehen können. Dem einen oder anderen wird Maybritts Schicksal sicher nahe gehen.«

»Da haben Sie selbstverständlich recht. Daran muss man denken.«

Die Tür öffnete sich, und ein Mann von Ende fünfzig kam herein. Er gab Hannah die Hand und stellte sich als Klaus-Jürgen Westermann vor.

»Entschuldigen Sie bitte, dass ich Sie erst jetzt begrüße, Frau Schmielink. Am nächsten Samstag findet die Feier zur

Verabschiedung unseres früheren Schulleiters statt, und wir mussten noch verschiedene Einzelheiten zum Ablauf klären. Ich hatte allerdings erst um zehn mit Ihnen gerechnet.«

»Kein Problem. Ich wollte mich ohnehin mit Herrn Vincke unterhalten.«

Westermann setzte sich, zog ein Tuch aus der Tasche, putzte umständlich seine Brille und schaute Hannah dabei erwartungsvoll an. Die Tränensäcke unter seinen Augen und der volle, weiße Haarschopf mit exaktem Scheitel fielen ihr auf.

»Wirklich eine schwierige Situation«, brummelte er vor sich hin. »Man weiß nicht, wie man reagieren soll. Alles ist so unklar.«

»Ich habe mich vorhin im Lehrerzimmer gefragt, ob Ihr Kollegium schon in vollem Umfang über das Verschwinden der Schülerin informiert ist.« Tatsächlich hatte Hannah das Gefühl gehabt, als ginge das Schulleben seinen ganz normalen Gang.

»Äh, ja. ... Ich habe gestern eine Rundmail geschickt, aber natürlich weiß man nie, ob die alle gelesen haben«, sagte Westermann und zupfte am Ärmel seines grauen Jacketts. Das gestreifte Hemd spannte ein wenig am Bauch.

»Vermutlich nur wenige«, warf Vincke ein.

»Allerdings müssen Sie wissen, dass wir zurzeit über 1900 Schüler an unserem Berufskolleg haben. Wir sind 115 Kollegen. Nur eine Handvoll davon kennt die verschwundene Schülerin persönlich. Mir selbst ist Maybritt Benningsen nie begegnet«, sagte Westermann und setzte seine Brille wieder auf.

Das erklärte natürlich einiges. »Und wie soll es jetzt weitergehen? Soll ich die betroffenen Kollegen in meine Arbeit einbeziehen?«, hakte Hannah nach.

28

Westermann rutschte unruhig auf seinem Stuhl herum. »Ich weiß im Moment nicht, ob das sinnvoll ist. Noch befinden wir uns in einer Art Schwebezustand. Natürlich muss man das Schlimmste befürchten, aber bis die Schülerin gefunden wird, wissen wir schließlich nicht, was überhaupt passiert ist. Ich verstehe durchaus, dass es notwendig ist, mit der Klasse zu reden, von mir aus auch mit den beiden Kollegen, die die Klassenfahrt begleitet haben, aber dabei sollten wir es vorerst belassen.«

»Ganz deiner Meinung, Klaus-Jürgen«, mischte Vincke sich ein. Der Schulleiter warf ihm einen dankbaren Blick zu und faltete die Hände auf dem Schoß.

Alexander Vincke führte sie zu einem kahlen Treppenhaus. Inzwischen war es wieder still auf den Gängen, der Unterricht hatte begonnen.

»Können Sie mir etwas über die Klasse sagen?«, bat Hannah.

»Ein ziemlich nettes, pflegeleichtes Trüppchen, das keinerlei Probleme macht. Die Mädchen sind äußerst ehrgeizig und feilschen um jeden Punkt. Die Herren der Schöpfung lassen es im Allgemeinen ruhiger angehen, was ja nicht ungewöhnlich ist.«

»Welche Ausbildung machen die Schüler eigentlich?«

Vincke lächelte abschätzig. »Heutzutage werden nicht nur Bäcker und Maurer an einem Berufskolleg unterrichtet. Wir haben auch verschiedene Vollzeit-Bildungsgänge, unter anderem ein berufliches Gymnasium. Meine Klasse will Abitur machen, einige in Kombination mit dem Abschluss als staatlich anerkannter Erzieher, andere mit beruflichen Kenntnissen im Bereich Freizeitsportgruppenleiter. Viele von ihnen werden anschließend studieren.«

Freizeitsportgruppenleiter? Hannah hatte nicht die blasseste Ahnung, was es damit auf sich hatte. Allerdings ließ sich der Segelkurs vor der Nordseeküste nun besser einordnen. Sie kam aber nicht mehr dazu nachzufragen, denn Vincke stieß eine Zwischentür aus schwerem Glas auf und sagte: »Hier ist es. Soll ich eigentlich dabei bleiben?«

»Nur ein paar Minuten. Erfahrungsgemäß ist es besser, wenn ich danach allein mit der Klasse rede.«

Vincke öffnete die Tür und ging zum Pult, wo er sich lässig anlehnte und den Blick durch die Klasse schweifen ließ.

Der Raum war schmal. Sechzehn Schüler, zählte Hannah. Die Tische in einem zum Pult hin offenen Rechteck angeordnet, sodass alle sich ansehen konnten. Ein Tisch vorne rechts war unbesetzt. Womöglich Maybritts Platz. Die Mitte des Raums blieb komplett frei.

Mehrere Mädchen ließen ihr Handy in Taschen oder Rucksäcken verschwinden. Jemand packte eine angebissene Möhre in eine Plastikdose, eine andere nahm rasch einen Schluck Wasser aus einer riesigen Plastikflasche und verstaute sie hastig unter dem Tisch.

Drei Jungen hatten sich um einen Tablet-PC geschart und schienen nicht zu bemerken, dass Vincke anwesend war. Der Klassenlehrer schaute einige Sekunden zu, aber es tat sich nichts, bis er energisch »Lennart!« rief. Zögerlich setzten sich die Schüler.

Hannah stand derweil angespannt neben dem Pult. Inzwischen waren die meisten Augen nach vorn gerichtet. Vincke wartete, bis Ruhe eingekehrt war. Niemand verzog eine Miene, alle schauten ernst.

»Moin«, sagte er schließlich mit erhobener Stimme. »Ich hoffe, Sie haben sich übers Wochenende von unserer anstrengenden Fahrt erholt, die ja leider zu einem unschönen

Abschluss gekommen ist. Deswegen komme ich heute in Begleitung von Frau Schmielink von der Schulberatungsstelle Münster.«

Er räumte seinen Platz, setzte sich ans Pult und begann, im Klassenbuch zu blättern.

Hannah wählte die üblichen Worte, um sich vorzustellen. Es war wichtig, sofort Vertrauen zu wecken und Blickkontakt zu Einzelnen aufzunehmen, aber das misslang völlig. Die meisten Schüler starrten ausdruckslos an ihr vorbei oder auf die resopal-beschichteten Tischplatten. Bei dem Wort »Psychologin« wechselten zwei Mädchen mit langen blonden Haaren und identischer schwarzer Hornbrille vielsagende Blicke.

Neben ihr schrieb Vincke ins Klassenbuch. Dann nahm er seine Tasche, nickte ihr zu und ging.

Ein schlaksiger Junge hinten links streckte ungeniert seine ellenlangen Beine aus und rutschte auf seinem Stuhl ein wenig nach vorn. Die Hände hielt er unter dem Tisch und senkte den Kopf. Der Schüler neben ihm – mit schwungvoller, pechschwarzer Haartolle – schaute kurz zu und anschließend mit treuherziger Miene nach vorn.

Wie sollte sie diese Truppe zum Reden bekommen? Hannah war plötzlich ziemlich warm.

»Könnten wir mal kurz ein Fenster öffnen?«, sagte sie zu dem Jungen mit der Haartolle. »Ich finde es reichlich stickig hier.«

Der rollte die Augen und grinste. »Die Mädchen sind bestimmt dagegen. Die frieren immer noch von der Woche auf dem Schiff.«

»Sagen Sie mir Ihren Namen, bitte?«, erwiderte Hannah.

»Wieso?«

»Damit ich Sie ansprechen kann.«

»Miguel.«

»Wie wäre es mit zwei Minuten, Miguel?«

Ein verständnisloser Blick.

»Das Fenster«, beharrte Hannah.

»Wie Sie meinen.« Miguel erhob sich im Zeitlupentempo, riss das Fenster krachend auf, drehte sich mit schwungvoller Armgeste um und verbeugte sich. »Stets zu Diensten, die Dame.«

Hannah konnte sich ein Lächeln nicht verkneifen. Anscheinend hatte sie den Klassen-Clown erwischt.

»Das Wetter war also nicht ideal auf Ihrem Segeltörn«, knüpfte sie an.

»Grottig«, stieß eins der blonden Mädchen hervor.

»Aha. Sagen Sie mir auch Ihren Namen?«

»Nadine.«

»Was meinen Sie mit grottig, Nadine?«

»Es hat schon am ersten Tag dermaßen geschüttet, dass ich bis auf die Knochen nass war. Meine Klamotten waren am nächsten Tag immer noch klamm.«

»Das kommt davon, wenn man kein Regenzeug dabei hat.« Der lange Schlaks hinten links hatte kurz aufgeschaut, senkte aber bereits wieder den Blick. Ein hübscher Bursche mit dunklen Haaren und Augen.

»Und wie heißen Sie?«

Irritiert sah er nochmals auf. »Ich? ... Lennart.«

»Sie hatten also eine Regenausrüstung dabei, Lennart.« Womit beschäftigte der sich eigentlich die ganze Zeit? Hannah bewegte sich wie zufällig in seine Richtung. Er war schon wieder in irgendetwas unter der Bank vertieft.

»Lennart?«

Er schreckte auf.

»Regenausrüstung?«

»Stand alles auf der Liste mit den Sachen, die wir mitbringen sollten. Ich kann nichts dafür, wenn andere es nicht für nötig halten, die zu lesen.«

»Ach so. Lennart, würden Sie bitte Ihr Handy wegpacken?«

Achselzuckend steckte er es in die Hosentasche und schaute sie betont aufmerksam an. Mit den Gedanken schien er ganz woanders zu sein.

»Regen, Kälte, Sturm. Ich hätte nicht mit Ihnen tauschen mögen. Bestimmt haben Sie sich geärgert, dass Sie sich für eine Klassenfahrt an die Nordsee entschieden haben.«

»Was heißt hier entschieden? Das ist Pflichtprogramm für unsere Bildungsgänge«, stöhnte die zweite langhaarige Blondine. Sie und Nadine hätten als Schwestern durchgehen können. »Was ist mit dem Fenster? Mir ist echt kalt.«

Hannah nickte, und Miguel schloss das Fenster. Das Mädchen trug einen Hauch von Bluse, weit geschnitten, in der Taille mit Bündchen. Hannah schaute sie fragend an und bekam ein gelangweiltes »Amelie« zurück.

»Ich würde gern über die letzte Nacht Ihrer Fahrt mit Ihnen sprechen. Die mit dem Sturm.«

Schweigen.

Dann ein Seufzer von Nadine. »Das haben wir doch alles schon bei der Polizei in Harlingen durchgekaut.«

»Sie haben vollkommen recht. Mir geht es aber vor allem um den letzten Morgen. Könnten Sie mir erzählen, was Sie gerade taten, als sie merkten, dass Maybritt fehlte?«

In die Stille nach Hannahs Frage hinein klickte es: die Tür zum Klassenzimmer. Ein Schüler betrat den Raum, runzelte die Stirn und ging lächelnd auf Hannah zu.

»Sorry. Ein Unfall auf der Salzbergener Straße. Die Stadt war komplett verstopft.«

Gepflegte tiefschwarze Haare fielen dem jungen Mann bis auf die Schulter. Ein ebenmäßiges Gesicht, wenig Bartflaum, volle Lippen. Er trug eine extravagante rote Pumphose, dazu gelbe Sneaker und ein dunkles Sweatshirt mit bunten Aufdrucken. Eine in jeder Hinsicht auffällige Erscheinung – inklusive der geflochtenen Umhängetasche in allen Farben des Regenbogens.

»Referendarin?«, fragte er freundlich.

Charmeur! Über die Referendarzeit war sie mit gut vierzig weit hinaus. Sie erläuterte ihm kurz, wer sie war.

»Alles klar. Gute Idee von Westermann«, sagte er und setzte sich auf den Stuhl vorne rechts.

»Ach, ich dachte, das wäre Maybritts Platz.«

»Der ist hier!«, sagte Lennart und wies auf einen freien Eckplatz neben sich, den Hannah bisher nicht bemerkt hatte, weil er von einem kräftigen Rothaarigen verdeckt wurde.

Maybritt hatte also bei den Jungen gesessen. Alle anderen Mädchen saßen auf der rechten Seite des Klassenraums. Hannah konzentrierte sich wieder auf ihre Aufgabe.

»Wir waren dabei stehen geblieben, was Sie taten, als Maybritts Verschwinden zum ersten Mal auffiel.«

»Ich habe ein Brötchen gegessen. Mit Erdbeermarmelade. Die werde ich nie wieder essen, ohne an dieses Frühstück zu denken.« Der bunt gekleidete Junge seufzte und legte die Hände auf den Tisch.

»Es war gruselig«, fiel Amelie ein.

»Definitiv.« Nadine.

Es ging los. Sie redeten.

Hannah hörte aufmerksam zu, fragte behutsam nach und folgte dabei dem vorgesehenen Programm für Kriseninterventionen, das ihnen bei der Verarbeitung dieser traumatischen Erfahrung helfen konnte. Innerlich lehnte sie sich zurück. Sie hatte es geschafft, die Schüler zum Reden zu bekommen, obwohl die Klasse anfangs so abweisend und verschlossen gewirkt hatte.

Als sie auf die Uhr schaute, war es bereits kurz nach elf. Zeit, das Gespräch abzurunden.

»Wir haben noch ein paar Minuten bis zur großen Pause. Ich werde heute noch eine Weile hier in der Schule sein. Wer allein mit mir sprechen möchte, kann gern zum Lehrerzimmer kommen. Wir suchen uns dann einen ruhigen Ort zum Reden. Auf jeden Fall bin ich auch morgen da, falls jemand ein Gespräch wünscht. Haben Sie morgen Unterricht bei Herrn Vincke?«

»In der dritten und vierten«, antwortete ein magerer, äußerst blasser Schüler mit randloser Brille, der unmittelbar neben der Tür saß. Hannah hatte ihn bisher kaum wahrgenommen, weil er keinen einzigen Ton gesagt hatte.

»Ich möchte Sie zum Schluss fragen, wie Sie jetzt mit dieser Situation umgehen möchten. Maybritt ist verschwunden, es ist völlig offen, ob und wann sie gefunden wird. Wir haben also keine Gewissheit, was mit ihr passiert ist. Normalerweise richte ich mit der betroffenen Klasse einen Trauerort in der Schule ein, wenn jemand verstirbt. Das möchte ich in diesem Fall nicht tun.«

»Passt ja irgendwie auch nicht«, sagte der lange Lennart von hinten mit rauer Stimme. Sein Nachbar Miguel nickte zustimmend.

»Ich mache mal einen Vorschlag.« Alle schauten Hannah aufmerksam an. »Hat irgendwer auf der Klassenfahrt ein Foto von Maybritt gemacht? Wir könnten es vergrößern und an ihrem Platz aufstellen, denn es wäre sicher gut, an sie zu denken. Das wäre ein Anfang.«

Schweigen. Dann Lennart: »Gut. Bis morgen finden wir etwas Passendes.«

Nach einigen Absprachen beendete Hannah das Gespräch. Einige verließen eilig das Klassenzimmer, andere holten etwas Essbares und ihre Handys aus der Tasche. Für den Rest des Tages sollte der normale Stundenplan laufen. Das war Teil des Konzepts, um zu signalisieren, dass der Alltag auch nach einem belastenden Ereignis weiterging.

Hannah griff nach dem Klassenbuch. Musste sie dort etwas eintragen? Das Lachen des rothaarigen Jungen drang an ihr Ohr. Plötzlich sah sie sein Gesicht vor sich, als sie von einem Foto von Maybritt gesprochen hatte. Er hatte gegrinst. Quer durch die Klasse in Richtung der Mädchen.

Hannah öffnete das grüne Buch und fand unter dem Datum des Tages den Eintrag von Alexander Vincke: »Gespräch mit Schulpsychologin«. Daneben unter Verspätungen: »Marvin B.« Anscheinend hatte der Klassenlehrer haargenau gewusst, dass dieser flippige Typ noch erscheinen würde.

Kurz nach elf

Hannah irrte mehrere Minuten durch die Gänge, bis sie das Lehrerzimmer wiedergefunden hatte, wo sich eine Handvoll Lehrer unterhielt oder auf die Bildschirme ihrer Laptops starrte. Vincke saß am Fenster, blickte von seinem Handy auf und legte es zögerlich weg.

»Kaffee?«, fragte er lächelnd und stand auf, bevor Hannah reagieren konnte. Eigentlich hätte sie lieber die frischen Eindrücke aus seiner Klasse mit ihm besprochen, aber eine Koffein-Ration war auch nicht zu verachten.

»Milch? Zucker?«

»Milch wäre gut.«

»Haben wir meistens vorrätig.«

Rund um die kümmerlichen, immergrünen Pflanzen auf den Tischen lagen diverse Zettel, Flyer, Broschüren und Bücherstapel verteilt. Joghurtbecher, Wasserflaschen, unterschiedlichste Kaffeepötte mit Sprüchen, Plastikdosen in jeglicher Größe und Farbe schienen an manchen Plätzen das Territorium zu markieren. Der dunkle Teppichboden strotzte vor Krümeln.

Vincke ließ auf sich warten. Hannah blickte aus dem Fenster. Immer mehr Schüler strömten auf den Schulhof, obwohl es noch nicht zur Pause geklingelt hatte. Einige Grüppchen entfernten sich zielstrebig. Vielleicht die Raucher, die wohl eine abgelegene Ecke aufsuchen mussten, um das Rauchverbot zu umgehen.

Auch das Lehrerzimmer füllte sich allmählich. Niemand nahm von Hannah Notiz, und sie fühlte sich unbehaglich, bis Vincke endlich zurückkam – in Begleitung der schlanken, grauhaarigen Frau, die im Sekretariat nach ihrem Schlüssel gesucht hatte.

»Meine Kollegin Sabine Theißen«, stellte er vor und setzte eine weiße Porzellantasse mit Untersetzer und eine Packung Kaffeemilch vor Hannah ab. »Sie ist Sportlehrerin und hat mich auf dem Segeltrip nach Holland begleitet. Entschuldigen Sie mich bitte einen Moment. Ich sehe da gerade einen Kollegen, mit dem ich etwas regeln muss.«

Sabine Theißen setzte sich neben Hannah, allerdings nur auf die Stuhlkante, als sei sie auf dem Sprung. Sie trug immer noch den roten Trainingsanzug, die kurzen Haare standen am Hinterkopf ab. Energisch griff sie zu einer Wasserflasche und trank ausgiebig. Sie wischte sich den Mund ab und schraubte die Flasche wieder zu.

»Sie waren also dabei, als Maybritts Verschwinden bemerkt wurde, Frau Theißen.«

»Tja, schrecklich! Wirklich schrecklich! Morgens beim Frühstück war sie nicht mehr da. Einfach weg! Vermutlich ist sie nachts über Bord gegangen.«

Bei diesen Worten winkte sie einer Kollegin zu, die den Raum betreten hatte und sich suchend umschaute. Sabine Theißen machte mit Zeige- und Mittelfinger der rechten Hand eine Geste, die wohl eine Zigarettenpause signalisieren sollte. »Ich glaube immer noch, dass sich alles aufklären wird und man sie findet. Man kann doch die Hoffnung nicht einfach aufgeben«, sagte sie immer leiser werdend.

»Da haben Sie wohl recht«, stimmte Hannah ihr zu.

Sabine Theißen rückte auf ihrem Stuhl nach vorn. »Weiter kann ich Ihnen nicht helfen. Ich habe wie alle anderen nichts mitbekommen, weil ich tief und fest geschlafen habe. Die Nordsee-Luft macht mich immer total müde. Man ist ja den ganzen Tag in Bewegung auf dem Schiff.«

»Können Sie mir etwas über Maybritts Mitschüler sagen?«, versuchte Hannah weiter, die Frau in ein Gespräch zu verwickeln. Offenbar war die Sportlehrerin nicht gewillt, Hannah ihre kostbare Pause zu opfern. »Wie haben Sie die Schüler erlebt?«

»Ich kannte die Klasse nicht besonders gut, weil ich sie erst nach den Sommerferien in Sport übernommen habe. Aber alle Achtung! Haben alle mitgezogen an Bord. Gute Stimmung. Auch wenn das Wetter nicht ideal war.«

»Ich habe gehört, dass einige ziemlich genervt waren, weil sie nicht die richtige Ausrüstung dabei hatten und ihre Kleidung völlig durchnässt war.«

»Davon habe ich nichts gemerkt. Weicheier und Heulsusen waren nicht dabei. Die waren klasse. Keine Probleme.« Sie griff wieder nach der Wasserflasche und spielte damit herum.

»Hat sich Maybritt irgendwie merkwürdig verhalten, bevor sie verschwand?«

»Absolut nicht. Sie hat mitgezogen, wenn diese Tour auch vielleicht nicht ganz ihr Ding war.«

»Wie meinen Sie das?«

Sabine Theißen räusperte sich. »Sie ist nicht gerade eine Gazelle. Korpulent wäre wohl der richtige Ausdruck. Beim Aufziehen und Einholen der Segel kommt einem das nicht gerade entgegen. Aber sie hat sich nicht hängen lassen. Ich wollte ihr eigentlich empfehlen, öfter mal unseren Fitnessraum aufzusuchen, aber dazu bin ich nicht mehr gekommen.«

»Den Fitnessraum an Bord?«

»Natürlich nicht! Dafür ist auf so einem Schiff kein Platz.« Die Sportlehrerin straffte sich und sprach plötzlich schneller. »Ich meine unseren Raum hier in der Schule, den ich vor einigen Jahren eingerichtet habe. Schüler sind heutzutage ja eher bewegungsfaul und hängen stundenlang vor dem PC ab. Deswegen wollen wir ihnen einen Anreiz bieten, in Pausen, Freistunden und nach dem Unterricht die Geräte zu nutzen. Und das ganz umsonst. Eine tolle Sache!«

Sabine Theißen klang atemlos. Hannah beschlich das Gefühl, dass sie diese Erläuterungen schon viele Male abgespult hatte. Ohne Punkt und Komma ging es weiter. »Man kann den Schülern nicht genug Angebote im motorischen Bereich machen. Ich leite diverse Arbeitsgemeinschaften. Zum Beispiel die Segelflug-AG. Mein Mann und ich besitzen einen Flieger am Flugplatz Eschendorf. Die AG läuft schon seit Jahren. Wir müssen die Teilnehmer immer auslosen, weil das Interesse riesengroß ist. – Oh, schon so spät!« Sie starrte entsetzt auf ihre Armbanduhr. »Die Pause ist fast vorbei, und ich muss noch etwas erledigen. Entschuldigen Sie mich bitte.«

Weg war sie.

Hannah nippte an ihrem mittlerweile lauwarmen Kaffee und schaute sich um. Das Lehrerzimmer war gut gefüllt. Vincke war im Gespräch mit einer älteren Kollegin und schien sie vergessen zu haben.

Als es klingelte, änderte sich nichts an dem Bild. Ungerührt wurde weiter gegessen, aufs Handy gestarrt, in Unterlagen geblättert. Auch die Tatsache, dass Westermann erschien, führte nur zögerlich zum Aufbruch in den Unterricht.

Endlich hatte Vincke sein Gespräch beendet, kam auf Hannah zu und hob seine unter dem Tisch abgestellte Tasche auf. »Ich hoffe, Sabine konnte Ihnen weiterhelfen«, sagte er freundlich lächelnd. »Kann ich sonst noch etwas für Sie tun?«

»Ich würde gerne mit der Schülerin sprechen, die mit Maybritt befreundet ist. Könnten Sie das arrangieren?«

Vincke kratzte sich am Kopf und sah nicht begeistert aus. Dann erhellte sich seine Miene. »Ich mache Sie mit der Kollegin Schmidt-Holsten bekannt. Franziska ist in diesem Schuljahr in ihre Klasse gewechselt. Kommen Sie.«

Hannah folgte ihm zu einer jungen Frau, die mit einem Zettel in der Hand suchend vor den mit winzigen Namensschildern versehenen Lehrerfächern stand.

»Paula, hast du einen Moment Zeit?«

Der dunkle Pferdeschwanz wippte, als die Lehrerin sich umwandte. Ein offenes, Hannah auf Anhieb sympathisches Gesicht.

»Natürlich. Was gibt es, Alexander?«

Vincke stellte Hannah vor und erläuterte ihr Anliegen.

»Kein Problem«, sagte die Lehrerin. »Ich gehe bei der Klasse vorbei und schicke Franziska hierher. Hier ist der

Schlüssel zum Besprechungsraum, Frau Schmielink. Dort können Sie ungestört reden. Franziska wird Ihnen den Weg zeigen.« Mit diesen Worten händigte sie Hannah ein kleines schwarzes Leder-Etui aus.

Fünf Minuten später hatte sich das Lehrerzimmer endgültig geleert – bis auf zwei Lehrerinnen vor dem Computer in der Ecke. Die ältere, ziemlich übergewichtige Frau mit wilder Lockenfrisur saß auf dem Drehstuhl, die jüngere schaute ihr über die Schulter.

»Hier steht es schwarz auf weiß«, sagte die Ältere und wies mit ihren fleischigen Fingern auf den Bildschirm. »Dieses Protokoll ist vom letzten September. Die zweite Schulkonferenz ist im vergangenen Jahr ausgefallen.«

»Und nun hat er die nächste abgesagt. Ist doch Vorschrift, dass mindestens zwei pro Schuljahr stattfinden.«

Die Ältere scrollte weiter. »Schau mal hier: Die meisten Fachkonferenzen haben auch noch nicht getagt.« Die beiden starrten auf den Bildschirm und redeten weiter, ungeachtet der Tatsache, dass Hannah bestens mithören konnte.

»Ich kann ihn irgendwie verstehen, Ella. Spätestens nach einer halben Stunde hört auf den Gesamtkonferenzen niemand mehr seinen Monologen zu, und alle quatschen mit ihren Nachbarn. Wahrscheinlich befürchtet er ein ähnliches Chaos, wenn Schüler und Elternvertreter dabei sind. Wäre zu peinlich für ihn.«

Sie verstummten für einen Moment. Hannah griff nach einem Flyer und gab vor, ihn intensiv zu studieren. Aus dem Augenwinkel sah sie, wie sich die Ältere über ihre Tasche beugte und eine Mappe hervorkramte. »Muss mal eben kopieren gehen. Lass uns nachher weiterreden.«

Es blieb still, bis Paula Schmidt-Holsten das Lehrerzimmer betrat und Hannah auf den Gang winkte.

»Tut mir leid, aber Sie können erst in der nächsten Stunde mit Franziska sprechen. In Englisch wird gerade ein Vokabeltest geschrieben, den sie nicht verpassen will. Aber…« Die junge Lehrerin stockte und schaute Hannah unsicher an. »Hätten Sie vielleicht ein bisschen Zeit für mich? Ich habe meiner Klasse eine Aufgabe gegeben. Ich glaube, es täte mir ganz gut, mit jemandem reden zu können.«

Hannah folgte ihr in das Untergeschoss eines Seitenflügels. Mit dem Schlüssel aus dem Leder-Etui öffnete die junge Lehrerin einen schmalen Raum, der mit drei Sesseln, einem Sofa sowie einem spärlich bestückten Bücherregal möbliert war. Durch zwei hohe Fenster fiel diffuses Licht.

»Unser Reich«, erläuterte sie, während sie eine Stehlampe einschaltete. »Damit meine ich die Kollegen vom Team der Verbindungslehrer. Wir sind zu viert. Hier halten wir unsere regelmäßigen Sprechstunden ab und können bei Bedarf Beratungsgespräche führen.«

Die Luft war ein wenig abgestanden. Immerhin kein Aquarium, stellte Hannah erleichtert fest. Vor Jahren hatte ein solcher Ort eine bedeutende Rolle in dem Fall gespielt, bei dem sie Jan kennen gelernt hatte.

Paula Schmidt-Holsten ließ sich in einen der Sessel fallen und begrub das Gesicht in den Händen.

Sie war schlank, die helle Jeans saß perfekt, die aprikosenfarbene Bluse mit dem V-Ausschnitt hatte sie locker in den Bund gesteckt. Dazu flache Stoffschuhe. Kein Schmuck, auch kein Ehering, nur am Handgelenk mehrere geflochtene Bändchen, wie man sie beim Eintritt zu Festivals bekam.

Als die junge Lehrerin die Hände sinken ließ, bemerkte Hannah kleine Fältchen um ihre Augen und einige graue Härchen an den Schläfen. Sie war wohl älter als Hannah anfangs geschätzt hatte, vermutlich Mitte bis Ende 30.

»Wäre ich doch dabei gewesen«, sagte Paula mit belegter Stimme. »Ich habe ein fürchterlich schlechtes Gewissen.« Sie holte tief Luft. »Eigentlich war ich nämlich als Begleitung für die Segelfahrt vorgesehen, weil ich die meisten Schüler bis zum Sommer in Sport und Politik unterrichtet habe und außerdem ihre Klassenlehrerin war.«

»Was ist dazwischengekommen?«

»Am Vorabend habe ich mich bei Alexander mit Magen-Darm-Grippe krankgemeldet und ihm mitgeteilt, dass Sabine Theißen als Ersatz für mich einspringt. Frische Luft und Bewegung sind absolut ihr Ding. Ich brauchte sie nicht großartig zu überreden, nachdem ich ihr versprochen hatte, für sie die Vertretung mit der zuständigen Kollegin zu regeln.«

»Und nun machen Sie sich Vorwürfe. Aber Sie können doch nicht dafür, dass Sie nicht mitfahren konnten.«

Paula stöhnte auf. »Doch, kann ich. Ich war nämlich überhaupt nicht krank. Ich habe einfach nur gekniffen.«

Hannah schwieg, bis die junge Frau weitersprach.

»Sie wissen vielleicht nicht, wie es auf so einem Boot zugeht. Man lebt auf engstem Raum mit den Schülern, kann sich kaum aus dem Weg gehen.«

»Das kann ich mir vorstellen«, murmelte Hannah.

»Umso wichtiger ist der Kollege, mit dem man unterwegs ist. Man muss vieles miteinander regeln, kritische Situationen meistern, Konflikte schlichten. Dazu braucht man jemanden, mit dem man gut kann.«

»Und Sie können nicht gut mit Alexander Vincke?«

»Absolut nicht.« Paula rieb nervös ihre Oberschenkel und schaute Hannah ins Gesicht. »Auf Sie wirkt er wahrscheinlich freundlich und zuvorkommend.«

Diesen Eindruck hatte er allerdings auf Hannah gemacht.

Aber da war auch etwas anderes, im ersten Augenblick nicht Greifbares.

»Um es mal vorsichtig zu formulieren: Alexander und ich interpretieren unsere Aufgaben sehr unterschiedlich. Für ihn ist so eine Fahrt eine nette Abwechslung vom Unterrichtsalltag, die ihn nicht großartig belastet. Er blendet alles aus, was Probleme verursachen könnte, geht cool und gleichmütig darüber hinweg und berichtet hinterher in der Schule freundlich lächelnd, dass alles wunderbar gelaufen ist.«

»Und das können Sie nicht.«

»Nein. Dafür bin ich nicht der Typ.«

»Welche Art von Problemen meinen Sie?«

»Zum Beispiel Schüler, die sich auf einer Klassenfahrt nicht wohl fühlen, die Stress mit den anderen haben. Schüler können ziemlich grausam sein.«

»Sprechen Sie von Maybritt Benningsen?«

»Unter anderem.«

»Vermuten Sie, dass das Mädchen unglücklich an Bord war? Dass sie gehänselt worden ist?«

»Ich könnte es mir vorstellen. Ehrlich gesagt war ich erstaunt, dass sie überhaupt mitgefahren ist.«

»Ist die Fahrt denn nicht verpflichtend?«

»Doch, aber manche drücken sich natürlich. Gerade Mädchen wie Maybritt.«

»Meinen Sie wegen ihrer Figur? Frau Theißen hat angedeutet, dass sie ziemlich korpulent ist.«

»Wundert mich, dass Sabine so etwas überhaupt auffällt! Und korpulent ist freundlich untertrieben. Sehen Sie dieses Sofa?« Sie zeigte auf das dunkle Möbelstück, das relativ neu wirkte und farblich nicht ganz zu den anderen Sitzgelegenheiten passte. »Wir haben es im letzten Schuljahr angeschafft, nachdem wir mehrmals Gespräche woandershin verlegen mussten, weil jemand nicht in diese Sessel hineinpasste. Schülerinnen wie Maybritt zum Beispiel.«

Hannah war schockiert. Die Sessel waren nicht geräumig, aber auch nicht gerade schmal.

»Ich habe mit Maybritts Abmeldung von der Fahrt in letzter Minute gerechnet. Irgendeinen Arzt zu finden, der eine Bescheinigung über Schulunfähigkeit ausstellt, ist heutzutage kein Problem.«

»Aber sie ist mitgefahren.«

Ein tiefer Seufzer entfuhr Paula Schmidt-Holsten. »Ja, das ist sie. Und nun ist sie verschwunden.«

Abrupt stand sie auf. »Ich muss leider zurück in die Klasse. Bestimmt haben die Schüler ihre Aufgabe längst erledigt. Franziska kommt direkt hierher. Wenn sie überhaupt den Mut dazu hat. Aber ich warne Sie vor: Das Mädchen ist extrem schüchtern. – Sind Sie morgen wieder in der Schule?«

»Das sieht unser Notfallkonzept so vor. Ich gehe noch einmal in die Klasse und halte mich für Gespräche zur Verfügung. Wir können uns dann gerne weiter unterhalten.«

»Das wäre gut. Ich habe morgen um viertel vor zwölf eine Freistunde. Vielleicht passt das.«

Nach Paula Schmidt-Holstens Aufbruch wurde Hannah die Stille in diesem Teil des Gebäudes bewusst. Nur sehr gedämpft drangen ab und zu Geräusche hierher.

Der Raum bot nur wenig Ablenkung: ein paar Poster an der Wand, Spiele und zerlesene Bücher im Regal. Und eine Packung Tempotücher.

Ein stetig anschwellendes Rattern und gelegentliches Quietschen drang in ihr Bewusstsein. Irgendetwas wurde den Flur entlang gerollt. Dann plötzlich ein klirrendes Geräusch und ein Aufschrei.

Hannah öffnete die Tür. Am Ende des Gangs kniete die jüngere der beiden Sekretärinnen vor einem Rollwagen, auf dem sich Pappkartons türmten. Einer davon war zu Boden gefallen.

»Verdammter Mist«, schimpfte die junge Frau, öffnete hektisch den heruntergefallenen Karton und zog eine Glasscherbe heraus.

»Seien Sie vorsichtig!«, sagte Hannah.

»Zu spät. Das sind Sektgläser für die Verabschiedung unseres früheren Chefs. Wird tierischen Ärger geben.«

Hannah war inzwischen nahe genug herangekommen, um das Namensschildchen der jungen Frau zu lesen. Sie konnte sich lebhaft vorstellen, von welcher Kollegin Tanja Ärger erwartete.

»Lassen Sie den Karton doch einfach verschwinden«, schlug sie kurzerhand vor. »Sechs fehlende Gläser fallen sicher nicht auf.«

»Meinen Sie? Aber wo?« Die junge Frau schien Mut zu fassen.

»Im Beratungsraum gibt es einen Mülleimer. Geben Sie mir den Karton. Wenn Sie nachher einen Moment Zeit haben, können Sie ihn entsorgen.«

Zehn Minuten später ein zaghaftes Klopfen. Hannah öffnete die Tür und sagte freundlich: »Hallo. Sie sind sicher Franziska.«

Das blonde Mädchen nickte stumm.

»Mein Name ist Hannah Schmielink. Hat Frau Schmidt-Holsten Ihnen gesagt, wer ich bin?«

»Ja, eine Psychologin aus Münster.« Sie sprach leise ohne Hannah anzusehen. »Sie sind wegen Maybritt hier.«

Tränen rollten über ihre vollen Wangen. Hannah führte

Franziska zum Sofa, setzte sich neben sie und reichte ihr ein Papiertaschentuch aus der bereitliegenden Schachtel. Mehrere Minuten vergingen, bis das Mädchen sich beruhigt hatte.

Sie war klein, recht hübsch und ein wenig pummelig. Ein braver Haarschnitt mit Pony, kein Make-up, ein Goldkettchen mit einem winzigen Amulett im Ausschnitt des dunklen Kapuzenpullovers, der nicht gerade vorteilhaft wirkte.

Nach einem letzten Schniefen tupfte das Mädchen die Tränen weg, die in den langen, dunklen Wimpern hingen.

»Geht es wieder?« Ein Nicken. Mehr hatte Hannah nicht erwartet.

»Franziska, möchten Sie mir erzählen, wie Sie erfahren haben, dass Maybritt verschwunden ist?«

»Ich habe es von ihrer Mutter gehört«, krächzte das Mädchen. »Sie hat mich am Freitagabend angerufen. Aber ich habe schon vorher geahnt, dass etwas nicht stimmt.«

»Sie sind eng mit Maybritt befreundet?«

»Ja, das sind wir. Das waren wir. Ich glaube, sie lebt nicht mehr.« Wieder füllten sich ihre Augen mit Tränen.

»Wenn zwei Menschen sich sehr nahe stehen, ahnt man manchmal, dass es dem anderen schlecht geht, auch über weite Entfernungen hinweg. Das ist mir auch schon einmal so gegangen.«

»War jemand gestorben?«

»Nein, aber mein damaliger Mann ist nur knapp einer Flugzeugkatastrophe entgangen. Ich habe genau in dem Moment gespürt, dass etwas mit ihm war.«

»Mir ging es so ähnlich«, schniefte Franziska. »Ich bin in der Nacht von Donnerstag auf Freitag gegen zwölf Uhr aufgewacht und habe sofort gewusst, dass etwas Schreckliches passiert ist. Danach habe ich nichts mehr von Maybritt gehört.«

»Standen Sie denn in ständigem Kontakt mit ihr?«

»Sie hat mir von Bord mehrmals pro Tag geschrieben. Manchmal hat sie auch ein Foto geschickt.«

»Mögen Sie mir eins zeigen?«

Das Mädchen griff in die Tasche des verwaschenen Kapuzenpullovers. Einige Sekunden später hielt sie Hannah das Display ihres Handys hin.

Es war ein Selfie von Maybritt. Rundliche Wangen, obwohl ihre Kopfform ansonsten eher kantig wirkte, strähnige, bis auf die Schultern herabhängende Haare in einer undefinierbaren Farbe. Buschige Augenbrauen. Schmale Lippen, die sich zu einem verschmitzten Grinsen verzogen.

»Es scheint ihr gut zu gehen.«

»Sieht so aus. Das Foto ist vom letzten Tag an Bord. Sie schrieb dazu, dass alles okay ist. Ich konnte es kaum glauben. In den ersten Tagen auf der Undine schien sie todunglücklich zu sein. Außerdem war ihr ständig übel.«

»Seekrank?«

»Muss wohl. Ging aber anscheinend mehreren so. Amelie, die mit Maybritt zusammen in der Kajüte war, soll noch mehr gekotzt haben.«

»Wie kam sie mit Amelie klar?«

»Ich glaube kaum, dass sie gerne mit ihr die Kajüte geteilt hat. Wahrscheinlich wurde gelost. Aber diese Nadine ist auch nicht besser.«

»Sie kennen Maybritts Mitschüler also?«

»Amelie war in meiner Klasse. Sie war eigentlich ganz okay, bis sie sich den anderen angepasst hat. Mit einigen von denen hatte ich ein paar Kurse zusammen, bis ich im Sommer hängengeblieben bin. Ich habe Maybritt angefleht, das

Jahr freiwillig gemeinsam mit mir zu wiederholen, aber sie wollte nicht. Sie könne das ihrer Mutter nicht antun, meinte sie.«

»Franziska, haben Sie eine Vermutung, was in der Nacht geschehen ist?«

»Ich weiß es nicht«, gab Franziska düster von sich. »Vor allem verstehe ich nicht, warum sie überhaupt mitgefahren ist. Sie wusste doch, was auf sie zukommen würde.«

»Was meinen Sie damit?«

»Vielleicht bilde ich mir das alles nur ein. Sie war ja gut zufrieden an Bord. Das Foto beweist es. – Ich muss jetzt zurück in den Unterricht. Wir bereiten eine Präsentation vor. Ich kann nicht länger fehlen.«

»Sollen wir uns nach dem Unterricht weiter unterhalten?«

»Heute geht es nicht. Ich habe meinem Vater versprochen, auf dem Hof zu helfen. Und morgen bin ich nicht in der Schule, weil wir ein Projekt machen.«

»Was ist mit morgen Nachmittag? Gerne auch außerhalb der Schule, wenn Sie wollen.«

»Würden Sie zu mir nach Ohne kommen? Ich weiß nicht genau, wann ich Zeit habe. Wir könnten uns im Café an der Kirche treffen.«

Zwanzig vor zwei

Hannah nahm wieder den Weg über den Waldhügel, hielt sich aber dieses Mal exakt an die vorgeschriebene Geschwindigkeit. Ein Knöllchen war auf jeden Fall schon eins zu viel. Auf dem höchsten Punkt hatte sie beste Sicht auf Höfe und Wiesen im milden Septemberlicht, dann ging es wieder hinab.

Als die beiden Türme der Unikliniken vor ihr auftauchten, war es bereits kurz vor halb drei. Da es sich nicht mehr lohnte, zur Beratungsstelle zu fahren, bog sie nach Gievenbeck ab, erledigte verschiedene Einkäufe und stöberte noch eine Weile in der ortsansässigen Buchhandlung, um Lektüre für den Kurztrip am Wochenende zu finden.

Jans Auto stand in der Einfahrt. Sie war erstaunt, ihn auf dem Sofa im Wohnzimmer vorzufinden.

»Du hast schon Feierabend? Das ist ja schön. Sollen wir eine kleine Radtour machen? Das Wetter ist herrlich. Allerdings brauche ich erst eine Kleinigkeit in den Magen. Was ist mit dir? Hast du in der Kantine gegessen?«

Jan richtete sich langsam auf und schüttelte den Kopf. »Keinen Hunger.«

Erst jetzt sah sie, wie grau sein Gesicht war. »Geht es dir nicht gut?«

Ein unwirsches Brummen.

»Dein Rücken?«

Überrascht schaute er auf. »Woher weißt du davon?«

»Von Gerrit. Ihm hast du anscheinend davon erzählt. Mir ja nicht.«

»Warum soll ich dich damit belasten? Bringt doch nichts.«

»Was ist denn los? Seit wann hast du Schmerzen?«

»Schon länger. Aber durch die Autofahrt nach Xanten gestern ist es schlimmer geworden.«

»Dann geh doch zum Arzt.«

»Vor morgen Nachmittag konnte ich keinen Termin bekommen. Andere Patienten hätten auch Schmerzen, hat diese Schnepfe an der Anmeldung geätzt.«

»Sei froh, dass du Privatpatient bist. Andere warten länger. Hast du eine Schmerztablette genommen?«

»Sogar zwei.«

50

»Lass uns erst mal Kaffee trinken. Und dann fahren wir los. Bewegung hilft bei Rückenschmerzen.«

»Ich weiß nicht ... Ich kann mich kaum rühren.«

Phlox und Rittersporn bekamen Hannahs Unmut darüber zu spüren, dass Jan sich nicht zu einer Tour hatte überreden lassen. Sie riss die vertrockneten Stängel ab und stopfte sie energisch in die Biotonne. Dann mähte sie mit Vehemenz den Rasen, der unmöglich noch das Wochenende über stehen bleiben konnte. Nach einer Stunde war sie verschwitzt, aber es ging ihr besser. Die Rosen mussten eigentlich noch ausgeknipst werden, aber das musste warten.

Am späten Nachmittag setzte sie sich mit ihrem Laptop auf die Terrasse und rief mehrere Hotelportale auf, um nach Unterkünften in Holland zu suchen – nicht weit weg von Xanten, falls etwas mit Lasse sein sollte. Das »Knoppunkt«-Radwege-System der Niederländer ermöglichte individuelle Rundkurse, und es war beinahe unmöglich, sich zu verfahren. Außerdem bewegte man sich in Holland um diese Zeit des Jahres nicht andauernd zwischen meterhohen Maisfeldern hindurch, die jegliche Aussicht auf die Landschaft versperrten.

Sie fand ein Doppelzimmer mit Balkon in einem ruhig gelegenen Hotel in der Nähe von Zutphen, wollte reservieren, aber irgendetwas ging schief. Sie zögerte. Sollte sie überhaupt buchen?

Der Himmel hatte sich wieder bewölkt. Auf der Terrasse war es mittlerweile kühl. Diese Zeit gehörte normalerweise ihrem Sohn. Von Jans Eltern und Lasse hatten sie nichts gehört. Bestimmt ging es ihm prächtig bei Oma und Opa. Bestimmt.

Dienstag, 3. September

Gegen halb neun

Als ihre Lieblingskollegin die Beratungsstelle betrat, hatte Hannah schon eine Stunde lang Papierkram erledigt. »Du bist aber früh aus dem Bett gefallen. Ich dachte, ihr frühstückt ausgiebig – ohne euren Sprössling«, sagte Dorothee mit einem Augenzwinkern.

»Wenn man von seinem Ehemann außer der Tageszeit keinen Ton zu hören bekommt, entwickelt man Fluchtreflexe. Außerdem ist hier gestern eine Menge liegengeblieben.«

Dorothee schaute mitfühlend. »Stress?«

»Sein Rücken. Er hat sich die ganze Nacht im Bett herumgewälzt und gestöhnt.«

»Oh je! Da kann alles Mögliche dahinter stecken.«

Verabredungsgemäß führte Hannah noch ein Beratungsgespräch durch. Alle anderen waren verschoben worden, aber morgen würde sie wieder planmäßig arbeiten.

Die Strecke über Greven und Emsdetten war kürzer als die über die B 54. Um diese Tageszeit waren wenige Lkw unterwegs, aber die Fahrt dauerte wegen der Ortsdurchfahrten mit reichlich Ampeln trotzdem länger.

Was würde ihr heutiger Einsatz in der Schule überhaupt bringen? Viel Betroffenheit hatte sie gestern nicht erlebt – weder im Kollegium noch bei den Mitschülern von Maybritt Benningsen. Einzig und allein bei deren Freundin Franziska und ihrer Klassenlehrerin Paula Schmidt-Holsten war wirklich Gesprächsbedarf zu erkennen gewesen. Lohnte es sich, wegen der beiden mehr als einen halben Arbeitstag aufzuwenden?

Es ging bereits auf elf Uhr zu, als sie den Parkplatz am Berufskolleg erreichte. Der Lieferwagen eines Getränkehandels blockierte den Weg zum Haupteingang. Ein junger Mann hatte Wasser-Kisten auf eine Karre getürmt. Hannah hielt ihm die Tür auf, er bedankte sich knapp und schlug die entgegengesetzte Richtung ein. Aus dem Augenwinkel sah Hannah, wie ihm die nächste Tür von einer Schülerin geöffnet wurde, die wie eins der Mädchen in Vinckes Klasse aussah.

Wo sollte sie Maybritts Mitschüler finden? Am Vortag war sie neben dem Klassenlehrer hergetrottet, ohne darauf zu achten, wohin er sie führte. Sie beschloss, im Sekretariat nachzufragen.

Tanjas Arbeitsplatz war verwaist. Ihre Kollegin Regine Teupker schaute unwillig von einigen Papieren hoch.

»Ja bitte?«

»Ich möchte noch einmal in die Klasse von Herrn Vincke. Wegen des Vorfalls in Holland. Wo muss ich da hin?«

Frau Teupker konsultierte kommentarlos einen laminierten Zettel und fingerte dabei an ihrer Bernsteinkette herum: »Raum O.14«, sagte sie und senkte den Kopf.

»Und wo ist das?«

Das Telefon enthob die Sekretärin einer Antwort.

»Die Getränke? Warum denn ins Bistro? … Na gut, stell sie da hin … Nein, nur der Sekt muss kalt gestellt werden. … Das kannst du dir doch denken! Und seid vorsichtig mit den Gläsern.«

Die Sekretärin legte den Hörer weg und schaute Hannah an.

»Frau Teupker!«

Der Schulleiter Klaus-Jürgen Westermann in einem zerknautschten, karierten Sakko. Er hielt der Sekretärin eine dünne Mappe hin. »Das Programm für den Festakt muss leider noch einmal geändert werden. Ich hoffe, der Hausmeister hat es noch nicht ausgedruckt. Der Bürgermeister ist krank und schickt seine Stellvertreterin.«

»Ist das wirklich nötig? Wir haben hier reichlich zu tun. Die Änderung kann man doch am Samstag mündlich erklären.«

»Auch wieder wahr«, machte Westermann einen Rückzieher. Dann erst schien er Hannah zu bemerken. »Ach, Frau ...«

»Schmielink«, half Hannah ihm aus.

»Richtig. Sie wollten heute noch einmal kommen. Ich hoffe, es ging gestern einigermaßen mit der Klasse. In ein paar Minuten erwarte ich die Presse, aber in der Pause bin ich gerne für Sie da. Wo mein Büro ist, wissen Sie ja.«

Hannah gab es auf, die unfreundliche Sekretärin noch einmal zu stören. Auf dem Gang fragte sie zwei Schüler nach dem Raum O.14.

»Keine Ahnung, wo das ist. Nummern merkt sich hier keiner. Wie heißt denn die Klasse?« Das wiederum wusste Hannah nicht. Seufzend wandte sie sich in Richtung Lehrerzimmer. Vor der Tür traf sie auf die übergewichtige Lehrerin, die gestern vor dem Computer über Westermanns Versäumnisse getratscht hatte.

»Vinckes Truppe? Die ist irgendwo im Obergeschoss. Am besten fahren Sie mit dem Aufzug. Aber fragen Sie doch einfach Alexander. Warten Sie, ich schließe Ihnen die Tür zum Lehrerzimmer auf.«

Er saß an seinem Stammplatz in der Nähe des Fensters und war mit seinem Handy beschäftigt. Das T-Shirt war heute blau, sein Lächeln ebenso verbindlich wie gestern. Als er Hannah sah, stand er auf und kam ihr entgegen. »Frau Schmielink. Schön, dass Sie noch einmal da sind. Möchten Sie einen Kaffee?«

»Dazu fehlt mir leider die Zeit. Ich wollte zu Ihrer Klasse. Haben Sie da nicht in dieser Stunde Unterricht?«

»Im Prinzip schon. Die Schüler erstellen allerdings im Moment Referate in Partnerarbeit und sind im gesamten Gebäude verstreut. Aber das bekommen wir schon hin.«

Sie folgten den langen Gängen und bogen mehrmals ab. Vincke bemühte sich um Small Talk über ihre Anreise und das Wetter, bis er am Ende eines langen Flurs eine Glastür zu einem Raum von gut der doppelten Größe eines Klassenzimmers öffnete. »Unser Selbstlernzentrum«, sagte er und schaute sich suchend um. »Dahinten«, nickte er und ging auf zwei Schüler zu.

Der Geräuschpegel war gedämpft. Zu zweit oder in Grüppchen umlagerten die Schüler die mit Computern ausgestatteten Arbeitstische, aber die beiden waren anscheinend die Einzigen aus Vinckes Klasse.

Vincke sprach mit dem blonden Mädchen mit Hornbrille. Hannah versuchte sich an ihren Namen zu erinnern. Amelie? Nadine? Jedenfalls zückte sie bereitwillig ihr Handy. Der blasse Junge mit der randlosen Brille sah nicht einmal vom Bildschirm hoch und hämmerte auf der Tastatur. Von der Seite sah man seine schlechte Haltung und den gekrümmten Rücken.

»Die Klasse ist per Whatsapp vernetzt. Nadine hat die anderen angeschrieben, dass sie sofort in den Klassenraum kommen sollen. Wird nur ein paar Minuten dauern«, erläuterte Vincke, als sie das Selbstlernzentrum wieder verließen.

Hannah suchte krampfhaft nach einem Thema, um das

unangenehme Schweigen zu überbrücken. »Wählen die Schüler sich ihre Arbeitspartner selbst aus?«

Vincke wirkte amüsiert. »Sie meinen, weil Jonathan und Nadine nicht gerade wie ein Dream-Team wirken? Manchmal dürfen die Schüler ihre besten Kumpel nehmen, aber heute habe ich gelost. Schließlich müssen sie später im Beruf auch mit Leuten zusammenarbeiten, die sie sich nicht aussuchen können.«

»Ihre Klasse ist nicht besonders groß. Ist das normal hier?«

»Inzwischen schon. Die geburtenschwachen Jahrgänge machen sich allmählich auch im Berufskolleg bemerkbar. In dieser Klasse mussten wir sogar zwei Bildungsgänge zusammenlegen.«

»Wie geht denn das?«

»Im letzten Schuljahr haben wir einen neuen Zweig eingerichtet: AHR mit beruflichen Kenntnissen für Freizeitsportgruppenleiter.«

»AHR?«

»Allgemeine Hochschulreife. Kein anderes Berufskolleg im Umkreis bietet diesen speziellen Abschluss an, sodass man damit prima Werbung machen kann. Leider hat die Sache nicht wie gewünscht funktioniert.«

»Zu wenige Interessenten?«

»14 hatten den Vertrag unterschrieben. Das war knapp, aber unser früherer Chef war zuversichtlich, dass sich der neue Bildungsgang durch Mund-zu-Mund-Propaganda etablieren würde. Allerdings sind drei Schüler am ersten Schultag nach den Sommerferien gar nicht erst erschienen. – Hier müssen wir ins Obergeschoss hoch, Frau Schmielink. – In den folgenden Wochen sind einige abgesprungen, die es sich offensichtlich erheblich leichter vorgestellt hatten, auf dem Berufskolleg das Abitur zu machen. Dazu war eine Schülerin monatelang wegen Magersucht stationär in Behandlung und hat den Anschluss verloren. Es läpperte sich. Am Ende haben nur fünf Schüler die Versetzung in die Zwölf geschafft.«

»Zu wenige für eine eigene Klasse.«

»Genau. – So, jetzt hier rechts. – Den Bildungsgang abzubrechen, wäre äußerst schlechte Publicity gewesen. Also kam jemand auf die clevere Idee, die Freizeitsportgruppenleiter und die AHR plus Erzieherausbildung zusammenzulegen. Diese Klasse war ebenfalls geschrumpft, beide müssen sowieso den Leistungskurs Erziehungswissenschaften belegen und nur in wenigen Fächern getrennt unterrichtet werden.«

»Lassen Sie mich raten. Maybritt gehört zu den Erziehern.«

Vincke wandte kurz den Kopf. »Stimmt.«

»Und der blasse Typ vorhin mit der schlechten Haltung? Der sieht auch nicht gerade sportlich aus.«

»Jonathan? Unser Nerd. Der könnte die Ausbildung schon aus gesundheitlichen Gründen nicht machen. Er war übrigens auch bei der Klassenfahrt nicht dabei.«

»Und wer sind die Freizeitsportgruppenleiter? Ich schätze, die beiden schlanken, blonden Schönheiten, dazu der lange Kerl hinten links, der neben Maybritt sitzt …«

»Lennart.«

»Genau den meine ich. Und Miguel, der Clown?«

»Ja, der auch. – Stimmt fast alles. Nur Amelie gehört zu den Erziehern. Wie kommen Sie darauf?«

»Berufsbedingte Intuition, die in diesem Moment aber an ihre Grenzen stößt. Wer sonst noch?«

»Ein Schüler, der schon länger ohne Begründung fehlt und vermutlich demnächst die Kündigung des Schulvertrags zugeschickt bekommt. Und natürlich Marvin. Vorne rechts.

Ich weiß nicht, ob Sie ihn gestern überhaupt noch getroffen haben. Er kommt häufig zu spät. – So, wir sind da.«

Gefühlt lag die Klasse in der hintersten Ecke des Gebäudes.

Jonathan und Nadine hatten sich bereits eingefunden. Lennart und sein kräftiger, rothaariger Banknachbar kamen etwas später, ein paar andere Plätze waren noch unbesetzt. Nach einigen Floskeln ließ Vincke Hannah mit seiner Klasse allein.

Sie stand abwartend am Pult, bis die Schüler sich gesetzt hatten.

»Soll ich das Fenster wieder öffnen?«, rief Miguel feixend von hinten.

»Nein!« Ein Aufschrei von Nadine.

»Hat dir schon mal jemand gesagt, dass der Hochsommer vorbei ist?«, stichelte Miguel. »Du solltest dich wärmer anziehen.« Anzüglich grinsend wies er auf den tiefen Blusenausschnitt des Mädchens.

»Lassen Sie das Fenster geschlossen, Miguel«, sagte Hannah beschwichtigend. »Die Luft ist ja nicht so verbraucht wie gestern.«

Weitere Schüler kamen zurück. Hannah beschloss anzufangen, denn sie hatte nur noch wenig Zeit bis zur Pause.

»Wir hatten gestern vereinbart, dass wir ein Foto von Maybritt an ihrem Platz aufstellen wollen. Ich habe einen Rahmen mitgebracht. Haben Sie ein Bild ausgesucht?«

Das Schweigen dauerte. Jemand räusperte sich. Nadine spielte gedankenverloren mit ihren langen Haaren. Lennart hatte schon wieder die Hände unter dem Tisch und fummelte garantiert an seinem Handy herum.

Die Tür öffnete sich: Marvin. Seine dunklen Haare waren

heute zu einem winzigen Schwänzchen auf dem Hinterkopf gebunden, was seine klassisch wirkenden Gesichtszüge noch betonte. Die Pumphose war grün, das Sweatshirt schwarz mit lila-silbrigen, verschnörkelten Buchstaben, die Hannah nicht entziffern konnte.

»Sorry. Hat etwas gedauert«, sagte er höflich und bedachte Hannah mit einem langen, wohlwollenden Blick, während er seine geflochtene Tasche auf den Boden gleiten ließ.

Irritiert bemühte sie sich um Konzentration auf ihre Aufgabe: »Sie haben doch sicher eine Menge Fotos auf der Klassenfahrt gemacht. Ist keins von Maybritt dabei?«

»Doch. Aber … das geht irgendwie nicht. Schauen Sie mal!« Ein Mädchen mit halblangen schwarzen Haaren hielt Hannah ihr Smartphone hin.

Es war eine Ganzkörper-Aufnahme von Maybritt: stämmige Beine, die stramm in mittelblauen Jeans steckten, zierliche Füße in hellen Turnschuhen, der Oberkörper verdeckt von einer schwarzen, riesigen Regenjacke. Sie sah erschöpft aus, so weit man das von den wenigen Gesichtszügen her beurteilen konnte, die die Kapuze frei ließ. Ganz anders als auf dem Selfie, das Franziska Hannah gestern gezeigt hatte.

»Ein anderes Foto gibt es nicht?«, forschte sie vorsichtig.

Wieder ließ die Antwort auf sich warten. Noch einmal öffnete sich die Tür: Amelie sah noch blasser als gestern aus und setzte sich, ohne ein Wort zu sagen, neben Nadine.

»Maybritt war meistens in der Kajüte. Wir haben sie kaum zu Gesicht bekommen«, stieß Lennart mit gepresster Stimme aus, ohne den Blick von seinem Handy zu nehmen.

»Außer beim Essen natürlich«, fügte Miguel mit großen Augen treuherzig hinzu.

Hannah entging das Grinsen in der Klasse nicht. »Und warum blieb sie unter Deck?«

»Es war schwierig für sie auf dem Schiff. Die steilen Treppen, die Segelmanöver. Das war nichts für Maybritt.«

»Und Herr Vincke hat das so akzeptiert?«

»Vincke!«, ächzte der kräftige Junge neben Lennart. Er war hochrot im Gesicht angelaufen und schnaufte: »Als wenn den das interessiert hätte!«

»Aha«, murmelte sie entgeistert. »Hatten Sie mir schon Ihren Namen gesagt?«

»Karsten.«

»Und was sagte Frau Theißen dazu?«, beharrte Hannah und schaute in die Runde.

»Die merkt doch nichts«, giggelte Nadine. »Absolute Nicht-Checkerin. In der Schule munkelt man, dass sie ihre Noten würfelt, weil sie sich keine Namen merken kann.« Mehrere Mitschüler fielen in ihr Kichern ein.

Auf dem Flur war Gejohle zu hören. Offensichtlich war der Unterricht für eine der Nachbarklassen schon beendet. Hannah fühlte sich plötzlich fehl am Platz, absolut überflüssig. Sollte sie einfach gehen? Anscheinend legte die Klasse keinen Wert auf ein Gedenken an ihre verschwundene Mitschülerin. Niemand war besonders aufmerksam. Marvin hatte sogar die Augen geschlossen und schien dem Schlaf nahe.

Sie fällte ihre Entscheidung aus dem Bauch. »Also kein Foto«, sagte sie und versuchte, einfühlsam, aber bestimmt zu klingen. Mit einem schnellen Griff zog sie eine dicke, weiße Kerze aus ihrer Tasche. »Ich schlage vor, wir stellen die hier auf den freien Platz zwischen Lennart und Karsten. Wenn Ihnen danach ist, können Sie die Kerze anzünden und an Maybritt denken. Wenn nicht, dann lassen Sie es.« Ein offenes Angebot. Es hatte keinen Sinn, den Schülern etwas überzustülpen.

»Gute Idee.« Marvin hatte die Augen wieder geöffnet und sprach mit ernster Miene in den kurzen Moment der Stille hinein. »Könnten Sie vielleicht ein Gebet mit uns sprechen? Ich fände das passend.«

»Natürlich«, erwiderte Hannah erfreut und reichte ein Päckchen Streichhölzer in die Klasse. »Lennart, zünden Sie die Kerze bitte an?«

Dem schlaksigen Jungen zitterten die Finger. Er brauchte lange und verbrannte sich beinahe an der Flamme. Hannah wartete geduldig ab und versuchte sich derweil zu sammeln. Ganz wohl war ihr nicht, denn noch war das Mädchen nicht gefunden worden. Griff so ein Gebet nicht zu sehr vor?

Sie improvisierte, sprach von der Ungewissheit, der Sorge um Maybritt, der Hoffnung, dass sie Schutz gefunden haben möge bei einer höheren Macht. Damit ließ sie es gut sein, denn expliziter mochte sie nicht werden. Ihr Gefühl sagte ihr, dass die meisten Schüler nicht gläubig waren. Aber vielleicht hatte sie doch den einen oder anderen erreicht. Mehr konnte man nicht erwarten.

Kaum hatte sie die letzten Worte gesprochen, als Jonathan, der blasse Junge neben der Tür, aufsprang und aus dem Klassenzimmer rannte.

»Dabei müssen Sie sich nichts denken.« Marvin gab sich alle Mühe, ein Gähnen zu unterdrücken, obwohl er es schließlich gewesen war, der das Gebet vorgeschlagen hatte. »Der muss öfter mal ganz plötzlich.«

»Genau«, kam postwendend von Karsten. »Hat immer Angst, es könnte was daneben gehen.«

Hannah widersprach nicht, obwohl sie vielmehr vermutete, dass Jonathan Maybritts Verschwinden nahe ging. Sie schaute unauffällig auf die Uhr. Gleich würde es zur zweiten

Pause klingeln, in der sie mit Paula Schmidt-Holsten verabredet war.

»Lennart!« Der Angesprochene zuckte zusammen. »Würden Sie wohl dafür sorgen, dass die Kerze aus ist, wenn alle den Klassenraum verlassen?«

Im Lehrerzimmer

»Schön, dass Sie Zeit haben, Frau Schmielink. Wollen wir vielleicht in der Nähe einen Latte Macchiato trinken?«

Paula Schmidt-Holsten führte Hannah zu einem Hinterausgang. Nach wenigen Minuten erreichten sie einen vorwiegend zum Parken genutzten Platz, um den sich Supermärkte, Geldinstitute, kleinere Geschäfte und eine Bäckerei mit Café-Bereich gruppierten. Freie Tische waren um diese Uhrzeit reichlich vorhanden. Vom dunklen Sandsteinturm der gegenüberliegenden Kirche kamen dumpfe Glockenschläge.

»Zwölf Uhr«, sagte die junge Lehrerin mit einem Blick auf ihre Armbanduhr. »Bis hierher schafft man es gerade so in einer Freistunde, wenn man mal raus will aus unserem Laden.«

»Ach du meine Güte!« Hannah fasste sich an den Kopf. »Westermann wollte mich in der Pause sprechen.«

»Sie können davon ausgehen, dass er das völlig vergessen hat.«

»Meinen Sie wirklich?«

»Garantiert. Für den gibt es im Moment nur die Verabschiedung seines Vorgängers. Die will er hundertprozentig auf die Reihe bekommen. – Warum kommt denn hier keine Bedienung? Ewig habe ich auch nicht Zeit!« Unruhig schaute die junge Lehrerin sich um, aber vor der Theke standen mehrere Kunden in einer Schlange. »Der Kuchen ist übrigens empfehlenswert.«

»Nichts Süßes um diese Tageszeit«, lehnte Hannah ab, die langsam Hunger auf etwas Deftiges bekam.

Endlich kam eine junge Frau und versprach, zügig zwei Latte Macchiato zu bringen.

Aufatmend lehnte Paula Schmidt-Holsten sich zurück. »Gut, dass unser alter Chef nicht weiß, wie schnell es ohne ihn bergab geht in seinem Laden! Mittlerweile macht so ziemlich jeder, was er will.«

»Wie meinen Sie das?«

»Da könnte ich einiges erzählen. Es gibt zum Beispiel Kollegen, die morgens direkt vom Parkplatz in die Klasse gehen, damit keiner mitbekommt, wie spät sie dran sind.«

»Ehrlich gesagt habe ich mich schon gewundert, dass es alle nach dem Klingeln ziemlich langsam angehen lassen.«

»Weil jeder weiß, dass es keine Konsequenzen hat. Ich trödele selbst mittlerweile minutenlang herum, bis ich in den Unterricht gehe, um nicht als Streber zu gelten. Der Kollege Vincke ist übrigens ganz groß im Zuspätkommen.«

»Zu ihm würde ich Sie gerne noch etwas fragen«, hakte Hannah ein, erleichtert darüber, das Thema wechseln zu können, denn die Interna des Berufskollegs hatten wirklich nichts mit ihrem Auftrag zu tun. »Er hat mir vorhin erzählt, dass Maybritts Klasse im Sommer neu zusammengesetzt wurde. Glauben Sie, dass das für ihr Verschwinden irgendeine Bedeutung haben könnte? Gibt es Spannungen zwischen den beiden Gruppen?«

Paula Schmidt-Holsten wartete mit ihrer Antwort, weil ihre Getränke serviert wurden. Dann rührte sie bedächtig mit dem langstieligen Löffel um und nahm einen großen Schluck. »Das kann ich Ihnen nicht beantworten«, sagte sie mit völlig veränderter Stimme. »Ich weiß nur, dass die Atmosphäre in meiner Klasse damals gut war.«

»Sie meinen die AHR für Erzieher?«

»Genau. Natürlich herrscht in einer zufällig zusammengewürfelten Gruppe nicht immer die beste Stimmung, aber als Klassenlehrer ist man dafür verantwortlich, dass solche Situationen nicht ausufern und vor allem nicht an Schwächeren ausgelassen werden. Ich finde es zum Beispiel wichtig, mit Einzelnen zu reden, sie positiv zu beeinflussen, sich auch mal privat mit den Schülern zu treffen. Das bringt schon eine ganze Menge. Aber mit dieser Ansicht steht man ja heutzutage ziemlich allein da.«

»Und Ihr ›Lieblingskollege‹ Alexander Vincke?«

Paula runzelte die Stirn, sichtlich mit sich ringend, wie deutlich sie werden sollte. »Wenn jemand abwertende Bemerkungen unter Schülern konsequent überhört, sich noch dazu selbst so manche Anzüglichkeit erlaubt, dann ist es kaum verwunderlich, dass einige in der Klasse sich ermuntert fühlen, dieses Spielchen weiter zu treiben. Irgendwann ist es dann nicht mehr zu stoppen und gerät völlig aus dem Ruder.«

»Sprechen Sie von Bemerkungen über Maybritts Körperfülle?«

»Zum Beispiel. Aber auch andere Schüler haben Schwachstellen, auf denen es sich wunderbar herumreiten lässt. In jeder Klasse gibt es Leute, die als Opfer in Frage kommen, weil sie irgendwie anders sind und sich nicht wehren können oder wollen.«

»Und Vincke hat nie etwas dagegen unternommen?«

»Warum sollte er? Seine Stundenermäßigung als Klassenlehrer nimmt er gerne an, leistet allerdings nichts dafür, als sein Klassenbuch penibel in Ordnung zu halten. Der äußere Schein muss schließlich gewahrt bleiben. Auf die Weise kann man sich beim Chef im Handumdrehen beliebt machen. Diese Einstellung ist mir absolut zuwider.«

Nach einem Blick auf ihre Uhr trank Paula hastig ihr Glas leer. »Wir müssen leider los. Ich komme sowieso schon zu spät.«

Unterwegs zog Hannah ihre Strickjacke aus, weil es in der Sonne angenehm warm war, und versuchte, von Paula noch mehr über die Klasse zu erfahren. »Mir ist aufgefallen, dass Maybritt in der Ecke hinten links ihren Platz zwischen zwei Jungen hat, während alle anderen Mädchen auf der rechten Seite sitzen. Hat sie mit denen besonderen Stress?«

»Kann ich Ihnen nicht sagen, aber erfahrungsgemäß versuchen die Schüler in den Ecken sich zu verstecken. Man nimmt sie kaum wahr.«

»Stimmt. Ich wüsste nicht mal, wer hinten rechts in der Klasse überhaupt sitzt. Und diesen blassen Jungen mit den dunklen Locken vorne links an der Tür habe ich auch eine ganze Zeit lang völlig übersehen.«

»Sie meinen sicher Jonathan. Wieso der Erzieher werden will, ist mir völlig schleierhaft. Er ist ziemlich intelligent und ein unglaubliches Ass mit Computern, aber im letzten Praktikum kam er überhaupt nicht zurecht, weil er es absolut nicht geschafft hat, eine Beziehung zu den Kindern aufzubauen. Allerdings hat Jonathan seinen Platz an der Tür aus einem ganz anderen Grund.«

»Irgendetwas mit seiner schwachen Blase?«, erinnerte Hannah sich.

»Nicht ganz. Er trägt einen Urinbeutel direkt am Körper, weil seine Nieren nicht richtig funktionieren. Manchmal hat er es sehr eilig damit, den zu leeren. Allerdings sollte das Thema bald erledigen, weil er seit kurzem zur Dialyse muss.«

»Einige aus der Klasse haben mir vorhin ziemlich abfällig suggeriert, dass Jonathan Angst hat, es könnte etwas daneben gehen«, fiel Hannah wieder ein.

»Wer hat das gesagt?«

»Ich bin mir nicht mehr ganz sicher. Vielleicht dieser Klassenclown. Miguel.«

»Unser kleiner Portugiese! Den kenne ich nur vom Schülerrat, aber er scheint eigentlich ein harmloser Typ zu sein. Macht unangebrachte Bemerkungen, schäkert gern mit den Mädchen. Allerdings stimmt es, dass Jonathans Urinbeutel schon mehrmals geplatzt ist. Das war ihm natürlich wahnsinnig peinlich, weil es sich vor den Mitschülern nicht verbergen ließ.«

»Kein Wunder, dass er panische Angst hat, dass ihm so ein Malheur wieder passiert. Vincke sagte übrigens, dass Jonathan bei der Klassenfahrt nicht dabei war. Vermutlich wegen der Dialyse?«

»Genau. Er hat in der Woche am Unterricht meiner Klasse teilgenommen.«

Sie waren am Hintereingang des Berufskollegs angelangt. »Wollen Sie eigentlich noch mit Westermann sprechen?«

Hannah überlegte nur kurz. »Ich glaube, ich lasse es. Er legt wohl keinen gesteigerten Wert darauf.«

»Dann können Sie um die Sporthalle herumgehen und kommen direkt zum Parkplatz. – Es tat richtig gut, meinen Frust über die Situation an der Schule mal ein bisschen loszuwerden, Frau Schmielink. Danke fürs Zuhören. Werden Sie nochmal wiederkommen?«

»Auf jeden Fall wenn sich eine neue Situation ergibt.«

»Sie meinen, wenn man sie findet?«, sagte Paula düster. »Ich mag nicht daran denken. Ich glaube, ihre Mutter ist alleinerziehend. Es wird sie fürchterlich hart treffen. Und Franziska natürlich auch.«

»Ich treffe mich nachher mit ihr in Ohne. Wie kommt sie denn in Ihrer neuen Klasse klar?«

»Ganz gut. Vor allem ist sie leistungsmäßig wieder top. Warum sie im letzten Schuljahr so plötzlich abgestürzt und hängengeblieben ist, weiß ich bis heute nicht. Es war, als wäre auf einmal der Faden bei ihr gerissen. – Puh, jetzt komme ich doch zu spät zum Unterricht.«

»Interessiert doch eh keinen«, grinste Hannah.

Paula lächelte gequält. »Auch wieder wahr.«

Sie hatte sich von Paula Schmidt-Holsten den Weg in die Innenstadt beschreiben lassen, da sie mehr als eine Stunde Zeit bis zu ihrem Gespräch mit Maybritts Freundin hatte. Sie würde Rheine ein bisschen erkunden und vor allem etwas Handfestes essen.

Eben noch war sie an glitzernden Fassaden moderner Bürogebäude und dem gläsernen Westeingang des Bahnhofs vorbeigefahren. Nun huschten verwitterte Graffiti und eiserne Säulen einer schmuddeligen, düsteren Unterführung an ihr vorbei. Dann lag das Zentrum vor ihr, aber es bedurfte mehrerer Umwege, bis sie die kleine, kaum genutzte Tiefgarage erreicht hatte, die Paula Schmidt-Holsten ihr empfohlen hatte.

Als sie ans Tageslicht kam, orientierte sie sich am mächtigen Turm der Kirche, die sie am Vortag vom anderen Emsufer aus gesehen hatte. Ihre voll bepackte Umhängetasche drückte schon bald unangenehm auf der Schulter, aber nach wenigen Schritten hatte sie den Marktplatz erreicht.

Bis auf wenige Bausünden gefiel ihr das Ambiente ringsherum mit den historischen Häuserfassaden, Bänken, Cafés und der gewaltigen Kirche im Hintergrund. Bei Sonnenschein und angenehmen Temperaturen schien der Ort wie geschaffen, um ein wenig Zeit zu verbummeln.

Sie umrundete den kopfsteingepflasterten Platz, von dem mehrere Gassen abzweigten. Der Käse-Händler aus dem Nachbarland rollte hupend davon, während die beiden Frauen vom Blumenstand noch in Seelenruhe Kisten mit Herbstware in ein Fahrzeug packten. Ein junger Mann wuchtete die Klappe des Geflügelstands nach oben und verabschiedete sich gutgelaunt. Hannah überlegte gerade, in welchem Lokal sie am ehesten eine Kleinigkeit bestellen sollte, als eine Kehrmaschine auftauchte und mit lautem Getöse begann, den Platz von welken Kohlblättern und anderen Hinterlassenschaften zu befreien. Das konnte dauern!

Die Kirche war bedeutend älter als von außen vermutet. Und schöner, was nicht zuletzt an dem warmen, hellgelben Sandstein von Wänden, Säulen und Skulpturen lag. Die hoch aufragenden Fenster, die seitlich viel Licht durchließen, verstärkten den Eindruck von Helligkeit und Leichtigkeit.

Sie ging auf den lichtdurchfluteten Altarraum zu. Rechts die silbrigen Pfeifen einer imposanten Orgel. Ohne nachzudenken ließ Hannah sich auf einer der geräumigen Kirchenbänke nieder.

Die bunten Kirchenfenster im Hintergrund des Altarraums waren in dezentes Gelb, zartes Lila und Weiß getaucht. Hannahs Blick ging zu den weißen, mit goldenen Blumenrosetten verzierten Kreuzgewölben an der Decke. In dieser Kirche gab es nichts Schweres, keine düsteren Ecken, kein überbordendes Durcheinander von Farben und Stilen, alles war leicht und luftig, beinahe anmutig. Hier konnte man atmen … und einfach da sein.

Eine Glocke schlug. Viertel nach eins, stellte Hannah mit

Blick auf ihre Armbanduhr fest. Bestimmt hatte Jan seinen Arzttermin schon hinter sich. Ob sie ihn nachher anrufen sollte? Oder würde er sie für überbesorgt halten? Aber wenn sie nichts von sich hören ließ, könnte er das vielleicht als Desinteresse auslegen.

Sie seufzte. Ihr fehlte einfach die Erfahrung, wie sie mit dieser Situation umgehen sollte. Seit sie Jan kannte, war er noch nie krank gewesen. Mal eine Erkältung oder ein verdorbener Magen. Voriges Jahr hatte sie ihn zu einem Routine-Check beim Internisten regelrecht drängen müssen. Einen Augenblick lang hatte sie ein ungutes Gefühl. Wenn es nun etwas Ernstes war?

Auf der linken Seite öffnete sich eine Tür. Ein älterer Herr mit wallender grauer Mähne betrat den Kirchenraum und machte vor dem Tabernakel eine Kniebeuge. Dann durchquerte er direkt vor ihr das Kirchenschiff, nahm auf der Bank vor der Orgel Platz und schlug ein Notenheft auf. Wenige Sekunden später erklang das wunderbare Instrument.

Hannah konnte ihr Glück kaum fassen. Sie beugte sich ein wenig vor, um den Organisten besser beobachten zu können. Anscheinend übte er ein schwieriges Stück, denn an einer Stelle brach er mehrmals ab und begann von Neuem.

Die Bank hinter ihr knarrte. Jemand kniete sich dort hin, anscheinend um wie Hannah der Musik zu lauschen. Gespannt hörte sie zu, wie der Organist die schwierige Stelle nun mit Bravour meisterte.

Ein Geräusch störte. Die Person schräg hinter ihr raschelte ausdauernd. Wie unhöflich!

Nun ein Crescendo von der Orgel. Großartig! Nur das Rascheln im Hintergrund wurde immer unangenehmer. Musste das denn sein? Hannah versuchte, sich wieder der Musik hinzugeben, aber ihre Konzentration war verflogen. Wer war denn bloß so unverschämt, diesen Krach zu…

Unwillkürlich hatte sie über ihre Schulter geblickt und erstarrte augenblicklich: eine Hand in ihrer Umhängetasche, die sie achtlos neben sich auf der Sitzbank abgelegt hatte!

Erschrocken schaute Hannah auf. Eine Frau von ungefähr fünfzig Jahren, gepflegte halblange Haare, gut gekleidet, lächelte Hannah direkt ins Gesicht. Der stockte der Atem, denn nun zog die Frau langsam ihre Hand zurück und schob Hannahs Tasche in ihre ursprüngliche Lage zurück, erhob sich von der Kniebank und setzte sich umständlich.

Blitzschnell griff sie nach der Tasche und wühlte in dem Sammelsurium nach ihrem Portemonnaie, bis sie es endlich in der Hand hielt. Die Scheine waren vollzählig, die Kreditkarte dort, wo sie hingehörte.

Sie atmete durch. Es war noch einmal gut gegangen.

Sekunden später wieder ein Geräusch hinter ihr. Als sie sich umwandte, war die Frau aufgestanden, lächelte angestrengt, wandte sich ab und ging. Völlig verdattert blieb Hannah zurück.

Was nun? Sollte sie den Organisten ansprechen? Der Frau folgen und sie zur Rede stellen? Konnte sie ihr etwas nachweisen?

Draußen war niemand mehr zu sehen. Kein Wunder, denn die Kirche hatte im hinteren Teil drei Ausgänge. Erst jetzt machte sich Empörung bei Hannah bemerkbar. Sie wäre beinahe bestohlen worden! In einer Kirche! Immer noch erregt ging sie geradewegs drauflos, ohne weiter auf ihre Umgebung zu achten.

Was für ein Leichtsinn von ihr, die unverschlossene Tasche achtlos neben sich liegen zu lassen, wo die Rückenlehnen der Bänke eine große Öffnung hatten: geradezu eine Einladung, lange Finger zu machen. Und wie naiv sie gewesen war, die penetranten Geräusche nicht richtig zu deuten. Nur der Tatsache, dass die Frau das Portemonnaie nicht auf Anhieb hatte finden können, hatte Hannah es zu verdanken, dass sie nun nicht ohne Geld dastand.

Die kleine Gasse führte zu einer belebten Fußgängerzone mit den üblichen Filialisten. Der riesige Eingang zu einer beinahe großstädtisch wirkenden Einkaufspassage lockte, aber bei dem strahlenden Sonnenschein mochte Hannah sich nicht in diese Welt begeben.

Ein verführerischer Duft stieg ihr in die Nase. Sie schaute sich um und entdeckte einen jungen Mann, der in einem mobilen Stand steckte und mit mehreren Bratwürsten auf einem Rost vor sich jonglierte. Eine kleine Warteschlange ließ vermuten, dass sein Angebot durchaus beliebt war. Hannah reihte sich ein und nahm wenige Minuten später einen Pappteller entgegen: Bratwurst to go. Lecker!

Am Emsufer entlang schlenderte sie zurück, wandte sich an einer Fußgängerbrücke nach links und beendete ihren Rundgang am Marktplatz.

Halb drei

Von der sanft gerundeten, baumlosen Erhebung hinter Neuenkirchen hatte sie einen atemberaubenden Blick auf die bäuerliche Landschaft. Am Fuß des Hügels bog sie nach rechts. Haddorf bestand anscheinend nur aus Höfen. Ausnehmend großen Höfen. Rechts und links übermannshohe Maisfelder und Wiesen mit für die Jahreszeit untypisch saftigem Grün.

Die ersten Häuser von Ohne kamen in Sicht. Am Ortseingangsschild stellte Hannah zu ihrer Verwunderung fest, dass sie sich bereits in der niedersächsischen Grafschaft Bentheim befand.

Sie bog ab, überquerte ein Flüsschen und erreichte kurz darauf einen kleinen Platz, auf dem sie parken konnte. Die Terrasse eines urigen Gasthofs wurde von einer mehr als haushohen Linde beschattet. Allerdings schien dort heute Ruhetag zu sein. Erste gelbe Blätter waren auf Tische und Stühle gefallen. Vor dem Lokal nebenan hingegen waren fast alle Tische besetzt: zahlreiche Radfahrer in Freizeitkleidung, die sich nicht von ungefähr an diesem Bilderbuch-Ort eingefunden hatten. Ein wahrer Schilderwald ließ darauf schließen, dass sich hier mehrere Radwege kreuzten.

Hannah schaute auf die Uhr. Ein paar Minuten hatte sie bestimmt noch. Franziska hatte keine genaue Uhrzeit genannt. Sie setzte sich, bestellte zu ihrem Kaffee einen gedeckten Apfelkuchen und gönnte sich einen Klacks Sahne. Die Bratwurst war doch eher eine Zwischenmahlzeit gewesen.

Gegenüber strömten dunkel gekleidete Menschen aus einem Pättken, das zur Kirche führte. Eine Beerdigungsgesellschaft, die sich nun rasch in alle Richtungen zerstreute.

Zehn nach drei. Keine Spur von Franziska. Sie hätte sich nicht so beeilen müssen mit dem Kuchen. Ob das Mädchen überhaupt kommen würde?

Eine Gruppe von Männern in einheitlich dunkelgrünen Jacken mit Goldknöpfen und dunklen Hosen sammelte sich auf dem Platz. Ihre Mützen erinnerten in Form und Farbe an eine ausgemusterte Polizei-Uniform. Dazwischen jüngere Leute in weißem Hemd oder Bluse und grüner Weste.

Man stellte sich in zwei Reihen gegenüber auf. »Schützen antreten zu Ehren unseres verstorbenen Kameraden!«, befahl ein Offizier, zu erkennen an seiner mit opulenten Orden dekorierten Jacke. Die Männer standen augenblicklich stramm. Nach dem zackigen »Rührt euch!« lockerten sie sich, kamen im Eilmarsch auf Hannah zu, umkurvten ihren Tisch und betraten die Gaststätte in ihrem Rücken. Sekunden später hörte sie Rufe nach einer Runde Bier.

Ein leises »Hallo!« ließ sie herumfahren. Franziska – ebenfalls in grüner Weste und weißer, langärmeliger Bluse.

»Spielmannszug«, sagte sie mit einem verlegenen Lächeln. »Ich spiele Querflöte. Ein Nachbar von uns wurde beerdigt. Da durfte ich nicht fehlen.«

»Setzen Sie sich doch«, forderte Hannah sie auf. »Möchten Sie etwas trinken?«

»Wir gehen besser woanders hin.« Franziska wies auf das Lokal, aus dem laute Stimmen drangen. »Mein Vater und mein Bruder müssen mich nicht unbedingt hier sehen. Ich warte hinter der Kirche an der Vechtebrücke auf Sie.«

Es dauerte, bis die Kellnerin mit hochrotem Kopf zum Kassieren kam. »Entschuldigung«, sagte sie etwas atemlos. »Die da drinnen haben mächtig Durst.«

Es waren nur ein paar Schritte zwischen gepflegten Gärten und der niedrigen Steinmauer hindurch, die den Kirchhof umgab. Am gegenüberliegenden Ufer der Vechte hörte die Bebauung schon auf. Franziska saß auf einer Bank und krempelte sich gerade die Ärmel hoch, mittlerweile herrschten deutlich mehr als 20 Grad.

»Das darf diese Schnepfe aus Maybritts Klasse niemals wissen«, sagte sie mit düsterer Miene.

»Welche Schnepfe? Nadine?«

Ein stummes Nicken.

»Was darf sie nicht wissen?«

»Dass ich im Spielmannszug bin. Sie würde sich schlapp lachen und sich in der ganzen Schule über mich lustig machen. Hier im Ort gehören der Schützenverein oder die Freiwillige Feuerwehr für Jugendliche einfach dazu.«

»Kann ich mir gut vorstellen. Woher kennen Sie Nadine?«

»Bei den letzten Projekttagen in der Schule bin ich in ihre Gruppe geraten. Es war schrecklich.« Die letzten Worte flüsterte Franziska nur noch.

»Möchten Sie mir davon erzählen?«

Franziskas Augen schwammen in Tränen. »Ich habe mir immer wieder gesagt: Das kann die doch nicht einfach so machen! Das tut man doch nicht! Ich würde so etwas jedenfalls nie tun.«

Hannah wartete geduldig. Franziska schniefte. »Ich hatte einfach nicht mit so etwas gerechnet. Nadine hat mich überhaupt nicht mitmachen lassen. Meine Beiträge, meine Vorschläge – alles hat sie komplett ignoriert. Als ob ich Luft wäre.«

»Das ist wirklich schlimm.«

»Ich fühlte mich immer kleiner, immer unscheinbarer. Am liebsten hätte ich mich in Luft aufgelöst. Am letzten Projekttag hatte ich solche Bauchschmerzen, dass ich zu Hause geblieben bin.«

»Und dann hörten Sie davon, dass die beiden Klassen nach den Sommerferien zusammengelegt werden sollen.«

»Der Gedanke, diese Hexe jeden Tag ertragen zu müssen, war Horror pur für mich.«

»Haben Sie deswegen beschlossen, schlagartig in Ihren Leistungen nachzulassen?«

»Ja, das stimmt. Ich muss normalerweise ziemlich viel pauken, um gute Noten zu schreiben. Und damit habe ich einfach aufgehört. Ich bin sowieso sehr still und bekomme im Mündlichen höchstens eine Vier. Am Ende hat es dann eben nicht gereicht.«

»Sie sind also absichtlich hängengeblieben?«

»Kann man so sagen.«

»Nur wegen dieses Mädchens? Sie hätten doch von den anderen aus Ihrer eigenen Klasse sicher Unterstützung gehabt.«

»Von wem denn? Es ist ja nicht nur Nadine. Karsten ist auch ein ziemliches Ekel. Und dieser Marvin ist mir echt unheimlich. Von Vincke als Klassenlehrer hätte ich keine Hilfe erwarten können. Dem ist einfach alles egal. Wenn Sie wüssten, wie ekelig er manchmal zu Maybritt war. Sie hat mir alles erzählt. Sein genervter Tonfall, wenn sie etwas nicht verstanden hat! Und wie er die Augen verdrehte, wenn sie ungeschickt oder nicht so schnell wie die anderen war. Sie hat natürlich so getan, als würde sie nichts davon bemerken, aber in Wahrheit hat sie sehr darunter gelitten und oft geweint.«

Paula Schmidt-Holstens Schilderung ihres Kollegen war also nicht übertrieben gewesen. »Und niemand hat Maybritt unterstützt?«

»Das hätte keiner gewagt.« Franziska wischte sich Tränen aus den Augen. »Im Gegenteil. Es haben immer mehr mitgemacht. Amelie war eigentlich vorher ganz in Ordnung. Kaum waren sie zusammen in einer Klasse, hat sie sich genauso gestylt wie Nadine, ihre Haare blond gefärbt, sich eine dunkle Hornbrille und durchsichtige Blusen zugelegt. In kürzester Zeit war sie genauso eine Bitch wie Nadine.« Wieder schniefte das Mädchen. »Frau Schmielink, glauben Sie, dass Maybritt noch lebt? Ich hoffe es so sehr.«

»Das kann ich gut verstehen, Franziska, aber leider ist es nicht sehr wahrscheinlich. Wir werden einfach abwarten müssen.«

»Ich habe ein furchtbar schlechtes Gewissen, weil ich sie

im Stich gelassen habe. Vielleicht wäre das alles sonst gar nicht geschehen.«

Viertel vor vier

Als Hannah zurückfuhr, lag ein strahlendes, klares Licht auf der viel gerühmten Münsterländischen Parklandschaft: weite Blicke über Wiesen, im Hintergrund Baumgruppen und Hecken wie in einem prächtigen englischen Garten gruppiert, hier und da ein Gehöft als Farbtupfer. In den kommenden Tagen würde sie jede freie Minute draußen verbringen, um möglichst viele Sonnenstrahlen auf Vorrat zu sammeln für kalte, graue und lange Wintertage.

Sie lächelte in sich hinein. Dieser Gedanke stammte aus einem Bilderbuch, das Lasse heiß und innig liebte. Hannah hatte es ihm so oft abends auf der Bettkante vorgelesen, dass sie das wunderschöne Bändchen von der kleinen Feldmaus mittlerweile auswendig erzählen konnte.

Ihrem Sohn würde es prächtig in Xanten gehen. Für einen Dreijährigen war es sicher das Größte, nach Strich und Faden von Oma und Opa verwöhnt zu werden, aber Hannah dachte mit Sorge daran, welche Flausen sie ihm nachher wohl wieder austreiben musste.

Ihr Fall in Rheine schlich sich ungebeten in ihre Gedanken. Sie hatte Franziska mit einem unguten Gefühl zurückgelassen, denn die ungewisse Situation hinderte das Mädchen daran, das schreckliche Geschehen zu verarbeiten. Bestimmt würde Franziska irgendwann Hilfe benötigen. Vorsichtshalber hatte Hannah ihr eine Visitenkarte mit ihrer privaten Telefonnummer in Gievenbeck dagelassen. Mehr konnte sie im Augenblick nicht für sie tun.

Noch ein Tag in der Beratungsstelle lag vor ihr. Dann hatte sie vier Tage frei!

»Man kommt sich vor wie ein Simulant.«

»Und Dr. Meier hat nichts gefunden?«

»Wie denn?«, schnaubte Jan. Er lag im Wohnzimmer auf dem Sofa. Anscheinend schon seit Stunden. »Er hat ein paar Reflexe überprüft, mich gefragt, ob bestimmte Bewegungen weh tun, ob es nachts schlimmer ist als tagsüber und solches Zeug. Ist eben kein Facharzt.«

»Und du hast schon morgen früh einen Termin beim Orthopäden bekommen? Das ging aber schnell.« Hannah nahm einen Schluck Wasser und öffnete die Tür zur Terrasse.

»Weil ich Druck gemacht habe, dass Meier dort selbst anruft. Das hilft meistens, habe ich mal gehört.«

»Dann wissen wir ja bald Bescheid. Du wirst bestimmt geröntgt und bekommst eine Spritze. Bei meinem Hexenschuss vor einiger Zeit lief es jedenfalls so.«

»Wenn's damit getan ist ...«, gab Jan mit Grabesstimme von sich.

Hannah wurde langsam ungeduldig. Verhielt er sich nicht übertrieben wehleidig für lapidare Rückenschmerzen?

»Und was ist mit unserem Wochenendtrip? Soll ich nun buchen?«

»Besser nicht.«

»Meinst du nicht, dass es gut wäre, wenn du dich etwas mehr bewegen würdest?«

»Lass mir doch einfach meine Ruhe!«

Sie war sauer. Wieso blaffte er sie so an? Jeder wusste doch schließlich, dass man sich bei Rückenbeschwerden nicht schonen sollte. Am besten ging sie ihm eine Weile aus dem Weg.

»Ich fahre noch mal eine Runde mit dem Rad«, informierte sie Jan kurz angebunden. Keine Antwort. Nur ein leises Stöhnen.

Ohne nachzudenken wählte sie die übliche Strecke: den Rüschhausweg entlang bis zur Brücke über die A1, dann links am Haus Vögeding vorbei, einer Mischung aus riesiger Tenne und mittelalterlicher Wasserburg, danach in Richtung Burg Hülshoff. Kurz überlegte sie, ob sie einen Schlenker bis Schonebeck machen sollte, aber sie wusste nicht, ob der Landgasthof in der Ortsmitte geöffnet hatte. Außerdem legte sie keinen Wert darauf, dort irgendwelche Nachbarn in Feierabendstimmung zu treffen, die sich wundern würden, warum sie ohne Jan unterwegs war.

Je näher sie ihrem Zuhause kam, desto mulmiger wurde ihr. Sie konnte doch nun wirklich nichts dafür, dass Jan Schmerzen hatte. Wenn wenigstens Lasse da wäre! Sie vermisste ihn schrecklich.

Vorsichtig schaute sie ins Wohnzimmer, gefasst auf weitere Anfälle von Missmut, aber Jan hatte sich vor den Computer verzogen.

Erleichtert setzte sie sich auf die Terrasse und las ihren Krimi zu Ende. Die Hausarbeit konnte sie später noch erledigen.

Mittwoch, 4. September

Sie war froh, den Tag in der Beratungsstelle verbringen zu können. Jans Laune war schwer zu ertragen. Wenn er überhaupt sprach, dann in einem gereizten, geradezu feindseligen Tonfall. Wie mochten sich Paare fühlen, die längere Zeit ernsthafte Probleme miteinander hatten? Ihr kamen schon diese wenigen Tage mit schlechter Stimmung wie eine Tortur vor.

Als sie sich intensiv auf die anstehenden Beratungsgespräche konzentrierte, trat ihre häusliche Situation in den Hintergrund. Flüchtig dachte sie zu Beginn der Mittagspause daran, Jan anzurufen, ließ es aber und schloss sich ihren Kollegen an.

Wegen der Semesterferien waren unter dem dichten Blätterdach der Münsteraner Promenade deutlich weniger mit Rucksäcken bepackte, im Höchsttempo dahinrasende Studenten unterwegs, dafür aber umso mehr Fußgänger, etliche davon mit Hunden an der Leine. Touristen mit Broschüren in der Hand standen im Weg, anscheinend auf der Suche nach den in der Stadt verbliebenen Kunstobjekten der letzten Skulpturen-Ausstellung.

Dorothee erkundigte sich teilnahmsvoll nach Jan. Hannah ließ ein wenig Dampf ab.

»Hast du schon einmal daran gedacht, dass diese Rückenschmerzen ein Symptom von ganz anderen Problemen sein könnten?«, fragte ihre Lieblingskollegin behutsam.

»Ich wüsste nicht welche«, gab Hannah zurück. »Bei uns ist alles in Ordnung.«

»Was ist mit seiner Arbeit? Hat Jan in letzter Zeit viel Stress gehabt?«

»Eigentlich nicht. Ich hatte eher den Eindruck, dass es recht ruhig war. Keine spektakulären Fälle, Routine eben.«

»Vielleicht brechen gerade darum jetzt Dinge auf, die er lange verdrängt hat«, meinte Dorothee bedeutungsvoll. Sie kamen nicht dazu, das Thema zu vertiefen, denn sie hatten ihr Stammlokal am Marienplatz erreicht. Die anderen Kollegen mussten ja nicht unbedingt in Hannahs Sorgen eingeweiht werden.

Jan war nicht zu Hause, als sie zurückkam. Unruhe stieg in ihr auf. Wo konnte er sein? Der Termin beim Orthopäden war vormittags gewesen. Ihren Anruf auf seinem Handy beantwortete er nicht.

Um sich abzulenken, begann sie mit den Vorbereitungen für das Abendessen. In der letzten Zeit hatte Jan sich mit dem Kochen merklich zurückgehalten, obwohl es eigentlich seine Leidenschaft war. Endlich hörte sie, wie die Haustür ins Schloss fiel.

Wortlos kam er in die Küche und goss sich ein Glas Wasser ein.

»Wo warst du so lange?«

»Im Präsidium. Muss ich ja wohl.«

»Hat der Orthopäde dich nicht krankgeschrieben?«

»Der Herr Doktor ist der Ansicht, dass ich meinen Rücken im Job nicht übermäßig belaste. Deswegen soll alles seinen normalen Gang nehmen.«

Hannah nahm die Salatschleuder aus dem Schrank. »Was hat er denn festgestellt?«

»Wahrscheinlich ein Bandscheibenvorfall. Steht noch nicht hundertprozentig fest, aber die Wahrscheinlichkeit ist hoch. Nächste Woche habe ich einen MRT-Termin.«

Hannah atmete tief durch. Damit hatte sie nicht gerechnet. »Und was bedeutet das? Musst du operiert werden?«

»Gut möglich. Erst mal bekomme ich täglich eine Spritze, damit der Körper kein Schmerzgedächtnis entwickelt«, bekam sie lakonisch zur Antwort.

»Jeden Tag?«, fragte sie entgeistert nach. Tränen schossen ihr in die Augen. Der gemeinsame Wochenendtrip war in diesem Moment endgültig in weite Ferne gerückt. Jan schien das überhaupt nichts auszumachen.

»Drei Stück hintereinander«, bekräftigte Jan. »Dann nach Bedarf.«

Sie versuchte, sich nichts anmerken zu lassen. »Und wirkt die Spritze schon?«

»Geht so. – Wann essen wir?«

Tränen verschleierten ihren Blick, aber sie fuhr mechanisch mit den gewohnten Handgriffen fort, setzte die Pfanne auf den Herd und heizte sie vor.

Die wenigen, kostbaren Tage, in denen Lasse von Jans Eltern betreut wurde! Einfach futsch! Dabei hatte sie sich so darauf gefreut, aus Münster rauszukommen, endlich etwas anderes zu sehen. Nach über einem Jahr hätte es ihnen gut getan, wieder mal als Paar unterwegs zu sein.

Ein langes Wochenende ohne jegliche Pläne streckte sich in diesem Moment endlos vor ihr aus. Was sollte sie tun? Womit sich beschäftigen? Arbeiten war keine Option, denn sie hatte die nächsten beiden Tage von sämtlichen Gesprächsterminen freigeschaufelt.

Wenn wenigstens Lasse da wäre! Dann wäre sie Jans

Laune nicht so ausgeliefert. Kurz entschlossen griff sie zum Telefon und übermittelte ihrer Schwiegermutter eine leicht geschönte Version der Lage.

»Du willst Lasse zurückholen? Schon morgen? Hannah, tu uns das bitte nicht an!« Marianne sprach eindringlich und leise. Vermutlich war sie nicht allein im Zimmer. »Wir freuen uns so an dem Kind. Ernst lebt wieder richtig auf. Ich hatte mir in letzter Zeit ziemliche Sorgen gemacht, weil er an nichts mehr Interesse hatte.«

Davon hatte Hannah überhaupt keine Ahnung gehabt. Sofort meldete sich ihr schlechtes Gewissen, während ihre Schwiegermutter betont munter weiterredete: »Lasse geht es prima bei uns. Wir haben schon sämtliche Spielplätze in der Umgebung abgeklappert. Er amüsiert sich jedes Mal prächtig. Warte, ich gebe ihn dir.« Mit völlig verändertem Tonfall sagte sie: »Lasse, hier ist die Mama. Erzähl ihr mal, was du heute mit Opa gemacht hast.«

Einige Sekunden später hauchte ihr Sohn »Bötchen fahren« ins Telefon.

Hannah schluckte. »Und? War das gut? Bist du nass geworden?«

»Ja!«, rief er jubelnd in ihr Ohr.

Weitere Informationen musste sie ihrem Sohn mühsam abringen. Lasse war genauso ein Telefonmuffel wie sein Vater. Nur keine unnötigen Worte machen.

»Gib mir die Oma noch mal!«, sagte sie schließlich resigniert.

»Sag Mama tschüss«, hörte sie ihre Schwiegermutter im Hintergrund. Lasse kam ihrer Aufforderung brav nach.

»Ernst hatte ein Tretboot gemietet. Keine Sorge: Lasse musste eine Schwimmweste anziehen. Passieren kann dabei nichts. Morgen wollen wir in den Zoo. Wir haben gar nicht genug Zeit für all die Unternehmungen, die wir uns vorgenommen hatten. Macht euch ein paar ruhige Tage. Das tut Jans Rücken sicher gut. Das Wetter soll ja herrlich bleiben. Sonntag bringen wir euch Lasse zurück.«

Nach einem weitgehend schweigend verlaufenen Abendessen ging Hannah ein paar Schritte durch den Garten. Auf dem Dachfirst saß eine Amsel und zwitscherte ausdauernd. Vom Haus nebenan kam eine jubilierende Antwort. Auf der Terrasse telefonierte ihre Nachbarin wieder einmal in voller Lautstärke mit einem ihrer erwachsenen Kinder.

Das Gefühl von Hilflosigkeit überfiel sie ohne Vorwarnung. Sie musste unbedingt mit jemandem reden.

Anne! Warum war sie nicht eher darauf gekommen? Ihre langjährige Freundin hatte nach abgebrochenem Psychologie-Studium eine Ausbildung zur Physiotherapeutin gemacht. Sie war die Expertin für Rückenschmerzen schlechthin.

»Hallo Kleine!«, hörte sie bald darauf die vertraute Begrüßung ihrer um wenige Zentimeter größeren Freundin. »Ich hatte schon überlegt, dich anzurufen, um euch zu dem herrlichen Wetter zu gratulieren. Hast du schon gepackt?«

»Nein«, stöhnte Hannah und berichtete in kurzen Zügen.

Anne war gleich in ihrem Element und sprudelte los. »Er soll sich bloß nicht leichtfertig auf eine OP einlassen. Die bringt bei Bandscheibenvorfällen meistens überhaupt keine Besserung und ist nur in Extremfällen zu empfehlen. Krankengymnastik und mäßiger Sport sind deutlich sinnvoller.«

»Stimmt. Das liest man ja überall«, murmelte Hannah.

»Soll ich mich nach einer guten Physiotherapie-Praxis in eurer Nähe erkundigen?«

»Das wäre nett von dir.«

»Und wie geht Jan damit um? Das steckt der doch nicht einfach so weg!«

Dieser Kloß im Hals! Nur jetzt nicht losheulen!

»Wahrscheinlich verbreitet er total schlechte Laune«, vermutete Anne.

»Kann man so sagen.«

»Lass mich raten: Er redet kaum und wenn, dann blafft er dich an oder schimpft auf die Ärzte. Meistens verkriecht er sich ins Bett oder vor den Computer.«

Hannah liefen nun doch Tränen übers Gesicht, aber gleichzeitig musste sie über Annes treffsichere Beschreibung lachen. »Er liegt auf dem Sofa im Wohnzimmer. Woher weißt du das alles?«

»Kenne ich von Werner.«

Hannah wischte sich die Tränen weg. »Das beruhigt mich ungemein. Und was empfiehlst du mir?«

»Es gibt verschiedene Strategien. Manchmal reicht es, diese Phase einfach auszusitzen. Am nächsten Tag ist plötzlich alles vorbei. Man bekommt wieder freundlich ›Guten Morgen‹ gesagt und einen Kuss, und es ist, als wäre nie etwas gewesen.«

»So läuft es dieses Mal definitiv nicht.«

»Dachte ich mir schon. Dieser Fall ist natürlich ernster. Von unseren Patienten weiß ich allerdings, wie wichtig es ist, sich von der Erkrankung und den Schmerzen abzulenken. Die meisten Männer nervt es nämlich, wenn man sie ständig fragt, wie es ihnen geht. Face-to-face-Kommunikation kommt also nicht in Frage.«

Hannah kicherte. Annes Pragmatismus war wieder einmal unschlagbar. »Wem sagst du das?«

»Besser schlägst du die Strategie ›side-by-side‹ ein. Habe ich neulich in einem klugen Artikel gelesen, und da ist was dran. Werner reagiert sehr gut darauf, wenn wir in solchen Phasen gemeinsam etwas unternehmen. Meistens ist er zuerst unwillig, aber davon darfst du dich nicht abschrecken lassen. Wichtig ist, dass du selbst Spaß an der Sache hast und das auch deutlich zeigst. In der Regel lässt Werner sich von meiner Begeisterung anstecken und kommt Stück für Stück aus seiner depressiven Stimmung heraus. Manchmal redet er dann sogar darüber, was ihm auf der Seele liegt. Klappt nicht immer, aber versuchen kannst du es.«

Hannah seufzte tief. »Wir haben ein ganzes Wochenende lang Zeit.«

»Ich würde dich ja gerne einladen, irgendwann in den nächsten Tagen bei uns vorbeizukommen. Marie würde sich bestimmt freuen, ihre Patentante zu sehen, aber wir sind ausgerechnet an diesem Wochenende total mit diversen Feiern verplant.« Anne war ehrliches Bedauern anzuhören.

»Ist eben nicht zu ändern. Bin schon dankbar für deinen Rat.«

»Und dabei ist das doch eigentlich dein Job!«, feixte Anne.

Sie redeten noch über dies und das, suchten nach einem Termin für ein Treffen. Als sie das Gespräch beendeten, fühlte Hannah sich deutlich besser. Sekunden später klingelte es. Bestimmt war Anne noch etwas eingefallen.

»Ja, was gibt es noch?«, meldete sie sich, ohne auf das Display zu achten.

»Frau Schmielink?« Ein Krächzen.

»Ja, hier Hannah Schmielink. – Wer ist denn da?«

»Frau Schmielink, Sie haben sie ...« Der Rest des Satzes ging in haltlosem Schluchzen unter, aber Hannah ahnte, wer die Anruferin war.

»Franziska«, sagte sie so sanft wie möglich. »Ist ja gut. Ganz ruhig.«

Eine ganze Weile drang nur heiseres Schluchzen aus dem Hörer. Das Mädchen schien völlig aufgelöst. Es dauerte, bis sie stammelte: »Sie haben sie ... haben sie ... gefunden. Angespült ... an einer ... Insel. Sie ist tot.« Wieder wurde sie von heftigen Emotionen überwältigt.

Hannah wartete geduldig, bis Franziska sich etwas gefangen hatte. »Das tut mir sehr leid. Es ist sicher ein furchtbarer Schlag für Sie.«

Schluchzen am anderen Ende.

»Wie haben Sie es erfahren?«, fiel Hannah automatisch in die üblichen Fragestellungen der Krisenintervention.

»Von ... Maybritts Mutter. Die weiß es von der Polizei.«

»Haben Sie schon mit jemandem darüber reden können, Franziska? Mit Ihrer Familie zum Beispiel?«

Nach und nach entlockte sie dem Mädchen einiges. Maybritts Mutter und ihr älterer Bruder wussten Bescheid. Immerhin.

»Leider kann ich jetzt am Telefon nicht viel für Sie tun, aber ich werde morgen in die Schule kommen, Franziska. Dann können wir uns ausführlich unterhalten.«

Sie wunderte sich selbst über ihre Worte, denn der Entschluss war spontan gefallen. Kurz dachte sie an Jans Rückenprobleme. Zeit hatte sie genug, und am Berufskolleg wurde sie gebraucht.

»Bestimmt wird es an der Schule in den nächsten Tagen eine Trauerfeier für Ihre Freundin geben«, fuhr sie fort. »Es wäre schön, wenn Sie etwas dazu beitragen würden. Zum Beispiel das tolle Foto von Maybritt auf dem Schiff, das Sie mir gezeigt haben. Wir könnten es für einen Trauerort nehmen. – Franziska, hören Sie mich noch?«

»Ja«, schniefte das Mädchen. »Das Foto kann ich Ihnen mailen. Wann sind Sie denn in der Schule?«

»Ich muss das noch mit dem Schulleiter absprechen. Ich werde mich dann bei Ihnen melden. – Die nächsten Tage werden bestimmt sehr anstrengend für Sie. Meinen Sie, dass Sie ein bisschen schlafen können?«

»Ich glaube nicht. Ich kann noch gar nicht fassen, dass ich Maybritt nie wieder sehen werde … und dass wir niemals wissen werden, was auf dem Schiff passiert ist. Das quält mich am allermeisten.«

Hannah rang einen Moment mit sich und rief dann trotz der vorgerückten Stunde bei Gerrit an. Er bestätigte, was sie von Franziska erfahren hatte. Keine Zeichen von äußerer Gewaltanwendung an der Leiche außer ein paar Schrammen, die aber vermutlich post mortem entstanden waren. In Maybritts Blut war mäßiger Alkoholgenuss nachzuweisen, aber keine Drogen oder Medikamente. Fremdeinwirkung war so gut wie ausgeschlossen.

Sie ließ sich von Gerrit die Telefonnummer von Klaus-Jürgen Westermann geben. Morgen früh würde sie den Schulleiter anrufen und ihm ihre Unterstützung anbieten.

Donnerstag, 5. September –

beim Frühstück in Gievenbeck

»Ich fahre heute noch einmal nach Rheine zum Berufskolleg.«

Jan brummte unbestimmt und schaute nicht einmal von seiner Zeitung auf. Seine grau durchsetzten Haare fielen ihm tief in die Stirn. Anscheinend hatte er seinen Frisörtermin ausfallen lassen. Und trug er nicht schon den dritten Tag hintereinander dasselbe karierte Hemd? Das passierte ihm normalerweise nie.

»Wirst du den ganzen Tag über im Präsidium sein?«

»Zuerst lasse ich mir die Spritze geben.«

»Wir könnten heute Abend etwas zusammen unternehmen.«

Er schaute kurz auf. Sein Mund war ein schmaler Strich. »Hm.«

Mehr kam nicht.

Hannah entspannte sich erst, als ihr Mann das Haus verließ. Sie suchte ihre Sammelmappe mit Texten für Trauerfeiern und packte sie in ihre Tasche, kaufte dann kurzentschlossen Lebensmittel für das Wochenende ein.

Weil es immer noch zu früh für ihren Termin mit Westermann war, studierte sie auf einer Online-Seite die Veranstaltungshinweise für die kommenden Tage, in der Hoffnung, etwas zu finden, wozu sie Jan überreden konnte. Aber so richtig überzeugt war sie von keinem der angepriesenen Events.

Als sie gegen zehn aufbrach, hatte sich der morgendliche Dunst verzogen und einem tiefblauen Himmel Platz gemacht. Linker Hand waren die Baumberge klar zu erkennen, dann streifte sie den Burgsteinfurter Bagno. Sollten sie ins Grüne fahren, zu einem ihrer Lieblingsorte?

Die Halle war menschenleer, aber von irgendwoher kamen undefinierbare Geräusche, als ob schwere Gegenstände über den Boden geschleift würden.

Im Sekretariat arbeitete nur der Drucker, der im Hintergrund einen Berg Papier ausspuckte. Frau Teupker hatte sich zurückgelehnt und telefonierte, während sie ihre Fingernägel inspizierte. Von ihrer Kollegin Tanja keine Spur.

Erst als Hannah demonstrativ nach einer Einladungskarte vom Stapel auf der Theke griff, beendete die Sekretärin ihr offenbar privates Gespräch mit einem hastigen »Du, ich muss Schluss machen.« Dann fingerte sie an ihrer Halskette – heute weiße Perlen – und rang sich sogar ein vages Lächeln ab. »Herr Westermann erwartet Sie erst um zwölf. Er ist noch im Unterricht.«

Sie weiß Bescheid, fuhr es Hannah durch den Kopf. Der Schulleiter musste der Sekretärin gesagt haben, dass man Maybritt gefunden hatte. Allerdings wirkte Frau Teupker nicht sonderlich erschüttert.

»Das dachte ich mir, aber ich würde gern vorher mit Franziska Overmeier sprechen. Sie ist in Frau Schmidt-Holstens Klasse.«

Frau Teupkers Lächeln gefror. »Die wird auch im Unterricht sein. Wie soll ich sie jetzt erreichen?«

»Ich kann sie holen.« Tanja stand plötzlich im Raum, streifte Hannah mit einem freundlichen Blick und verschwand wieder.

»Es dauert sicher einen Moment. Möchten Sie im Lehrerzimmer warten?«, flötete Frau Teupker.

»Gern. Wenn Sie mir vorher bitte noch ein Foto ausdrucken könnten, das ich Ihnen gemalt habe. Das wäre sicher in Herrn Westermanns Sinn. In DIN A4, bitte.«

Das Lehrerzimmer sah verändert aus. Der dunkle Teppichboden schien immer noch nicht gesaugt worden zu sein, aber die Unmengen von Zetteln und Broschüren waren von den Tischen verschwunden. Dafür verteilten sich dort mehrere Blumengestecke in geschmackvollen Farben. Selbst die sonst überquellenden Stecktafeln an den Wänden hatte man weitgehend geleert. Nur die Luft war stickig wie immer, aber das schien keines der wenigen anwesenden Mitglieder des Kollegiums zu kümmern.

Zwei Lehrerinnen unterhielten sich lautstark. War es angebracht, in Schwarz zu erscheinen? Man wollte schließlich auf keinen Fall overdressed wirken. Und musste es unbedingt ein Kleid sein?

Im ersten Moment glaubte Hannah, man unterhielte sich über die Trauerfeier für Maybritt, aber dann wurde ihr klar, dass es um die Verabschiedung des früheren Schulleiters am Samstag ging. Hatte Westermann das Kollegium überhaupt über den Tod der Schülerin informiert?

Tanja huschte herein und teilte ihr mit, dass Franziska heute nicht zum Unterricht erschienen sei.

»Wie lief es mit den Sektgläsern?«, fragte Hannah leise.

»Alles okay. Sie hat sie nicht vermisst. Danke noch mal«, flüsterte die junge Frau ihr verschwörerisch zu.

Nun hatte sie mindestens eine halbe Stunde Zeit bis zum Gespräch mit dem Schulleiter. Einige Minuten lang blätterte Hannah in ihrer Mappe mit den Texten und überlegte, welche davon sie für Maybritts Klasse nehmen sollte, aber ihre Gedanken wanderten weiter zu Franziska. Der Tod ihrer Freundin musste sie so mitgenommen haben, dass sie es nicht geschafft hatte, in die Schule zu kommen. Hannah versuchte, sie anzurufen, aber das Mädchen meldete sich nicht.

Schon weit vor der Pause füllte sich das Lehrerzimmer, und der Lärmpegel stieg an. Die Gespräche drehten sich um Belanglosigkeiten. Hannah behielt die Tür im Blick, aber weder Vincke noch Paula Schmidt-Holsten ließen sich blicken.

Endlich ein bekanntes Gesicht! Sabine Theißen, die Sportlehrerin, die Maybritts Klasse auf der Segeltour begleitet hatte.

»Westermann hat es uns gesagt. Schrecklich!«, sagte sie leise. Hannah murmelte ein paar Worte und fragte dann nach Paula Schmidt-Holsten.

»Sie bereitet mit ihrer Klasse die Verabschiedung am Samstag vor. Nutzt ja alles nichts. Die Sache können wir nicht abblasen, weil eine Schülerin verstorben ist. Da hat Westermann schon recht. Vielleicht kommt Paula gleich noch auf einen Kaffee«, klärte Sabine Theißen sie auf, kramte in ihrer Tasche nach Zigaretten und verließ fluchtartig das Lehrerzimmer.

Westermann ließ immer noch auf sich warten. Hannah war mittlerweile ziemlich ungehalten, denn immerhin schlug sie sich hier ihren freien Tag um die Ohren. Sie griff zu einer Tageszeitung in einem der Regale und überflog einige Artikel, konnte sich aber nicht konzentrieren.

Ein Mann von vielleicht Ende 50 mit hagerem Gesicht und grauer Mähne schaute von einem Papierstapel auf, nickte Hannah kurz zu, bevor er kopfschüttelnd etwas schrieb und den Zettel mit einem tiefen Seufzer beiseite legte. »Das ist mittlerweile das Schlimmste für mich«, sagte er grummelnd.

»Klausuren?«, fragte Hannah mitfühlend.

»Tja.« Noch ein Seufzer, womöglich noch tiefer. »Ich sag Ihnen eins: Unterricht vorbereiten und geben – anstrengend ja, aber immer noch eine Herausforderung, selbst nach weit über 30 Dienstjahren. Nicht aber diese endlosen Stapel mit den immer gleichen Nachlässigkeiten und Fehlern. Das ist pure Langeweile. Ich muss mich regelrecht zum Korrigieren zwingen.«

Gedankenverloren langte er in eine Tüte mit extra-scharfen Pfefferminzbonbons, steckte sich eins in den Mund und fixierte Hannah mit plötzlich erwachtem Interesse. »Darf ich fragen, was Sie in unser hochheiliges Lehrerzimmer führt?«

»Mich? Äh ...«

»Entschuldigen Sie bitte, dass Sie warten mussten, Frau Schmielink.« Westermanns Erscheinen enthob sie einer Antwort. Er klang höflich, aber gestresst. »Es gibt noch so viel zu regeln für Samstag. Ich hoffe auf Ihr Verständnis.«

Hannah war erleichtert. Sie beließ es bei einem freundlichen Lächeln für den Pfefferminz-liebenden Kollegen und folgte dem Schulleiter in sein Büro.

Die Tränensäcke unter seinen Augen waren dicker geworden, sein weißes Haar fiel in Strähnen, als sei er heute Morgen nicht zum Kämmen gekommen.

»Die Verabschiedung Ihres Vorgängers scheint Sie sehr zu belasten«, sagte Hannah.

Westermann seufzte. »Mit dem organisatorischen Aufwand war zu rechnen. Das Problem ist anders gelagert.« Er wand sich ein wenig auf seinem Stuhl.

»Ist Ihr Vorgänger so anspruchsvoll?«

»Darum geht es nicht. Eher um seine Nachfolge.«

»Das verstehe ich nicht ganz.«

»Sie haben sicher schon gehört, dass ich die Schule nur

kommissarisch leite, weil sich niemand für diesen Posten gefunden hat. Als Stellvertreter muss man Stundenpläne erstellen, Vertretungsstunden organisieren und dem Schulleiter zuarbeiten. Solche Tätigkeiten liegen mir. Aber als Chef ist man ganz anders gefordert: Man muss führen, sich Respekt verschaffen, Konflikte lösen. Das ist überhaupt nicht mein Ding. Ich hatte nie und nimmer damit gerechnet, dass ich einmal diese Aufgabe übernehmen müsste.«

»Warum bewirbt sich denn niemand? Eine solche Stelle ist doch mit viel Renommee verbunden.«

»Aber auch mit enorm viel Arbeit und Zeitaufwand. Und man steht immer im Brennpunkt des Geschehens. Dazu die ständig wechselnden Vorschriften aus dem Ministerium. Kaum hat man eine umgesetzt, fällt diesen grandiosen Theoretikern wieder etwas Neues ein. Sie glauben ja nicht, wie viele Schulleiterstellen zur Zeit nicht besetzt sind! Hunderte allein in Nordrhein-Westfalen. Und das an allen Schultypen! Die meisten Kollegen wollen sich diesen zusätzlichen Stress nicht antun.«

»Kann ich irgendwie nachvollziehen. Aber was hat das alles mit der Verabschiedungsfeier am Samstag zu tun?« Hannah schaute unauffällig auf ihre Uhr. Vertrödelte sie hier kostbare Zeit, oder war dies ein wichtiges Beratungsgespräch?

»Ich gehe davon aus, dass Sie für sich behalten werden, was ich Ihnen jetzt anvertraue. Niemand im Kollegium weiß, dass am Samstag eine junge Frau kommen wird, die sich um die Schulleitung bewerben will. Sie möchte sich sozusagen inkognito ein Bild von unserer Schule machen. Ich habe natürlich allergrößtes Interesse daran, dass alles glatt läuft und sie die Bewerbung aufrecht hält.«

»Das kann Ihnen niemand verdenken.«

»Danke, dass Sie das sagen, Frau Schmielink. Ich habe Ihnen meine Situation so ausführlich geschildert, damit Sie nachvollziehen können, warum ich das Kollegium nur ganz kurz über Maybritt Benningsens Tod informiert habe. Wir müssen zuerst die Feier am Samstag über die Bühne bekommen, bevor wir uns mit anderen Dingen befassen. Und wie ich Ihnen schon einmal erläutert habe: Die allermeisten Kollegen kennen die Schülerin nicht persönlich. Aber auf jeden Fall wird es in der nächsten Woche eine Trauerfeier für Maybritt geben. Selbstverständlich in würdigem Rahmen.«

»Das bleibt alles Ihnen überlassen, Herr Westermann. Einige Lehrer werden allerdings schon sehr belastet sein.«

»Davon gehe ich aus. Ich habe Herrn Vincke und Frau Theißen natürlich über die polizeilichen Erkenntnisse informiert. Das erschien mir geboten, da sie unmittelbar beteiligt waren. Frau Schmidt-Holsten, die bis zum Sommer Maybritts Klassenlehrerin war, weiß ebenfalls Bescheid. Mit der Familie des Mädchens habe ich mich in Verbindung gesetzt. Es wird vermutlich noch eine Weile dauern, bis die Beerdigung stattfinden kann. Wir haben also genügend Zeit, uns darauf vorzubereiten.«

»Ist Herr Vincke heute gar nicht in der Schule?«, fühlte Hannah vor.

»Er ist wegen Magen-Darm-Problemen nach Hause gegangen. Hat das alles wohl nicht besonders gut verkraftet.«

Und drückt sich vor der Übermittlung der Nachricht an seine Klasse. Was für ein Feigling!

»Deswegen bin ich wirklich froh, dass Sie gekommen sind, Frau Schmielink. Immerhin sind Sie Expertin für solche Krisensituationen, während ich die Schüler nicht einmal kenne. Aber ich werde Sie natürlich in die Klasse begleiten.«

Schweigend durchquerten sie die Halle mit den Schließfächern. »Ich möchte kurz einen Blick in die Aula werfen wegen der Vorbereitungen. Von dort sind wir mit dem Aufzug rasch oben«, sagte Westermann unvermittelt.

Durch einen breiten Gang erreichten sie zügig das Foyer der Aula mit einer Unmenge von Garderobenständern. An einer langen Reihe von Tischen scharte sich eine Gruppe von Schülern um eine Lehrerin.

Maybritts ehemalige Klassenlehrerin hob die Augenbrauen, als sie Hannah sah und gab hastig einige Anweisungen. »Also weiße Oberteile – Bluse oder Hemd – und schwarze Hosen oder Röcke. Nicht zu kurz bitte, die Damen. Hier ist der Zeitplan. Tragt euch ein, ob ihr lieber hier am Stand einschenken oder in der Halle bedienen möchtet. Bin in einer Minute wieder bei euch.«

Als Paula Schmidt-Holsten auf sie zukam, sah Hannah dunkle Ringe unter ihren Augen. Wahrscheinlich hatte sie eine schlaflose Nacht hinter sich.

»Hallo«, hauchte die junge Lehrerin. »Keine guten Nachrichten.«

»Sie sehen müde aus.«

»Kann mich kaum auf den Beinen halten. Und noch dazu dieses ganze Theater hier.« Sie nickte in Richtung Tür zur Aula, wo Westermann zwischen mehreren Stapeln von Stühlen verschwunden war. »Bin froh, wenn das alles vorüber ist. Gehen Sie jetzt in die Klasse?«

»Wir sind auf dem Weg.«

»Um den Job beneide ich Sie nicht.«

In wenigen Sekunden hatten sie im Aufzug den Raum von Vinckes Klasse erreicht. Auf den letzten Metern verstummte Westermann.

Als sie eintraten, saßen die meisten Schüler auf ihren Plätzen und waren mit ihren Handys beschäftigt. Einige blickten auf. Zwei, drei Jungen standen im hinteren Bereich, setzten sich aber sofort. Niemand sprach, aus den Mienen war jedoch abzulesen, dass sie ahnten, was das Erscheinen des Schulleiters in Hannahs Begleitung bedeutete.

Während Westermann sachlich vom Fund der Leiche berichtete, beobachtete Hannah die Schüler. Zwei Mädchen, die sich bisher nie zu Wort gemeldet hatten, weinten, Lennart, der lange Schlaks hinten links, schien nur mit Mühe seine Tränen zurückhalten zu können. Andere Gesichter wirkten ausdruckslos.

»Wir werden in der nächsten Woche hier in der Schule eine Trauerfeier für Maybritt abhalten. Frau Schmielink wird später die Einzelheiten mit Ihnen besprechen. Ich möchte Sie alle – auch im Namen von Maybritts Familie – eindringlich bitten, keine Gerüchte über den Tod Ihrer Mitschülerin in den sozialen Netzwerken zu verbreiten. Es könnte wilde Spekulationen geben, die eine starke Belastung für die Familie sein dürften. Ich verlasse mich auf Sie. – Falls noch etwas sein sollte, Frau Schmielink: Ich bin noch länger in meinem Büro.«

Hannah lehnte sich ans Pult, holte tief Luft und nahm eins der weinenden Mädchen in den Blick. »Nun ist eingetreten, was die meisten von Ihnen vermutlich schon länger befürchtet haben. Ich merke, dass die Nachricht von Maybritts Tod einigen sehr nahe geht.«

Die Schülerin neben Amelie mit wuscheligem Lockenkopf und voluminösem rosa Halstuch – sie hieß Ann-Kathrin, erfuhr Hannah – schluchzte laut auf. Zwei anderen Mädchen, deren Namen sie noch nicht kannte, liefen Tränen über die Wangen. Einige schauten regungslos nach vorn, andere starrten auf ihren Tisch oder in die Luft. Ansonsten keine Reaktion.

»Lennart, könnten Sie die Kerze für Maybritt anzünden?«
Der lange Schlaks stierte vor sich hin, als habe er sie nicht gehört. Sein Banknachbar Karsten sprang für ihn ein. Ein Feuerzeug klickte, und die Kerze brannte sofort.

Hannah ließ die Stille eine Weile wirken, dann versuchte sie es mit verschiedenen Impulsen, aber kaum jemand äußerte sich zu seinen Gefühlen. So schwer war es ihr noch nie gefallen, zu einer trauernden Gruppe Zugang zu bekommen. Das Schweigen erschien ihr wie eine Mauer. Sie musste einen anderen Weg finden.

»Ich kann gut verstehen, dass Sie die Nachricht zuerst einmal verarbeiten müssen. Dazu brauchen Sie sicher Zeit. Auf jeden Fall bleibe ich noch eine Weile hier in der Schule. Wer allein mit mir sprechen möchte, kann das gerne tun. Wir suchen uns dann ein ruhiges Plätzchen.«

Hannah meinte, einige nicken zu sehen, war aber nicht ganz sicher. Sie griff in ihre Tasche und holte eine Klarsichthülle heraus. »Ich würde gerne in den nächsten Tagen einen Trauerort für Maybritt in der Schule einrichten. Es gibt ja viele Schüler, die sie gar nicht persönlich gekannt haben. Ich habe hier ein Foto von ihr, das mir gut gefällt.«

Sie gab es dem wieder einmal äußerst farbenfroh gekleideten Marvin. Der warf einen kurzen Blick darauf und reichte es mit den Worten »Gut getroffen« weiter. Nadine nahm es mit spitzen Fingern, murmelte ohne richtig hinzuschauen »Ja, okay«, bevor sie es ihrer Nachbarin Amelie hinhielt.

Ein Ruck ging durch das Mädchen. Mit aufgerissenen Augen presste sie eine Hand vor den Mund und sprang auf. Ihr

Stuhl kippte mit Getöse nach hinten. Ohne davon Notiz zu nehmen, rannte Amelie aus der Klasse.

Auf Nadines Gesicht erschien ein seltsames Lächeln, das Hannah nicht deuten konnte.

»Möchte jemand nach Amelie schauen? Vielleicht braucht sie Hilfe.«

Amelies stille Nachbarin Ann-Kathrin stand bereitwillig auf und ging ihr nach.

Hannah hob das Foto auf, das auf den Boden gesegelt war, und reichte es weiter. Reihum schauten alle kurz darauf und nickten. Schweigend wartete Hannah, bis es wieder bei ihr ankam.

»Wollen wir es für den Trauerort nehmen?«, fragte sie in die Runde.

»Wie kommen Sie zu dem Foto?«, wollte Miguel wissen, der sein Klassen-Clown-Gehabe heute anscheinend abgelegt hatte.

»Warum fragen Sie?«

»Es ist auf dem Schiff aufgenommen worden.«

»Ja, an Maybritts letztem Lebenstag. Ein Selfie, das sie einer Freundin geschickt hat.«

Zwischen Miguel und Lennart gingen verstohlene Blicke hin und her.

Da niemand widersprochen hatte, betrachtete Hannah die Angelegenheit als geklärt. »Das Foto wird am Montag in der Halle aufgestellt. Herr Westermann wird einen Rahmen mit einem Kondolenzstreifen besorgen. Wir können es auch für die Trauerfeier nehmen, zu der alle Schüler und Lehrer, die Maybritt gekannt haben, eingeladen sind. Wir müssen noch einen Raum dafür finden, denn Ihr Klassenzimmer wird wohl nicht ausreichen. Die Aula dürfte allerdings zu groß sein.«

»Wie wäre es mit dem Selbstlernzentrum?« Der Vorschlag kam von Jonathan, der noch blasser als in den vergangenen Tagen wirkte. Ob ihm seine gesundheitlichen Probleme heute besonders zu schaffen machten? Oder trauerte er um Maybritt?

»Gute Idee, Jonathan. Das Selbstlernzentrum hätte genau die richtige Größe. Ich bespreche das mit Herrn Westermann.«

In Hannahs Rücken öffnete sich die Tür. Amelie und Ann-Kathrin nahmen wortlos wieder ihre Plätze ein.

»Ich habe hier einige Texte: Gedanken, die der Trauer Ausdruck verleihen, uns aber auch Hoffnung geben«, fuhr Hannah fort. »Könnte sich jemand vorstellen, einen davon jetzt hier zu lesen?«

Zu Hannahs Erstaunen gab es zwei spontane Meldungen: Jonathan und Ann-Kathrin.

Beide vertieften sich sofort in die Texte, die Hannah ihnen gab.

Sie atmete auf. Nun lief es besser. Bestimmt würden die tröstenden Worte der Klasse gut tun.

Sie hatte nichts gehört. Erst ein unterdrückter Schrei ließ Hannah aufschauen – in aufgerissene Augen und entsetzte Gesichter. Ein Mädchen presste sich die Faust vor den Mund, mehrere Schüler wichen ängstlich auf ihren Stühlen zurück. Alle starrten entgeistert zur Tür.

Dort stand Franziska. Hochrot im Gesicht, hielt sie eine Pistole in der rechten Hand. Mit starrem Blick schloss sie die Tür hinter sich und befahl mit erhobener Stimme: »Alle bleiben schön auf ihren Plätzen. Hände auf die Tische! Das Ding hier ist geladen.«

Einen Moment lang wedelte sie demonstrativ mit der Pistole.

Sofort legten alle die Hände auf die Tische.

»Frau Schmielink, nehmen Sie den Lehrerstuhl und setzen Sie sich auf die rechte Seite.« Hannah hörte leises Getuschel, während sie der Aufforderung nachkam. Ihr Herz klopfte bis zum Hals. Panik drohte über ihr zusammenzuschlagen.

Als sie sich zwischen die Schüler setzte, atmete sie tief durch. Nerven behalten, nicht durchdrehen, ruhig bleiben. In ihrem Kopf ratterte es unablässig. Mantramäßig sagte sie sich den immer gleichen Satz vor: »Mach, dass es gut ausgeht! Bitte!« Sie konnte diese Situation bewältigen. Sie musste!

»Klappe halten! Ich habe nicht gesagt, dass ihr reden sollt«, herrschte Franziska die flüsternden Schüler an. Schlagartig wurde es ruhig.

»Nehmt eure Handys aus den Taschen oder wo immer ihr sie habt. Mit einer Hand. Die andere bleibt, wo sie ist. Aber…« – Franziskas Stimme wurde schneidend – »… wenn einer von euch auch nur einen Klick macht, geht das Ding hier los.«

Hannah zog ihr altmodisches Handy aus der Umhängetasche. Um sie herum wurden Smartphones aus Hosentaschen oder Rucksäcken gefischt. Neben ihr tastete Nadine hektisch im Ablagefach unter der Bank, bis sie fündig wurde. Aus dem Augenwinkel sah Hannah, wie Franziska den Blick pausenlos durch den Raum schweifen ließ. Innerhalb von Sekunden lagen alle Geräte auf den Tischen.

Mit einer energischen Schulterbewegung streifte Franziska sich ihren Rucksack von der Schulter, sodass er auf den Boden fiel. Sie nickte dem direkt vor ihr sitzenden Jonathan zu. »Du sammelst ein! Zügig!«

Jonathan stand sofort auf, schwankte leicht, fing sich aber und begann in rasendem Tempo, die Geräte in den Rucksack zu werfen.

»Okay«, sagte Franziska und grinste mit offensichtlicher Genugtuung. Hannah staunte über das Mädchen, das völlig verändert wirkte. Hatte sie sich so grundlegend getäuscht? War dies die wahre Franziska?

»So, das hätten wir. Nun werden wir hier ein bisschen umräumen. Die ersten drei auf dieser Seite und die ersten drei von gegenüber setzen sich auf den Boden vor die hintere Reihe.«

Jonathan stand sofort auf, ebenso die beiden Schüler neben ihm. Auf der rechten Seite tat sich nichts.

»Na los, wird's bald!« Franziska ging einen Schritt auf Marvin, Amelie und Nadine zu. »Braucht ihr eine gesonderte Einladung? Ich habe ein Schießtraining mit meinem Vater gemacht. Er meint, ich hätte ziemliches Talent.« Sie senkte die Waffe und zielte auf Nadine, die mühsam einen Schrei unterdrückte.

»Na los!«, drängte Franziska. Plötzlich stand ihr Schweiß auf der Stirn. »Wenn dies Ding abgeht, platzen ein paar Trommelfelle. Garantiert.«

Nadine stand hastig auf. Das nude-farbene Shirt war hochgerutscht und zeigte ihren gepiercten Bauchnabel. Dann folgte Amelie. Als Letzter erhob sich Marvin demonstrativ langsam und setzte sich zu den anderen auf den Boden. Sein linker Fuß mit dem stahlblauen Sneaker wippte unablässig auf und ab – das einzige Indiz, dass die Situation ihn belastete.

Ganz schön clever ausgedacht, wurde es Hannah bewusst, nun hatte Franziska die gesamte Klasse im Blick und konnte sie besser kontrollieren. Das Mädchen ließ die Waffe ein wenig sinken. Gefühlte Minuten vergingen – vermutlich waren es nur Sekunden.

»Was willst du eigentlich von uns?« Der korpulente Karsten von links hinten.

»Das wirst du noch früh genug erfahren.«

Auf einmal Schritte, Stimmen, Gelächter auf dem Flur. Hannah schielte auf die Uhr über der Tür: sieben Minuten nach eins. Die sechste Stunde war bald vorbei. Der Lehrer der Nachbarklasse hatte anscheinend früher Schluss gemacht. Schlagartig wurde Hannah klar, dass Franziska abwarten wollte, bis sich der Flur vollständig geleert hatte. Was hatte sie bloß vor?

Maybritts Freundin lehnte scheinbar stoisch am Pult. Als es endlich klingelte, war der Lärm verklungen. Eisige Stille breitete sich aus.

»Was habt ihr mit ihr gemacht?«, kreischte Franziska unvermittelt in den Raum und zielte auf Nadine und Amelie.

»W... was meinst du?«, stammelte Amelie verstört.

»Ich will wissen, was ihr mit Maybritt angestellt habt.« Franziska wies auf das Foto, das immer noch auf dem Pult lag. »Sie sieht beinahe glücklich aus. Dabei ging es ihr am Anfang total mies auf dem verdammten Schiff. Und damit meine ich nicht ihre Kotzerei.«

Langsam zielte sie nacheinander auf jeden in der Klasse. Nur Jonathan ließ sie aus. Offensichtlich wusste sie, dass er nicht mitgefahren war. Niemand wagte eine Regung.

»Habt ihr sie mit irgendwas abgefüllt? Alkohol? Drogen? Womit habt ihr sie kirre gemacht? Redet!«

»Franziska«, meldete Hannah sich mit ruhiger Stimme zu Wort. »Das sind Vermutungen. Es ist wahrscheinlich ein Unfall gewesen.«

Mit Franziskas abfälliger Geste hatte sie gerechnet, aber es

103

war trotzdem wichtig, irgendwie mit dem Mädchen zu kommunizieren.

»Oder sie hat ganz einfach Schluss gemacht. Die Gelegenheit war schließlich günstig«, spekulierte Karsten.

Sofort richtete sich Franziskas Pistole auf ihn. Der Junge mit dem feisten Gesicht hob beschwichtigend beide Hände und legte sie sofort wieder auf den Tisch.

Damit war das Gespräch erst einmal erstorben. Sekunden ohne ein Wort vergingen. Hannah überlegte fieberhaft. Wie lange konnte das hier gutgehen? Würde Franziska an irgendeinem Punkt durchdrehen? Und was war mit den anderen Schülern? Einige schienen ziemlich durch den Wind zu sein.

Plötzlich sah sie, wie Jonathan unruhig hin und her rutschte. Er beugte sich nach vorn, fühlte seitlich an sein T-Shirt und lief rot im Gesicht an. Eine böse Ahnung beschlich Hannah.

»Franziska?« Jonathan klang flehend. »Ich muss dringend mal raus.«

»Kommt überhaupt nicht in Frage.«

»Franziska, bitte!« Ein jämmerliches Betteln. Vermutlich hatte sich sein Urinbeutel durch die unbequeme Sitzposition auf dem Boden gelöst, und dem Jungen stand eine äußerst peinliche Situation bevor.

»Lass ihn doch gehen! Der Spasti macht sich sonst in die Hose, und wir müssen den Gestank ertragen. Er verspricht dir auch, nicht zu Westermann zu rennen. Stimmt's, Jonathan?«

Hannah hielt den Atem an. Marvin klang so gleichmütig, als wäre er auf einer Party, die ihn anödete. Angst schien der jedenfalls nicht zu haben.

Jonathan war bei den demütigenden Worten seines Klassenkameraden zusammengezuckt. Mit gesenktem Kopf sagte er noch einmal: »Franziska, bitte. Ich flehe dich an, lass mich kurz raus!«

»Hau schon ab.« Franziska nickte in Richtung Tür. »Aber in fünf Minuten bist du zurück.«

Mühsam erhob Jonathan sich und trippelte mit kleinen Schritten zur Tür. Ohne einen Blick zurückzuwerfen, verließ er den Klassenraum mit gesenktem Kopf. Auf Marvins Gesicht erschien ein verächtliches Lächeln, aber niemand wagte, etwas zu sagen.

Wieder machte sich bedrückende Stille breit. Dieser Teil des Gebäudes schien inzwischen menschenleer zu sein. Hannah kämpfte gegen einen jähen Anflug von Verzweiflung. Vielleicht würde Jonathan etwas unternehmen. Immerhin hatte Westermann vorhin laut und deutlich gesagt, dass er in seinem Büro sei.

Sie starrte auf die gegenüberliegende Wand mit der Pinnwand aus graubraunem Filz, die gähnend leer war: keine Poster oder Sticker, nur ein paar offiziell wirkende Zettel mit dem Logo der Schule. Der Rest der Wand wurde von zwei abstrakten Bildern in weißen Rahmen ausgefüllt.

»Franziska?«

»Was?«

Miguel schaute betont harmlos. »Ich muss um zwei Uhr arbeiten. Lass mich bitte meinen Chef anrufen. Wenn ich nicht pünktlich da bin, verliere ich meinen Job.«

»Dann suchst du dir eben einen neuen.« Franziska schaute ungeduldig auf die Uhr. Jonathan war schon mehrere Minuten unterwegs.

Jetzt galt es! Sie musste es probieren. Hannah versuchte, möglichst viel Gelassenheit und Ruhe in ihre Stimme zu legen: »Franziska?«

»Was ist denn?« Franziskas Nerven schienen zum Zerreißen gespannt. Hannah durfte sie auf keinen Fall unnötig reizen.

»Ich muss in einer halben Stunde meinen Sohn in Münster vom Kindergarten abholen. Mir ist klar, dass das nicht klappen wird, aber die Einrichtung schließt um zwei. Ich muss unbedingt meinen Mann anrufen.«

»Die Erzieher melden sich bestimmt bei ihm, wenn Sie nicht kommen.«

»Kann sein, aber mein Mann arbeitet in Dortmund. Es dauert, bis er in Münster ist. Kann ich ihn nicht schnell anrufen, damit er jemanden verständigt, der unseren Sohn abholt?«

Franziska starrte sie an. Hannah hielt den Atem an. Bitte, lass sie mir glauben, flehte sie stumm.

»Wo bleibt denn Jonathan? Der Typ hat mich doch gelinkt!«, wütete Franziska unvermittelt.

»Ich denke eher, er traut sich nicht mehr hier rein. Kann man doch verstehen«, beeilte sich Hannah, eine Erklärung zu finden.

»Möglich«, murmelte das Mädchen. Die Pistole sank ein wenig herunter.

»Franziska, was ist mit meinem Sohn? Irgendwer muss ihn abholen. Ich möchte meinem Mann nur schnell sagen, dass unser Freund Gerrit das übernehmen soll. Bitte vertrauen Sie mir. Ich werde nichts anderes sagen. Ich möchte nur, dass mein Sohn nicht allein zurückbleiben muss. Das wäre schlimm für ihn.«

»Also gut. Holen Sie Ihr Handy aus dem Rucksack.«

Hannah stand auf. Vor lauter Anspannung war sie nicht ganz sicher auf den Beinen, bemühte sich aber, das zu vertuschen. Einige Schüler hatten die Augen geschlossen, andere starrten vor sich hin. Niemand achtete besonders auf sie.

Ihre Hand zitterte, als sie in Franziskas Rucksack glitt. Glücklicherweise fand sie ihr Handy, bevor das Mädchen es sich anders überlegen konnte.

»Ich mache das!«, bellte Franziska und griff nach dem Gerät. »Wie heißt Ihr Mann?«

»Jan Schmielink.«

»Und die Nummer?«

»Unter ›Jan dienstlich‹ gespeichert.«

Wortlos suchte Franziska, tippte auf den Eintrag und hielt sich das Gerät ans Ohr. Hoffentlich blaffte Jan nicht sofort los, warum Hannah ihn im Präsidium behelligte! Sie wagte sich kaum vorzustellen, was dann passieren würde. Mit angehaltenem Atem wartete Hannah, bis das Mädchen ihr das Gerät in die Hand drückte.

»Jan, tut mir leid, aber ich bin noch in Rheine im Berufskolleg«, sprudelte sie los, ohne ihn zu Wort kommen zu lassen. »Ich komme hier nicht weg und kann Lasse auf keinen Fall in der Kita abholen. Ich weiß, dass du es auch nicht rechtzeitig schaffen kannst. Sag bitte Gerrit, er soll hinfahren. Er ist am nächsten dran und macht das bestimmt.«

Am anderen Ende der Leitung hörte sie Jan völlig entgeistert sagen: »Lasse? Was soll das? Der ist doch …«

»Weiß ich doch. Ist mir völlig klar. Das bringt alles durcheinander. Aber es ist ein Notfall. Ruf Gerrit an! Er weiß schon, was er zu tun hat. Er macht das doch nicht zum ersten Mal. Schließlich ist er Lasses Patenonkel.« Das war völliger Nonsens, aber hoffentlich kapierte Jan nun endlich.

Stille am anderen Ende. Hannah wartete einen Moment. »Jan, hast du verstanden? Sagst du Gerrit, er soll das übernehmen?«

Zwei Sekunden, die ihr wie eine Ewigkeit vorkamen, dann: »Hannah, was ist los bei dir?«

Aus dem Augenwinkel sah sie Franziskas ungeduldige Handbewegung.

»Ich muss Schluss machen. Hier geht es weiter. Kümmere dich bitte!«

Zögerlich beendete sie das Gespräch und gab Franziska das Gerät zurück.

»Schalten Sie es stumm«, wies das Mädchen sie an.

Als Hannah sich wieder setzte, spürte sie, dass ihr die Kleidung am Körper klebte. Möglichst unauffällig wischte sie sich Schweißtropfen von der Stirn.

»Können wir ein Fenster öffnen?« Nadines Stimme war eher ein Piepsen. »Ich kriege langsam keine Luft mehr.«

»Auf keinen Fall!« Franziska klang schneidend. »Und hör auf, an deiner blonden Mähne herumzufummeln! Deine Schönheit interessiert im Moment keinen.«

Augenblicklich sank Nadines Hand herab. Nervös zupfte sie mit ihren grün bemalten Fingernägeln an ihrem üppigen Modeschmuck.

»Wie lange willst du uns denn hier festhalten?« Marvin hörte sich immer noch gelangweilt an.

»Bis ihr mir sagt, was auf dem Schiff passiert ist.« Süffisant setzte Franziska hinzu: »Ich habe Zeit. Meine Termine für heute habe ich vorsorglich abgesagt.«

Ein Stöhnen. Von einem der Jungen hinten.

Franziska fixierte die Klasse. »Wir sind komplett ungestört. Alle anderen Klassen auf diesem Flur haben sich längst aus dem Staub gemacht.«

Ann-Kathrin schluchzte kurz auf. Als sie sich beruhigt hatte, breitete sich wieder Stille aus.

Die Sonne war um das Gebäude gewandert und prallte nun direkt auf die Fensterfront. Die Temperatur im Raum stieg sprunghaft an. Ab und zu veränderte jemand seine Sitzposition. Scheinbar vollkommen ruhig lehnte Franziska am Pult und ließ den Blick unablässig durch die Klasse schweifen.

»Franziska, kann ich etwas trinken? Mir ist schwindelig.« Amelie sah krebsrot im Gesicht aus.

Franziska grinste höhnisch. »Gern. Aber an deiner Stelle würde ich mir das überlegen. Da bisher niemand redet, wird sich das hier anscheinend noch länger hinziehen. Im Gegensatz zu dir war ich vorhin zur Toilette. Außerdem habe ich in weiser Voraussicht heute kaum etwas getrunken. Könnte peinlich für dich werden.«

Hannah war sicher, dass sie nicht die Einzige war, die bei diesen Worten Druck auf der Blase verspürte. Alles nur eingebildet, beschwor sie sich. Sie musste sich einfach nur entspannen. Dann würde das wieder vergehen.

Irgendetwas lief bei den Jungen hinten in der Ecke: Kaum wahrnehmbar nahmen sie zu Hannahs Entsetzen Blickkontakt auf. Franziska reagierte nicht. Ihre Wachsamkeit schien nachzulassen. Sogar Marvin drehte sich jetzt kurz um. Was hatten sie vor?

Aber nichts passierte. Hannahs Herzschlag beruhigte sich allmählich. Sie hatte sich wohl getäuscht.

Der Raum heizte sich von Minute zu Minute stärker auf. Hannah klammerte sich an den Gedanken, dass Jan irgendetwas unternommen hatte. Aber hatte er wirklich verstanden und Gerrit angerufen? Und wenn der gerade dienstfrei hatte? Oder unterwegs bei einem Einsatz war? Würde er Kollegen schicken, oder würde Hannahs Hilferuf im Sande verlaufen? Sie schloss die Augen – und betete.

Ein Geräusch schreckte sie auf. Das Licht im Raum hatte sich verändert. War sie kurz eingenickt?

Wieder dieses Hicksen. Anscheinend kam es von einem der Mädchen auf dem Fußboden. Tatsächlich: Jemand hatte einen Schluckauf.

»Hör endlich auf damit, Nadine!«, blaffte Franziska und fuchtelte mit der Pistole. »Du machst mich wahnsinnig.«

»Darauf hat man keinen Einfluss. Das wissen Sie doch«, warf Hannah so sanft wie möglich ein.

»Ja! Ja! Soll sie von mir aus die Luft anhalten, bis sie verreckt. Ich kann es nicht ertragen. Schon gar nicht von ihr.«

Das Klicken des Türschlosses kam Hannah wahnsinnig laut vor. In der Annahme, Jonathan sei zurückgekehrt, traute sie zunächst ihren Augen kaum: Es war Westermann! Hochrot im Gesicht kam er zögerlich herein.

Franziska zielte sofort mit der Waffe auf ihn. »Was wollen Sie hier? Woher wissen Sie überhaupt ...«

»Mädchen!« Der Schulleiter schüttelte sachte den Kopf. »Mach dich nicht unglücklich!«

»Ich will wissen, was mit meiner Freundin passiert ist. Das bin ich ihr schuldig«, schrie sie ihn an, aber die Pistole sank ein Stück hinab.

Westermann ging unbeirrt auf sie zu. Auf der Höhe des Pults blieb er stehen und nahm kurz Blickkontakt zu Hannah auf. Schweißperlen glänzten auf seiner Stirn.

»Ich hatte gerade einen Anruf von der Polizei«, sagte er unvermittelt zu Franziska. »Draußen auf dem Schulhof stehen zwei Streifenwagen. Kommissar Höllmann hat mir eine Viertelstunde Zeit gegeben, die Angelegenheit hier oben zu klären. Dann wird er unweigerlich ein Sondereinsatzkommando anfordern, das sehr rasch vor Ort sein kann. Ein SEK! Voll bewaffnet! Spezialisiert auf Amokläufe. Sie wissen, was das bedeutet.«

»Erzählen Sie denen das!«, sagte Franziska und richtete die Pistole wieder auf die Klasse.

Niemand rührte sich. Sekunden verstrichen. Westermanns Lippen waren ein dünner Strich.

»Nun sag' doch einer was!« Amelie! Völlig hysterisch war sie vom Boden aufgesprungen und drehte sich blitzschnell zu ihren Mitschülern um. »Versteht ihr denn nicht? Die Polizisten werden losballern! Gnadenlos. Ich will nicht … krepieren in diesem … beschissenen Klassenraum.« Völlig aufgelöst schluchzte sie und rang nach Luft.

Ein heiseres Stöhnen! Lennarts Kopf war auf die Bank gesunken. »Ich war's!« Quälend langsam richtete er sich wieder auf. Seine vollen Lippen zitterten. »Franziska! Hörst du? Ich sage alles. Leg die Pistole weg!«

»Du?« Fassungslos ließ das Mädchen die Waffe sinken. »Du warst das? Das … das glaube ich nicht.«

»Doch.« Er setzte sich kerzengerade auf. »Es ist alles meine Schuld.«

»Erzählen Sie in aller Ruhe, Lennart«, beruhigte Hannah ihn, obwohl ihnen wegen Gerrits Ultimatum die Zeit davonzulaufen drohte.

Der Junge holte tief Luft. »Es fing damit an, dass Maybritt von der Mädchenseite weg wollte.« Er nickte in die Richtung, wo eigentlich Nadine und Amelie saßen. »Sie hat es bei denen nicht mehr ausgehalten. Vincke hat bestimmt, dass sie hier hinten sitzen soll, weil der Eckplatz zwischen Karsten und mir frei war. Wir waren nicht gerade begeistert.«

Er fuhr sich abwesend durch die schwarzen Haare. »Nach einer Weile hat sie mir ein bisschen bei Mathe geholfen. Das konnte sie echt gut. Dafür habe ich ihr bei Pädagogik und Gesundheitslehre unter die Arme gegriffen. Manchmal haben wir in der Pause geredet. Ich war nur ein bisschen nett zu ihr, weil sie mir leid tat. Alle anderen hackten auf ihr herum. Mehr war nicht. Ehrlich! Plötzlich hat sie angefangen, sich zu schminken.«

»Und abzunehmen«, warf sein Banknachbar Miguel ein. »Irgendeine Superdiät. Sie war total verknallt in Lennart.«

»Das glaube ich nicht«, schrie Franziska dazwischen. »Das hätte sie mir erzählt.«

»Hat sie aber nicht!«, setzte Nadine hinzu. »Es war so. Wir haben es alle mitbekommen.«

Lennart stöhnte: »Ich habe eine feste Freundin. Schon lange. Aber das wollte Maybritt nicht wahrhaben, obwohl ich kein Geheimnis daraus gemacht habe.«

Hannah schielte auf die Uhr. »Sie ist also nur wegen Ihnen mitgefahren nach Holland?«, versuchte sie, seine Geschichte zu beschleunigen.

»Ich schätze schon. Zuerst wollte sie absolut nicht mit, aber plötzlich hatte sie es sich anders überlegt.«

Franziska ließ einen Moment den Kopf hängen. Eine ihrer Fragen war damit beantwortet. Dann ging ein Ruck durch sie. »Was ist auf dem Segler passiert?«

»Wir haben in der letzten Nacht an Deck eine Party gemacht. Nur ein paar Leute.«

»Mitten im Sturm?«, entfuhr es Hannah.

»Als wir uns trafen, war es noch einigermaßen ruhig. Wir haben kräftig gebechert, Wein, Bier und auch ein paar harte Sachen. Dabei haben wir überhaupt nicht geschnallt, dass das Schiff immer heftiger schaukelte.«

»Und niemand an Bord hat etwas von der Party mitbekommen?«

»Die anderen waren längst in der Kajüte. Vincke und Theißen natürlich auch. Der Skipper saß in der Back – das ist dieser Aufbau, der quer über die ganze Breite des Schiffs geht – und war mit dem Manövrieren des Schiffs beschäftigt. Außerdem war es eine rabenschwarze Nacht.«

»Wer war dabei?«, beharrte Westermann.

Schleppend antwortete Lennart: »Miguel, Karsten und ich. Und natürlich die Mädchen: Amelie, Nadine und Maybritt.«

»Was ist dann passiert?«

»Wir waren schon ziemlich zugedröhnt, als wir die Idee hatten«, sagte Miguel. »Kennen Sie den Film ›Titanic‹?«

Irritiert nickte Westermann.

»Da gibt es diese berühmte Szene mit Kate Winslett und Leonardo di Caprio – am Bug des Schiffs. Sie lehnt sich total weit vor und vertraut darauf, dass er sie festhält.«

Hannah stockte der Atem. Im Gegensatz zu Westermann, der ziemlich verständnislos schaute, hatte sie das Bild mit den beiden gut aussehenden Schauspielern in inniger Umarmung hoch über den Wellen des Atlantiks sofort vor Augen. – »Ich bin der König der Welt.« – Sie konnte Di Caprio beinahe hören.

»Wir wollten uns einen Joke mit Maybritt machen und das nachspielen. Erst hat sie sich geziert, aber sie war genau wie wir alle schon heftig breit, und als wir ihr sagten, dass Lennart den Part von Leo übernehmen würde, war sie total angefixt.« Miguel schüttelte seine schwarze Haartolle, als könne er nicht fassen, was geschehen war.

»Wie ging es weiter?«, fragte Hannah.

Lennart schluckte. Er schien sich überwinden zu müssen. »Sie stand direkt vor mir. An der Stelle neben dem Klüver-Segel ist die Reling maximal kniehoch, aber das hatten wir nicht auf dem Schirm.« Er wischte sich mit dem Handrücken Tränen aus den Augen. »Ich habe sie von hinten umarmt. Es war schwierig, weil sie so dick ist.« Er senkte den Kopf. »Und dann kam diese Riesenwelle.« Das Schluchzen überwältigte ihn.

Miguel übernahm für ihn. »Das Schiff muss wohl in ein Wellental eingetaucht sein. Jedenfalls hat es uns die Beine weggezogen. Alle schrien durcheinander. Ich wurde irgendwohin geschleudert und hatte für ein paar Sekunden einen Blackout. Wir waren alle von der Gischt total durchnässt und waren überall angestoßen.«

»Und Maybritt?«, flüsterte Franziska.

»Sie war weg. Spurlos verschwunden.« Lennart starrte mit aufgerissenen Augen vor sich hin, als wäre er wieder an Bord. »Als das Schiff kippte, habe ich wohl instinktiv irgendwo Halt gesucht. Ich … ich muss sie losgelassen haben, und sie ist …« Er schlug sich die Hände vors Gesicht.

Westermann schien erschüttert. »Warum haben Sie dem Skipper nicht sofort Bescheid gesagt, dass er die Maschinen stoppen soll? Es gibt doch überall Rettungsringe auf solchen Booten.«

»Bis wir uns alle aufgerappelt hatten und kapierten, dass Maybritt über Bord gegangen war, waren Minuten vergangen«, sagte Miguel leise. »Außerdem war es total dunkel. Wir hätten keine Chance gehabt, sie zu finden.«

»Das hätte sowieso nichts gebracht. Maybritt hat sich nie in ein Schwimmbad getraut, weil sie so dick war«, sagte Franziska leise und legte die Pistole auf das Pult. »Sie konnte nicht schwimmen.«

Irgendwann später

Hannah wusste nicht, wie viel Zeit vergangen war, als Westermann, Gerrit und zwei andere Personen den Klassenraum betraten. Die leisen Gespräche der Schüler verstummten. Hannah berührte kurz Lennarts Arm. Sie war sicher, dass der Junge noch längere Zeit professionelle Hilfe benötigen würde, aber das war nun nicht mehr ihre Sache.

Westermann ergriff das Wort, als alle sich auf ihre Plätze begeben hatten, und stellte zuerst Gerrit vor, dann die zwei Notfallseelsorger aus dem Team des Kreises Steinfurt. Der Mann kam Hannah bekannt vor. Bestimmt waren sie sich mal auf einer Fortbildung begegnet.

Mit fester Stimme fuhr der Schulleiter fort: »Ich möchte Ihnen jetzt erläutern, wie es weitergeht. Die an dem Vorfall auf dem Schiff beteiligten Schüler müssen noch kurz bleiben, bis ihre Personalien aufgenommen sind. Alle anderen können gehen oder sich abholen lassen, wenn sie möchten. Die beiden Notfallseelsorger werden allerdings so lange in der Schule bleiben, wie sie benötigt werden. Wenn Sie Gesprächsbedarf haben oder andere Hilfe wünschen, wenden Sie sich gerne an einen der beiden. – Ja, bitte?«

Ein Mädchen hatte aufgezeigt. »Dürfen wir wieder telefonieren?«

Nach einem raschen Blick auf Gerrit nickte Westermann. »Sobald unsere Ansagen beendet sind. – Noch ein paar Worte zu den nächsten Tagen: Morgen wird für Sie kein regulärer Unterricht stattfinden, aber die beiden Notfallseelsorger werden von neun bis zwölf Uhr und nötigenfalls auch länger hier sein, um Sie weiter zu betreuen.«

»Diesen Raum hier betrete ich nie wieder!«, platzte Amelie heraus.

»Das kann ich verstehen«, erwiderte der Schulleiter. »Wir finden ein anderes Klassenzimmer. Schauen Sie morgen auf dem Whiteboard in der Halle nach. Ab Montag gibt es eine dauerhafte Lösung. Das verspreche ich Ihnen.« Er räusperte sich. »Noch etwas: In Absprache mit den Notfallseelsorgern möchte ich, dass Sie am Samstag wie geplant an der Verabschiedung unseres früheren Schulleiters teilnehmen und die ihnen zugeteilten Aufgaben erledigen.«

Ein Raunen ging durch die Klasse, dann wurde getuschelt. Amelie und Lennart stand Entsetzen ins Gesicht geschrieben.

Ungerührt fuhr Westermann fort: »Ich bin mit den Experten einer Meinung, dass es wichtig für Sie alle ist, die heutigen Ereignisse zu verarbeiten, um die Schule wieder ohne Angst betreten zu können. Die Feier mit der Schulgemeinschaft ist ein geeigneter Rahmen, der Ihnen Sicherheit vermitteln kann. Ich betrachte den Samstag also als Pflichtveranstaltung für Sie, von der Sie sich nur mittels eines ärztlichen Attests befreien lassen können.«

Die klare Ansage zeigte Wirkung: Das Tuscheln hörte auf.

»Und nun zu Kommissar Höllmann.«

Gerrits Blick schweifte kurz durch die Klasse und streifte auch Hannah. Würde er etwas zu ihrer Rolle preisgeben? Sie hoffte, nicht.

»Zuallererst möchte ich Ihnen danken, dass Sie Ruhe bewahrt haben. Das ist in einer solchen Situation nicht selbstverständlich.« Er klang unaufgeregt, beinahe bedächtig. »Wir haben inzwischen mit Ihrer Mitschülerin Franziska gesprochen. Es steht fest, dass sie niemanden in diesem Raum verletzen wollte. Die Pistole war nicht geladen.«

Ungläubige Gesichter, Kopfschütteln bei den Schülern, bis Gerrit fortfuhr: »Natürlich wird die Aktion trotzdem Konsequenzen für Franziska haben, aber ich möchte Sie alle bitten, über den Vorfall heute Stillschweigen zu wahren. Nicht gegenüber Ihren unmittelbaren Angehörigen wie Eltern oder Partnern, aber gegenüber anderen Schülern, der Öffentlichkeit, Presse, sozialen Medien wie facebook, Instagram und so weiter. Bitte lassen Sie nichts verlauten. Wir müssen zunächst die Ereignisse weiter mit den Beteiligten abklären. Spekulationen oder Gerüchte sind kontraproduktiv. Das werden Sie verstehen. Ich baue auf Ihre Verschwiegenheit, bis wir unsere Ermittlungen beendet haben. Danke.«

Gerrit lehnte sich wieder ans Pult und nickte Westermann zu, der noch einmal das Wort ergriff. »Ich möchte noch ergänzen, dass Franziska das Berufskolleg verlassen wird. Sie brauchen also nicht zu befürchten, ihr jemals wieder in der Schule zu begegnen.«

Einige Minuten später

Nebenan war Westermanns Stimme zu hören. Er müsse kurz telefonieren, hatte er gemeint, als er sie in seinem Arbeitszimmer allein ließ. Hannah stand auf und ging ein paar Schritte auf und ab.

Kopfschmerzen meldeten sich mit Macht über ihrem rechten Auge. Sie lockerte Nacken und Schultern, während sie aus dem Fenster sah, wo ein Spätsommertag wie aus dem Bilderbuch mit blauem Himmel und Schäfchenwolken vorüberging. Zwei Mädchen standen beim Fahrradständer, starrten auf ihre Handys. Hannah glaubte Ann-Kathrin zu erkennen, war aber nicht sicher.

Westermann war nicht mehr zu hören, aber er kam auch nicht zurück. Hannah wühlte in ihrer Umhängetasche nach der gelben Plastikdose in Form einer Banane, schälte die überreife Frucht hastig und verschlang sie in wenigen Bissen. Ihre Notration, ohne die sie in den seltensten Fällen aus dem Haus ging, wenn sie nicht abschätzen konnte, wann und wo sie etwas zu essen bekam.

Sie hatte funktioniert, solange sie musste, sich um die hysterische Amelie gekümmert, um verschiedene andere Schüler und vor allem um den völlig aufgelösten Lennart, der immer wieder dieselben Sätze wiederholte. Hoffentlich ließen die Kollegen ihn nicht ohne Begleitung nach Hause gehen! Sie hatte eindringlich darum gebeten abzuwarten, bis seine Freundin ihn abholen kam.

Westermann erschien mit Gläsern und einer Wasserflasche. »Kaffee läuft«, sagte er lakonisch. »Frau Teupker bringt gleich etwas Gebäck mit.«

Sie griff nach dem Glas und trank es in einem Zug leer. Wortlos füllte der Schulleiter es wieder auf. »Was für ein glücklicher Zufall, dass Sie mit Kommissar Höllmann bekannt sind, Frau Schmielink. Zuerst wollte er mich gar nicht in die Klasse gehen lassen, aber ich habe darauf bestanden, dass ich es zuerst allein versuche. Unfassbar, dass alles so glimpflich ausgegangen ist.«

Hannah nickte. »Was wird mit Franziska geschehen? Sie haben angedeutet, dass sie die Schule verlassen muss.«

Westermann seufzte und goss sich ein. »Sie wird einsehen, dass es in ihrem eigenen Interesse liegt, ihren Mitschülern nicht wieder zu begegnen. Ich hoffe, dass ich schon morgen die Gelegenheit haben werde, mit ihr zu sprechen. In solchen Fällen kooperieren wir mit einem Berufskolleg in der Umgebung, das ähnliche Bildungsgänge anbietet, und helfen uns gegenseitig.«

»In solchen Fällen?«, entfuhr es Hannah.

»Sagen wir mal, wenn es angezeigt ist, dass ein Schüler die Schule verlässt, die Ausbildung aber zu Ende machen möchte. Zum Beispiel bei krassem Mobbing. Aber es gibt auch andere, manchmal skurrile Situationen.«

»Skurril?«

118

»Vor einiger Zeit tauchten auf einer Oberstufen-Party Cannabis-Kekse auf. Mehrere Schüler erkrankten und mussten ins Krankenhaus. Die Schuldfrage konnte nie ganz geklärt werden, aber trotzdem war der Schüler, der die Kekse mitgebracht hatte, nicht mehr tragbar. Manchmal gilt dies übrigens auch für Lehrer.«

»Aha.« Hannah ermunterte ihn nicht, sich detaillierter auszulassen, ihre Kopfschmerzen machten ihr mehr und mehr zu schaffen.

»Wir Schulleiter arbeiten in solchen Situationen zusammen, um jemandem einen Neuanfang zu ermöglichen. Bei Franziska wird alles ganz unbürokratisch laufen. Gemeinsam mit ihrer Klassenlehrerin werde ich sie von einem Schulwechsel überzeugen können.«

Hannah war erleichtert: Paula Schmidt-Holsten würde also bei dem Gespräch dabei sein.

Westermann griff zu seinem Wasserglas, drehte es eine Zeit lang in seinen Händen und nippte dann abwesend daran.

Hannah hing ihren Gedanken nach. Ob Jan wohl zu Hause auf sie wartete? Gerrit hatte ihn unmittelbar nach dem glücklichen Ausgang der Situation benachrichtigt. Sie sehnte sich nach Jans Umarmung und tröstenden Worten, aber andererseits nagte tief drinnen die Unsicherheit an ihr: Wie würde er sich verhalten? Was stand zwischen ihnen? Würde bald alles wie früher sein?

»Glauben Sie, dass es richtig ist, wenn die Schüler am Samstag zur Feierstunde kommen?«, unterbrach Westermann ihre Gedankengänge.

»Ich finde dieses Vorgehen professionell durchdacht. Der morgige Tag bildet einen Puffer zu den heutigen Ereignissen.«

»Ich wage es kaum, Sie darum zu bitten, Frau Schmielink, aber Sie würden mir einen großen Gefallen tun, wenn Sie ebenfalls bei der Feierstunde anwesend wären. Vielleicht gibt es den einen oder anderen Schüler, der für Ihre Unterstützung dankbar wäre. Oder Kollegen. Alexander Vincke und Sabine Theißen zum Beispiel werde ich gleich anrufen müssen. Die anderen informiere ich morgen, bevor sich irgendwelche Gerüchte verbreiten können. – Ach, Frau Teupker. Schön, dass Sie so schnell kommen konnten.«

Die Sekretärin hatte lautlos das Chefzimmer betreten und stellte ein Tablett mit Warmhaltekanne, zwei Kaffee-Gedecken und einem Teller mit verlockenden Schoko-Kringeln auf den Tisch. Seine gestrenge Vorzimmer-Dame hatte Westermann also vor allen Kollegen eingeweiht.

»Was für ein Schlamassel! Und das ausgerechnet jetzt!«, gab Frau Teupker ungefragt von sich. Einen Moment lang stand sie unschlüssig da, bevor sie sich zum Gehen anschickte.

»Frau Teupker! Nicht, dass es in dem ganzen Durcheinander untergeht: Ein Schüler aus Vinckes Klasse hat vorhin gefehlt.«

Ein kaum wahrnehmbarer Ruck ging durch die Sekretärin.

»Ja?«, sagte sie zögerlich.

»Er müsste unbedingt benachrichtigt werden, was passiert ist und wie es in den nächsten Tagen weitergeht. Wie war noch der Name, Frau Schmielink?«

»Jonathan. Leider weiß ich nur den Vornamen.«

Ein Seufzer von Frau Teupker – kaum hörbar. »Kein Problem«, sagte sie schon zur Tür gewandt. »Den habe ich im Computer.«

Erst vor wenigen Stunden war sie hier entlanggefahren – in völliger Ahnungslosigkeit, was dieser Tag bringen würde. Als Beifahrerin in ihrem eigenen Auto kehrte sie zurück, und die Strecke kam ihr völlig verändert vor. Hatte sie wirklich diese unzähligen Windkraftanlagen, Kreisverkehre, Viehweiden und Blumenfelder passiert? Wo war sie mit ihren Gedanken gewesen?

Ihre Kopfschmerzen hatten nachgelassen – möglicherweise dank mehrerer Tassen Kaffee und der kalorienreichen Kekse, die sie ohne nachzudenken in sich hineingestopft hatte.

Gerrit ließ sie in Ruhe, bis er nach Gievenbeck abbog. »Alles okay mit dir?«, fragte er mit einem kurzen Seitenblick.

»Ich bin total erledigt«, sagte sie. »Als hätte man plötzlich die Luft aus mir rausgelassen.«

»Kann ich mir vorstellen. Muss schlimm gewesen sein. Ich finde es großartig, wie du die Nerven behalten hast.«

»Ich bin selbst erstaunt, wie ruhig ich geblieben bin. Aber ich habe mich persönlich nicht bedroht gefühlt. Vielleicht weil ich mehrmals mit Franziska gesprochen hatte und mir einfach nicht vorstellen konnte, dass sie auf mich schießen würde. Allerdings hatte ich schon die Befürchtung, dass sie sich von den anderen provozieren lassen könnte.«

»Wenn es die Situation erfordert, kann man anscheinend über seine Grenzen gehen.«

»Muss wohl«, murmelte Hannah. Von einem bestimmten Zeitpunkt an hatte sie eine tiefe Gewissheit gespürt, dass alles gut ausgehen würde. Aber wie hätte sie Gerrit dieses Gefühl erklären sollen?

»Und alles wegen einer nicht geladenen Pistole! Unglaublich!«, stöhnte Gerrit.

»Tja«, seufzte Hannah. »Wisst ihr eigentlich schon, woher Franziska die Waffe hatte?«

»Von ihrem Bruder. Er ist Sportschütze und bewahrt seine Pistolen nach einem versuchten Einbruch ins Vereinsheim letztes Jahr zu Hause auf. Allerdings ohne Munition. Im Prinzip gar keine schlechte Idee, finde ich.«

»Aber muss man nicht einen abschließbaren Waffenschrank haben?«

»Der ist vorhanden, schon weil der Vater mehrere Jagdgewehre besitzt. Franziska muss sich den Schlüssel besorgt haben. Die Sache wird schon noch Konsequenzen haben – auch für ihre Angehörigen. Der Vater schwört allerdings Stein und Bein, dass seine Tochter niemals zuvor eine Waffe in der Hand hatte oder gar ausprobieren durfte.«

»Sie hat also perfekt geblufft. Hast du eine Vorstellung, was mit ihr passieren wird?«

»Vermutlich wird man sie wegen Nötigung anklagen, eventuell auch wegen Freiheitsberaubung. Ob der Richter sie mit Sozialstunden davonkommen lässt, kann ich schlecht einschätzen.«

»Und was ist mit denen, die bei der Party auf dem Schiff dabei waren?«

»Könnte sein, dass die Angelegenheit ein Nachspiel wegen unterlassener Hilfeleistung mit Todesfolge hat. Das werden wir morgen versuchen näher abzuklären.«

Gerrit beschäftigte sich diskret mit seinem Handy, als Hannah auf ihre Doppelhaushälfte zuging. Ihre Knie waren weich, während die Tür aufging. Jans sorgenvoller Blick versetzte ihr einen Stich. Wortlos zog er sie in eine Umarmung, die immer fester wurde. Nach einer ganzen Weile schwankte er und raunte ihr ins Ohr: »Ich brauche dich doch.«

»Was ist mit dir?«, fragte sie alarmiert. »Hast du Schmerzen?«

»Ja. Auch. Aber lass jetzt … Da kommt Gerrit.«

Hannah löste sich aus der Umarmung und schaute ihm ins Gesicht: tiefe Furchen, die sie so noch nie gesehen hatte.

Jan begrüßte Gerrit seltsam steif. »Danke, dass du Hannah nach Hause gebracht hast. Und überhaupt so schnell zur Stelle warst.«

»Reiner Zufall, dass du mich erwischt hast. Zehn Minuten vorher war ich noch im Vernehmungsraum. Die Nummer des Schulleiters hatte ich schon mehrmals angewählt. Der Rest hat sich dann ja erledigt.«

Eine peinliche Gesprächspause trat ein.

»Ja, dann will ich mal …«

»Wie wäre es, wenn Jan dich nach Hause bringt, Gerrit? Ich will sowieso zuerst unter die Dusche«, schlug Hannah vor.

»Nicht nötig. Ich nehme den Bus zum Bahnhof und gehe von da aus zu Fuß. Das mache ich ja täglich. Mit dem Auto nach Rheine zu pendeln, kostet viel zu viel Zeit«, machte Gerrit Konversation.

»Wann sehen wir uns?«, fragte Hannah.

»Spätestens bei der Hochzeit der Kollegin Natalie im Oktober«, warf Jan hastig ein.

»Ex-Kollegin!«, erwiderte Gerrit. »Ich werde nicht kommen können, weil ich mit einigen Kumpeln auf Tour bin. Der Termin stand schon lange vor der Einladung fest. Die wären fürchterlich sauer, wenn ich absagen würde.«

Sie zog alle Kleidungsstücke aus und ließ sie einzeln in den Wäschekorb fallen. Dann stieg sie in die Dusche und stellte sich unter den prasselnden Wasserstrahl. Sie versuchte, an nichts zu denken, aber es gelang ihr nicht, die Bilder abzuschütteln, die sie stundenlang vor sich gehabt hatte: der graue Teppichfußboden im Klassenraum, die Zettel an der Pinnwand, die Gesichter der Schülerinnen und Schüler, die Pistole in Franziskas Hand... Sie griff zu ihrem Duschgel – belebende Zitrone. Genau das Richtige jetzt!

Beim Abtrocknen wanderten ihre Gedanken zu Gerrit und Jan. Seltsam, wie die beiden miteinander umgingen. Dabei waren sie mehr als Kollegen gewesen, bis Gerrit sich im Sommer hatte versetzen lassen.

Mit Bedacht verteilte sie die Körperlotion, ein Geburtstagsgeschenk von Jan, und atmete tief ein. Der einzigartige Duft wirkte wie gewohnt: Israel! Augenblicklich schwelgte sie in Erinnerungen an ihre Hochzeitsreise mit Jan: die glühenden Farben der Landschaft am Toten Meer, die flirrende Hitze, der Kibbuz, in dem sie damals die speziellen Kosmetik-Produkte zum ersten Mal gekauft hatte.

Unschlüssig was sie anziehen sollte, legte sie sich aufs Bett – nur einen Moment, sagte sie sich – und deckte sich mit der dünnen Sommer-Bettdecke zu.

Beim Aufwachen war sie vollkommen desorientiert. Stille im Haus. Draußen das Rattern eines Rasenmähers. Das Bett neben ihr ... leer. Musste sie Lasse wecken? Ihn zur Kita bringen?

Die ungewohnten Lichtverhältnisse halfen ihr auf die Sprünge: Es war Abend. Immer noch Donnerstag. Immer noch der Tag, an dem sie in dem Klassenzimmer...

Ein Blick auf den Wecker: zwanzig nach sechs. Sie hatte mehr als eine Stunde geschlafen. Entschlossen stand sie auf, zog sich ihre Lieblingsjeans und ein neues T-Shirt in leuchtendem Rot an.

Jan saß in der Küche am gedeckten Tisch und starrte vor sich hin. Die Weinflasche war angebrochen.

»Hallo. Ausgeschlafen?« Ein leerer Blick traf sie. Nicht unfreundlich, aber distanziert. Sie nickte, wagte nicht, ihn zu berühren.

Er wies zum Herd, wo eine Packung Spaghetti bereitlag. »Ich wusste nicht, worauf du Appetit hast. Es ist noch ein Rest Tomatensauce im Gefrierschrank. Ich kann einen Salat dazu machen. Reicht dir das?«

Das Schweigen bei der Mahlzeit lähmte sie. Sie hätte gerne über die Stunden in dem Klassenraum gesprochen, aber er stellte keine Fragen. Und sie war zu befangen, um einfach drauflos zu reden. Alle Normalität zwischen ihnen war verschwunden. Wie hatte Anne gesagt: face to face – das funktioniert in solchen Situationen nicht.

Als sie das benutzte Geschirr in die Spülmaschine räumten, sagte Hannah beiläufig: »Ich möchte gern an die Luft. Lass uns einen kleinen Gang machen.«

Beinahe sommerliche Wärme schlug ihnen entgegen. Hannah legte sich die leichte Jacke über den Arm. Im Moment brauchte sie sie nicht.

Der ältere Sohn der Nachbarn radelte freundlich grüßend an ihnen vorbei, eine dicke Sporttasche hing bedenklich schief auf dem Gepäckträger. Am übernächsten Haus hatte sich eine lautstarke Runde auf der Terrasse versammelt. Der Geruch von gegrilltem Fleisch lag in der Luft. Gegenüber waren aus einem geöffneten Fenster Gitarrenakkorde zu hören.

»Lass uns in die Stadt fahren und ein Eis essen. Beim Italiener.«

Schweigen.

»Ich möchte unter Leute, die einen ganz normalen Tag hatten und sich amüsieren wollen. Irgendwo sitzen und einfach nur schauen.«

Ein unwirsches Brummen. »Wir haben beide zu viel Wein getrunken.«

»Dann nehmen wir eben den Bus. Hast du genug Geld dabei?«

Gegen viertel vor acht

Jan bewegte sich betont vorsichtig, als sie an der Engelenschanze ausstiegen. Unter dem dichten Blätterdach der Promenade herrschte reges Treiben. Das Tempo des Tages war gewichen, die meisten Passanten bummelten nun entspannt, joggten eine schweißtreibende Runde oder radelten zu abendlichen Vergnügungen.

Nach wenigen Metern ließen sie das Dämmerlicht der Grünanlage, die die Altstadt umgab, hinter sich und bogen auf den Marienplatz ein. Linker Hand lag das Café 99, in dem Hannah oft die Mittagspause mit den Kollegen von der Beratungsstelle verbrachte. Rings um den Platz und vor dem schmiedeeisernen Rondell an der Mariensäule waren die Tische nahezu komplett mit sommerlich gekleideten, bestens gelaunten Menschen besetzt. Die Kellner der umliegenden Lokale schlängelten sich mit ihren voll beladenen Tabletts behände durch die Tische und enorme Mengen von Fahrrädern.

»Was für ein Massenauflauf!«, stöhnte Jan.

Sie sparte sich eine Reaktion und genoss die Atmosphäre. Ohne Jans düstere Miene zu beachten, dirigierte sie ihn mit sanftem Druck in die Königsstraße, hakte sich bei ihm ein und kommentierte begeistert die dezent beleuchteten Fassaden der altehrwürdigen Palais. Wie oft war sie hier schon in Gedanken versunken entlanggelaufen, ohne auf die teils üppigen Sandsteinornamente an den Backsteingebäuden zu achten. Ein Hochgefühl durchströmte sie. »Ich komme mir vor wie eine Touristin in meiner eigenen Stadt.«

»Hm.«

Als sie sich dem Prinzipalmarkt näherten, wurde das Gedränge auf dem Bürgersteig wieder dichter. Lokale reihten sich aneinander, an klobigen Holztischen und Bänken saßen Leute auf einem lauschigen Platz und aßen Pizza und Pasta.

»Für die herrscht anscheinend noch Hochsommer!« Jan wies auf drei junge Mädchen in bauchfreien Shirts und Hotpants. Hannah schmunzelte. Er ging mittlerweile schon viel lockerer. Bestimmt tat ihm die Bewegung gut – und die Ablenkung.

Gegenüber die angesagte Eisdiele: Hannahs Stimmung erhielt einen kleinen Dämpfer, denn es gab keinen einzigen freien Platz.

»Drinnen sind genug Tische frei«, schlug Jan vor. »Das Eis schmeckt da genauso.«

»Es geht mir doch nicht nur ums Eis! Ich will unter freiem Himmel sitzen. Leute gucken. Das Flair genießen. Wann haben wir das in diesem Sommer schon mal gemacht?«

Sie erntete nur Kopfschütteln.

»Sei's drum. Gehen wir weiter.«

Sie passierten das Picasso-Museum und die Arkaden, querten die Rothenburg und folgten dem Gässchen zum Domplatz hinauf.

»Schau mal!« Jan grinste über mehrere Männer seines Alters mit Tattoo-übersäten, muskelbepackten Armen, die ihnen lärmend entgegenkamen. Hannah schickte einen stummen Dank an ihre Freundin Anne: side-by-side. So funktionierte es anscheinend.

Die wuchtigen Türme des Doms mit ihren kupfernen Hauben ragten in den abendlichen Himmel. In den Lokalen am Rand des weiten Platzes gab es durchaus freie Stühle, aber Hannah zog es weiter über das Kopfstein-Pflaster zum Paradies, dem Eingangsportal der Kathedrale.

»Wollen wir?« Es war mehr eine Aufforderung als eine Frage an Jan. Er folgte ihr ohne Widerspruch.

Abgeschlossen! Um diese Zeit wohl logisch. Enttäuscht wandte Hannah sich um. Gern hätte sie in der friedlichen Atmosphäre des Kirchenraums für den glücklichen Ausgang der Geschehnisse des heutigen Tages gedankt. Es sollte wohl nicht sein!

»Gibt es dort drüben nicht auch eine Eisdiele?«, fragte Jan.

Minuten später saßen sie auf der schmalen Terrasse am Überwasser-Kirchplatz – mit der Münsterschen Aa im Rücken. Pro forma schauten sie in die Karten, obwohl von vornherein feststand, was sie bestellen würden. Hannah entschied sich wie immer für drei Kugeln und schwelgte genüsslich in den Aromen von Nuss, Schokolade und Banane – natürlich mit Sahne! Jan schaufelte derweil eine riesige Portion Spaghetti-Eis in sich hinein.

»Nicht aufschauen, Hannah. Vielleicht sieht er uns nicht«, flüsterte Jan unvermittelt.

Fragend schaute Hannah dem korpulenten Mann mit Halbglatze hinterher. »Wer soll das gewesen sein?«

»Schüttler.«

»Glaube ich nicht. Der geht anders.«

»Wie auch immer. Auf jeden Fall habe ich heute Abend keine Lust auf meinen ›Lieblingskollegen‹. Den sehe ich schon viel zu oft im Präsidium.«

»Kann ich verstehen. – Apropos Kollegen: Findest du es nicht merkwürdig, dass Gerrit nicht zu Natalies Hochzeit kommt?«

»Wieso? Er will doch an dem Wochenende mit seinen Kumpeln los.«

»Aber er hat immerhin einige Jahre eng mit Natalie zusammengearbeitet. Bestimmt ist sie enttäuscht, wenn er absagt. Sie haben sich doch recht gut verstanden.«

»Anfangs schon. Aber später ist Gerrit merklich auf Abstand gegangen.«

»Warum denn das?«

»Keine Ahnung. Müssen wir das besprechen? Lass uns zahlen! Mir wird langsam kühl.«

Sie hätte es wissen müssen: Aus irgendeinem Grund war Gerrit ein rotes Tuch für ihn.

Das Telefon blinkte, als Hannah gegen halb zehn das Wohnzimmer betrat: ein Anruf von Gesine, die eine kurze Nachricht auf dem Anrufbeantworter hinterlassen hatte.

»Schönen Gruß von deiner Tochter«, richtete Hannah Jan aus, der sich ausdauernd durch die Fernsehprogramme zappte.

»Und? Was gibt's da drüben? Geldmangel? Liebeskummer? Ein Erdbeben?«

»Nichts davon. Keine Klagen. Sie scheint weder uns noch ihren Sebastian zu vermissen.«

»Der macht immerhin zügig mit seinem Studium weiter. Das sollte sie auch tun, anstatt ein halbes Jahr mit ›work and travel‹ in Neuseeland zu vergeuden.«

Jans Tochter hatte im Sommer nach ihrem mit Bravour hingelegten Bachelor in Psychologie einen unerwarteten Durchhänger entwickelt. Seit vier Wochen war sie mit einer Freundin unterwegs und arbeitete zur Zeit als Kellnerin auf der Nordinsel.

Hannah überlegte kurz, wie spät es in Auckland war. Entweder Gesine schlief noch, oder sie war auf dem Weg zur Frühschicht im Café. Sie beschloss, es mit einer Mail zu versuchen.

```
Hallo Gesine,
leider ist aus unserem Wochenendtrip nichts ge-
worden, weil dein Vater ziemliche Rückenprobleme
hat. Er bekommt jeden Morgen eine Spritze, even-
tuell muss er operiert werden. Wie du dir denken
kannst, ist seine Laune nicht besonders.
Dir scheint es ja gut zu gehen am anderen Ende der
Welt. Melde dich doch noch mal und erzähle ein
bisschen.
Ciao
Hannah
```

Freitag, 6. September

Erst gegen neun stand Hannah auf. In der Nacht hatte sie stundenlang wach gelegen und Szenen des gestrigen Tages wie einen Film immer wieder vor sich ablaufen lassen. Wie würden die Schüler das alles verkraften? Ob sie das Gesprächsangebot der Notfallseelsorger nutzen würden? Wie es wohl Franziska und Lennart ging? Und Jonathan? An den jungen Dialysepatienten, der zutiefst gedemütigt aus dem Klassenzimmer geflohen und nicht wieder aufgetaucht war, hatte sie gestern keinen einzigen Gedanken mehr verschwendet.

Der Frühstückstisch war gedeckt, Jan holte sich seine tägliche Spritze in der Arztpraxis ab. Hannah blätterte unkonzentriert in der Zeitung, legte sie aber bald zur Seite. Sie fühlte sich plötzlich energiegeladen. Lesen konnte sie später noch.

Rasch räumte sie das benutzte Geschirr weg, startete ihren PC und rief eine Karte des Münsterlandes auf. Nur ein kleiner Ausflug, sagte sie sich. Keine weite Fahrt. Auf keinen Fall wollte sie Jan einen Vorwand bieten, ihren Vorschlag wegen seiner Rückenschmerzen abzulehnen. Aber erst mal musste sie eine brauchbare Idee haben, um ihn aus der Reserve zu locken.

Die Baumberge? Billerbeck, Nottuln und das Stevertal? Dort waren sie überall kürzlich noch unterwegs gewesen. Nein, es sollte schon ein besonders reizvolles Ziel sein, ein Ort, den sie noch nie gemeinsam besucht hatten.

Der Teutoburger Wald? Sie hatte von neuen, malerischen Wanderwegen gelesen. Über die Grenze in irgendein holländisches Städtchen? Oder war das zu anstrengend für Jan?

Ihr Blick fiel auf den vielversprechend blauen, wolkenlosen Himmel. Plötzlich sah sie es vor sich: strahlender Sonnenschein, der sich auf der glitzernden Wasserfläche eines Sees spiegelt, endlos weite Ausblicke, in die man sich verlieren kann … das war es!

Bevor sie den PC abschaltete, schaute sie noch schnell in ihr Mail-Fach: Gesine hatte bereits geantwortet.

Hi Hannah,

mir geht es hier wirklich bestens. Mein Englisch verbessert sich von Tag zu Tag. Wir versuchen, äußerst genügsam zu leben (Fleisch ist nur ab und zu drin – macht mir aber nichts aus), um genügend Geld für ein Wohnmobil zusammenzusparen, mit dem wir die fantastischen Landschaften aus dem »Herrn der Ringe« erobern können. Freue mich schon ganz doll drauf.

Das mit Papas Rücken hört sich ja nicht so toll an. Ich kann mich schwach erinnern, dass er schon damals Probleme damit hatte, als Mama und er sich haben scheiden lassen. Mit meinen frisch erworbenen psychologischen Fachkenntnissen :-) würde ich sagen: nur zu verständlich. Außerdem ist Opa Ernst ja ähnlich gestrickt: Wenn ihn etwas bedrückt, wird er krank. Frag mal Oma Marianne.

LG an Papa und einen Kuss fürs Brüderchen.
Gesine

Übrigens: Sebastian vermisse ich gar nicht. Echt beunruhigend, oder?

Gegen elf

Jan hatte es abgelehnt, Hannah ans Steuer zu lassen. Seine Entscheidung, bei Senden auf die A 43 zu fahren, nahm sie schweigend hin, obwohl sie die Bummelei über die kleinen Orte genossen hatte.

Wie gewohnt studierte sie die Karte. »Lass uns in Lavesum abfahren«, schlug sie vor. »Von da aus sind es nur wenige Kilometer bis zum Nordufer.«

In der weiten, von Bäumen gesäumten Bucht des Halterner Stausees lagen unzählige Boote vertäut. Kaum jemand hatte angesichts der Flaute bisher Segel gesetzt. Zwei Lokale mit ausladenden Terrassen, eins maritim rustikal, das andere eher nobel, flankierten die Strandallee.

»Schade, dass es noch zu früh zum Mittagessen ist. Gefällt mir hier. Vielleicht gibt es in Haltern eine Seepromenade.«

Gab es aber nicht. Der Ortskern war schnell durchstreift. Das Ambiente des kreisförmigen Marktplatzes mit den vielen Lokalitäten zwischen Backstein-Kirche und Rathaus hätte Hannah unter normalen Umständen zum Verweilen gereizt, aber heute fehlte ihr hier vor allem eins: der Blick aufs Wasser.

»Okay«, ächzte Jan. »Weiter geht's. Aber so langsam brauche ich etwas in den Magen.«

Die Bundesstraße führte nun scheinbar mitten durch den See. Ein Hinweisschild auf Gastronomie sahen sie zu spät, aber die Parkplätze an diesem Uferabschnitt waren wegen des Badestrands sowieso überfüllt. Das Hotel gegenüber lag direkt an der Straße und kam ebenfalls nicht für einen Halt in Frage.

Als sie einen Kletterwald passierten, stöhnte Jan entnervt: »Was für ein Rummel! Hier ist ja das halbe Ruhrgebiet unterwegs. Wo bitte soll ich dich jetzt hinkutschieren?« Hannah wurde immer mulmiger: Der Ausflug schien ein völliges Fiasko zu werden.

»Bieg mal links ab.« Erleichtert registrierte sie, dass die Landstraße am Ostufer deutlich weniger befahren war.

»Stopp!«, rief sie kurz darauf.

»Was? Wo denn?«

»Da war ein Parkplatz an einer kleinen Bucht.«

Mit grimmiger Miene suchte Jan nach einem Wendeplatz und fuhr zurück.

Im Vorhinein hätte sie nicht sagen können, nach was für einem Ort sie Ausschau gehalten hatte, aber als sie ausstiegen, wusste sie, dass sie ihn gefunden hatte.

Die Bucht war schmal und von einer Terrasse begrenzt. Über die aufgereihten Kästen mit rosa Geranien hinweg bot sich ein weiter Blick auf das glitzernde Blau des Sees, auf dem orange-weiße Tretboote gemächlich dahinschipperten. Es lagen noch genug davon an langen Stegen zu beiden Seiten der Bucht vertäut und warteten auf Kundschaft, dazu Kanadier und Paddelboote in Pink und Grün.

»Was soll ich dir holen?«, fragte Hannah und wies auf das Häuschen mit Imbiss und Bootsvermietung.

»Entscheide du!«, knurrte Jan und trollte sich.

Die Auswahl war begrenzt, dafür ging es schnell. Die junge Bedienung öffnete eine Dose und warf Bockwürste in einen Kochtopf.

»Was zu trinken?«

»Zweimal Wasser.«

»Ein bisschen spartanisch«, sagte Hannah, als sie die mit einem Klecks Senf und einer halben Toastscheibe garnierten Pappstreifen auf dem rustikalen Holztisch abstellte, und setzte sich Jan gegenüber auf die Bank. »Die Alternative wären Cheeseburger gewesen. Dauert allerdings, und du hattest ja Hunger.«

Wortlos zog Jan die Bockwurst zu sich heran und biss hinein.

Der Platz im Halbschatten war gut gewählt. Immer wieder gingen Leute an ihnen vorbei, meist ältere Paare, vermutlich mit ihren Enkelkindern. Ein Mann in derber Arbeitskleidung ließ sich die Tickets zeigen und half den Seniorinnen und Senioren in die Tretboote. Hannah entspannte sich zusehends. Die Motorgeräusche von der Straße hinter ihr nahm sie nach einer Weile kaum noch wahr.

Anfangs meinte sie, sich zu täuschen, aber die pinkfarbenen Kanadier zu ihrer Linken schwankten sachte hin und her, fächerten sich dabei wie von Zauberhand auf und schoben sich wieder zusammen. Ein Wasserballett! Ein paar Enten schwammen im glasklaren Wasser neben dem Steg. Ob sie die Boote in Bewegung versetzten …?

»Es sind die da«, sagte Jan und zeigte auf ein Tretboot mit drei Personen an Bord, das sich gerade vom Anlegeplatz entfernte und dabei leichten Wellengang erzeugte.

Sie lächelte. Er schien ihre Gedanken erraten zu haben.

»Lass ma! Omma haut.«

Hannah zuckte zusammen. Die Frauenstimme am Tisch hinter ihr bekräftigte noch mal: »Lass ma! Sonst haut Omma dich.«

Hannah beugte sich zu Jan vor: »Wer ist das?«

»Eine superschlanke, braungebrannte Blondine von gut 50«, sagte er leise.

»Und mit wem spricht sie?«, fragte Hannah ungläubig.

»Mit einem kleinen Jungen, ungefähr so alt wie Lasse.«

»Nein!«

»Doch!« Ein Grinsen machte sich in Jans Gesicht breit. »Nette Familie, die jedes Ruhrpott-Klischee bedient. Oppa in kurzer Hose und schwarzem Muskelshirt, damit man seine Tätowierungen bewundern kann, graue Löckchen, Schnäuzer und Kinnbart. Nicht zu vergessen die dicke Silberkette mit Anhänger um seinen Hals.«

»Das glaube ich jetzt nicht!« Hannah wandte sich vorsichtig um. Nicht nur, dass Jans Schilderung in jedem Punkt der Wahrheit entsprach. Er hatte ihr ein weiteres Familienmitglied unterschlagen: Ein Hund mit hellem Fell und kurzen, krummen Beinen hockte auf der Holzbank neben dem kleinen Jungen. Entsetzt sah Hannah den kompakten Kopf des Tieres mit dem mörderisch wirkenden Gebiss – nur wenige Zentimeter vom Kopf des Kindes entfernt.

Omma inspizierte derweil ungerührt ihre langen, tiefroten Fingernägel. Ein Grund für ihre drastische Androhung von Prügel war nicht ersichtlich. Oppa nickte Hannah freundlich zu und griff zu seinem Bierglas. Hannah konnte den Blick kaum abwenden. Bevor es peinlich werden konnte, zwang sie sich wegzuschauen.

»Was ist das für ein Hund?«, fragte sie entsetzt.

»American Stafford«, feixte Jan. »Ein Kampfhund.«

Hannah konnte nicht anders und drehte sich noch einmal um.

Omma war dabei, ihr Enkelkind fürsorglich mit Sonnencreme zu bearbeiten. Oppa leerte sein Bier in einem Zug, setzte dem Jungen einen Stoffhut auf den Kopf und zog mit ihm davon zum Anlegeplatz. Breitbeinig stapfte er los, während der Kleine voller Vorfreude vor ihm her tänzelte. Oppa lächelte Hannah zu, sichtlich stolz auf den Prachtkerl.

Jan schaute auf die Uhr. »Wir sind schon fast eine Stunde hier. Wollen wir weiter?«

»Noch fünf Minuten«, sagte Hannah. Die Boote tanzten noch immer ihr Ballett. Sie konnte sich nur mühsam losreißen.

Gegen vier Uhr

Hannah genoss den letzten Bissen ihres Pflaumenkuchens und kratzte einen Rest Sahne vom Teller.

»Haben die sich eigentlich alle nichts zu sagen?«, platzte Jan heraus. Er hatte sein Stück Torte bereits vertilgt, nippte an einem alkoholfreien Weizenbier und wies auf die Gäste des Seecafés, die mehrheitlich angestrengt auf die Displays ihrer Handys und Tablets starrten.

»Wie bei meinem Orthopäden im Wartezimmer«, schnaubte er. »Heute morgen kam eine ältere Dame herein und griff doch glatt zu einer Illustrierten. Ich dachte noch: Bin ich also nicht der einzige Smartphone-Verweigerer auf dieser Welt. Aber dann kramte sie in ihrer Handtasche, holte ihr Handy heraus und tippte auf Teufel-komm-raus irgendwelche sicher hyperwichtigen Nachrichten.«

Hannah lächelte in sich hinein. Zeternd gefiel ihr Jan schon viel besser als teilnahmslos und leidend wie in den letzten Tagen.

»In der Schule in Rheine ist es ähnlich«, pflichtete sie ihm bei. »Die Schüler sind derartig mit ihren Geräten beschäftigt, dass niemand die geringste Notiz davon nimmt, wenn man den Raum betritt. Es hat eine ganze Weile gedauert, bis die

Schüler überhaupt mit mir geredet haben. Einer von ihnen hat unter dem Tisch einfach weitergespielt oder gesimst oder was weiß ich. Ich musste ziemlich energisch werden, bis er endlich sein Handy wegpackte.«

»Wirklich abstrus«, regte Jan sich weiter auf. »Man sitzt direkt neben jemandem, könnte sich nett unterhalten, aber wichtiger sind immer die Personen, die nicht anwesend sind.«

»Ich finde das manchmal richtig kränkend. Wie ist es bei euch im Präsidium?«

»Schüttler daddelt in der Kantine nur auf seinem Tablet herum und grinst vor sich hin, während er das Essen in sich reinschaufelt. Ist mir auch lieber, als mir den Blödsinn anzuhören, den er mit an Sicherheit grenzender Wahrscheinlichkeit von sich gibt. Ich weiß schon im Vorhinein, was er sagen wird, wenn er bloß den Mund aufmacht.«

»Und die anderen?«

»Natalie hat nur ein Thema: die Hochzeitsvorbereitungen. Ich höre gar nicht mehr hin, das geht nun schon seit Monaten so: ständig neue Kleideranproben, die Gestaltung der Einladungskarten, die ultimative Menüfolge, der Blumenschmuck und, und, und ... Jedes kleinste Detail wird ausgiebig diskutiert. Selbst Gerrit war extrem genervt. – Wo ist eigentlich die Kellnerin geblieben? Mein Rücken macht diese unbequemen Stühle nicht länger mit. Lass uns noch ein Stück am See entlang laufen.«

Nach einem längeren Gang auf dem breiten Uferweg hatten sie eine freie Bank ergattert und ließen die Idylle auf sich wirken. Zahlreiche Skipper läuteten mittlerweile auf ihren Segelbooten das Wochenende ein. Die Bugwellen eines Ausflugsboots plätscherten ans Ufer.

Hannah überlegte krampfhaft, wie sie an das Gespräch im Café anknüpfen konnte. »Wie ist eigentlich dein neuer Kollege? Kommst du klar mit ihm?«

Jan schirmte die Augen ab und schaute über den See. »Ist eigentlich nicht übel.«

»Aber?«

»Wir arbeiten ganz gut zusammen, aber ich weiß nichts über ihn und er nichts über mich. Ich habe auch überhaupt keinen Bock, ihn näher kennenzulernen. Das hat nichts mit ihm persönlich zu tun. Ich will einfach nicht.«

»Warum nicht?«

»Wenn die Kollegen miteinander reden, fühle ich mich total außen vor. Als würde ich völlig anders ticken. Ich gehöre einfach nicht mehr dazu.«

»Vermisst du Gerrit?« Hannah war ziemlich gespannt. Würde Jan wieder abblocken?

Mehrere Sekunden kam nichts von ihm. Dann mit rauer Stimme: »Ja, das tue ich. Mehr als ich gedacht hätte.«

»Das merkt man.«

»Erst als er weg war, ist mir bewusst geworden, wie intensiv wir uns jeden Tag ausgetauscht haben. Über die Arbeit sowieso. Da konnten wir uns blind aufeinander verlassen. Aber wir wussten auch immer, wie es dem anderen ging und was gerade privat anlag.«

»So ähnlich ist es bei Dorothee und mir. Wenn sie in der Beratungsstelle aufhören würde, wäre das sehr hart für mich.«

»Gerrit war mein Anker, ohne dass mir das klar war.« Jan fuhr sich mit einer Hand durchs Haar. »Ich hätte nie gedacht, dass ihm die Beförderung wichtiger sein könnte als unser Team.«

»Bist du sicher, dass das der Grund war?«

»Ziemlich. Kann mir aber auch egal sein. Er ist weg, und seitdem ödet der ganze Laden mich an.«

Also steckte doch mehr hinter dieser depressiven Anwandlung. »Wie meinst du das?«

»Wie ich es sage. Es ist immer dieselbe Leier: Ein neuer Fall kommt rein, das Warten auf die Ergebnisse der Spurensicherung, endlose Zeugenbefragungen, jede Menge Papierkram, Ärger mit dem Staatsanwalt, wenn wir Glück haben eine Aussage vor Gericht. Ich arbeite mechanisch alles ab – ohne Ehrgeiz, ohne Begeisterung. Wie ich das noch fast 20 Jahre durchhalten soll, kann ich mir absolut nicht vorstellen.«

Eine Großfamilie mit Kleinkindern schlenderte an der Bank vorbei. Die Frauen trugen Kopftücher, schoben Kinderwagen und folgten den Männern in einigem Abstand.

»Hast du mal darüber nachgedacht, dich in ein anderes Dezernat versetzen zu lassen?«

»Öfter. Aber das bringt nichts. – Moment, mein Handy.« Er griff in die Hosentasche und warf einen Blick auf das Display. »Wenn man vom Teufel spricht«, sagte er mit düsterer Miene. »Hallo, Gerrit. Was gibt es? – Wir sind unterwegs. – Ja, klar.«

Wortlos reichte er Hannah den Apparat und wandte sich ab.

»Entschuldige, wenn ich euch störe, Hannah, aber ich dachte, das hier interessiert dich vielleicht. Wir haben vorhin anonym ein Video-Filmchen zugespielt bekommen, das aller Wahrscheinlichkeit nach die letzten Minuten zeigt, bevor Maybritt über Bord ging.«

»Wie bitte?«

»Ich habe dir den Link gemailt. Du brauchst aber auf jeden Fall einen größeren Bildschirm, um etwas erkennen zu können, die Beleuchtung ist ziemlich dürftig.«

»Und?«

»Man sieht im Wesentlichen das, was die Schüler ausgesagt haben. Aber mich würde trotzdem deine Meinung interessieren.«

»Meine Meinung wozu?«

»Schau es dir einfach an und ruf mich dann an. Egal wie spät es ist.«

Gegen halb sieben

Gerrit hatte recht gehabt: An die Bildqualität des Videos musste man sich erst gewöhnen.

Eine Gestalt in Regenjacke, vermutlich Amelie oder Nadine, da blonde lange Haare unter der tief ins Gesicht gezogenen Kapuze hervorwehen. Ein Schwenk – Maybritt in Großaufnahme: glänzende, runde Wangen und leuchtende Augen. Offensichtlich ist sie nicht mehr ganz nüchtern. Oder liegt es am Wellengang, dass die stämmigen Beine und der enorme Körper wanken?

Sie zwängt sich an dem blonden Mädchen vorbei, geht ein paar Schritte in Richtung Reling, stolpert fast über einen Haufen Taue, dreht sich mehrmals um, zuerst erkennbar zögerlich, fast ängstlich, dann strahlt sie plötzlich.

Ein heftiger Schwenk, der vermutlich so nicht geplant war. Lange Beine in dunklem Regenzeug. Eine schlaksige Gestalt – vermutlich Lennart – geht auf Maybritt zu, die nun aufs Meer hinausschaut. Er wirkt zögerlich. Sagt er etwas zu ihr? Jedenfalls zuckt er mit den Schultern, schlingt von hinten die Arme um sie – das scheint schwierig wegen ihrer Körperfülle. Dann eine Drehung: beide im Profil. Sie schmiegt sich nach hinten, an ihn ran.

Die Aufnahme wackelt, es dauert einen Moment, dann sind die beiden wieder da. Lennart scheint Maybritt fester zu packen. Sie beugen sich nach vorn – über die Reling. Wie in der Szene auf der »Titanic«, begreift Hannah. Ein Schauer läuft ihr über den Rücken.

Zwei, drei Augenblicke lang tut sich nichts. Die Riesenwelle rollt ohne Vorwarnung heran. Plötzlich ein enormer Wackler, das Bild kippt, alles verwischt, Hosenbeine, Kapuzen, Schuhe, eine helle Fläche, Ende.

Zwei Minuten und 41 Sekunden. Die letzten Augenblicke in Maybritts Leben.

Hannah atmete heftig und schloss den Laptop mit zittrigen Fingern.

Das rote Blinkzeichen am Telefon neben dem Computer hatte sie bisher übersehen. Eine unbekannte Nummer. Jemand hatte versucht sie anzurufen, aber erst musste sie jetzt mit Gerrit reden.

Er war sofort am Apparat. »Hast du es dir angeschaut?«

»Ja, habe ich. Furchtbar!«

»Kann man wohl sagen.«

»Aber ich sehe keine große Abweichung von dem, was die Schüler gestern geschildert haben. Just als Maybritt und Lennart sich vorbeugen, wird das Schiff von der Welle getroffen. Großes Chaos, alle stürzen. Auch das Handy fällt anscheinend auf den Boden. So deute ich zumindest das letzte Bild.«

»Sehe ich genauso. Aber was sagst du zu der Stimme im Hintergrund?«

»Welche Stimme?«

»Hast du den Lautsprecher nicht eingeschaltet? Dann schau es dir in Ruhe noch einmal mit Ton an. Ich rufe in ein paar Minuten zurück.«

Sie fuhr den Computer wieder hoch, klickte auf das kleine Zeichen für den Lautsprecher am unteren Bildschirmrand und hörte augenblicklich das Pfeifen des Sturms, Gejohle von Stimmen, rhythmisches Klatschen, als Maybritt auf die Reling zugeht.

»Scheiße!« Maybritt, als sie beinahe stolpert.

»Nun mach schon!« Wer sagt das?

»Warum ich?« Die schlaksige Gestalt kommt ins Bild – zögerlich. Lennart!

»Weil sie auf dich steht, du Trottel.« Wieder die unbekannte Stimme.

»Kommt der Ton mit drauf?« Lennart – sorgenvoll.

»Quatsch! Wir unterlegen das mit Celine Dion. My heart will go on. Voll romantisch. Das wird der Kracher. Garantiert eine Million Klicks. – Nun geh' schon zu ihr!«

Wieder Gejohle von mehreren Stimmen.

»Lennart! Lennart!« Die Stimme.

»Lennart! Lennart! Lennart!« Die anderen. Rhythmisches Klatschen, als er auf Maybritt zugeht.

»Hast du sie im Bild? Ja, genau so, Lennart! Geil! Absolut geil!«

Klatschen. Gejohle.

»Beug dich vor, Maybritt! Du auch, Lennart! Wie auf der Titanic. Keine Sorge, Maybritt: Leo hält dich fest.«

Gelächter. Das Tosen des Sturms.

Dann Schreie! Krach, Rauschen ...

Hannah musste sich einen Moment sammeln.

Sie ging in die Küche, holte gedankenverloren Teller aus dem Hängeschrank und Besteck aus der Lade, füllte Teewasser in den Wasserkocher, öffnete den Kühlschrank, schloss ihn wieder. Was tat sie hier? Eigentlich hatte sie gar keinen

Hunger. Mit Erleichterung hörte sie das Klingeln des Telefons.

»Was sagst du dazu, Hannah?«

»Ich bin geschockt! Wer ist das im Hintergrund?«

»Das wollte ich von dir wissen.«

»Keine Ahnung. Aber man hört genau, dass Lennart eigentlich gar nicht mitmachen will und sich nur den Anweisungen dieser Stimme beugt. Er ist regelrecht angestachelt worden.«

»Sehe ich auch so. Es ist wirklich eine völlig andere Nummer als das, was die Schüler uns gestern verklickern wollten. Sie sind keineswegs im Suff spontan auf eine dumme Idee gekommen! Der Typ spricht von einer Million Klicks. Wahrscheinlich sollte das Video der große Renner im Netz werden.«

»Habt ihr schon überprüft, ob es eingestellt ist?«

»Bisher nichts auf den einschlägigen Plattformen.«

»Aber geplant haben sie es definitiv.«

»Mindestens einer von ihnen. Kannst du die Stimme identifizieren, Hannah? Ist es dieser Portugiese?«

»Miguel?« Hannah zögerte. »Kann ich nicht mit Sicherheit sagen. Die Stimmen klingen verzerrt. Und dann die ganzen Hintergrundgeräusche und der Sturm. Aber so etwas Perfides traue ich ihm eigentlich nicht zu. Ist allerdings nur mein Bauchgefühl.« Eigentlich ein ganz Netter – das hatte auch Paula gesagt.

»Und dieser Dicke? Der war doch auch dabei.«

»Karsten. Keine Ahnung. Der hat bisher kaum etwas gesagt.«

»Schade. Ich hatte gehofft, du würdest mehr erkennen. Dann hätte ich mir den Typen am Montag noch mal vorgeknöpft. Schließlich trifft ihn ja wohl die Hauptschuld. – Was ist mit dem Mädchen? Hast du eine Ahnung, wer es ist?«

»Nicht wirklich. Amelie und Nadine haben beide lange blonde Haare. Unmöglich zu sagen, wer von ihnen im Bild war. Ist das wichtig?«

»Wir wüssten gerne, wer uns den Link der Aufnahme zugespielt hat. Die Techniker sind dran, aber die Mail ist schwer zurückzuverfolgen. Am ehesten kommt sie von der Person, die die Aufnahme gemacht hat. Das könnte außer der Blonden im Bild jeder der Beteiligten sein.«

»Ich frage mich bloß, warum man euch den Film überhaupt zugeschickt hat?«

»Das will ich auf jeden Fall herausfinden.«

In nordwestlicher Richtung, wo die Sonne hinter dem Horizont verschwunden war, schimmerte der Himmel noch immer in durchsichtigem Blau, direkt über ihnen strahlte der Abendstern von Sekunde zu Sekunde heller in der aufziehenden Dunkelheit. Die Überreste ihrer Käse- und Baguette-Mahlzeit waren abgeräumt, die Rotweinflasche zur Hälfte geleert. Die Kühle der Septembernacht kroch heran, aber weder Jan noch Hannah zog es ins Haus.

Ein kaum wahrnehmbares, irrsinnig schnelles Flattern schreckte sie auf. Noch eins – in entgegengesetzter Richtung.

»Unsere Fledermäuse.«

»An die habe ich ewig nicht gedacht.«

»Stimmt.« Hannah fröstelte mit einem Mal und rieb sich über die Arme.

»Moment.« Jan stand auf und ging ins Haus.

Sie lauschte dem letzten Gezwitscher der Amseln von den umliegenden Dachfirsten. Ganz schön spät, aber irgendwo hatte sie gelesen, dass einige Vogelarten abends immer später sangen, um gegen Umweltgeräusche konkurrieren zu können.

Sollte sie morgen zur Verabschiedung des Schulleiters nach Rheine fahren? Gerrit hatte sie darum gebeten, weil er sich von ihren Kontakten zu den Schülern brauchbare Hinweise darüber versprach, wer hinter der Inszenierung auf dem Segelschiff steckte. Aber sie hatte sich noch nicht entschieden.

Jan kam mit einer Kerze und dem Telefon zurück. »Für dich. Eine Paula soundso.«

Die unbekannte Nummer im Display. Hannah nahm das Handy mit ins Haus. Wie sich herausstellte, hatte Paula Schmidt-Holsten tagsüber mehrmals versucht, Hannah zu erreichen.

»Ich wollte mich nur kurz erkundigen, wie es dir geht. Westermann hat mir erzählt, was du gestern in Vinckes Klasse durchgemacht hast. Das muss ja schrecklich gewesen sein. – Oh je, jetzt bin ich einfach so beim du gelandet. Tut mir leid. Ist mir so rausgerutscht.«

Das Mitgefühl der jungen Lehrerin tat Hannah gut. »Wir können es gerne dabei belassen«, antwortete sie. »Und danke, dass du nachfragst. Ich habe heute ziemlich gut abschalten können. Es geht schon wieder einigermaßen.«

»Das hört sich beruhigend an. Aber trotzdem: Was für eine furchtbare Situation, stundenlang mit einer Pistole bedroht zu werden! Nie und nimmer hätte ich Franziska das zugetraut.«

»Wie geht es ihr denn? Du warst doch heute bei dem Gespräch in der Schule dabei«, wechselte Hannah das Thema und suchte gleichzeitig mit einer Hand im Garderobenschrank nach ihrer Fleece-Jacke.

»Ich glaube, ihr kommt erst allmählich zu Bewusstsein,

146

was noch alles auf sie zukommen wird: die polizeiliche Ermittlung, ein Prozess mit ungewissem Ausgang, bei dem ihre ehemaligen Mitschüler als Zeugen aussagen werden, und schlussendlich eine Strafe. Immerhin will Westermann ihr woanders einen Schulplatz besorgen. Und ich werde sie auch nicht im Stich lassen. Das habe ich mir fest vorgenommen.«

»Du kannst ihr sicher eine große Hilfe sein.« Endlich hatte Hannah die warme Jacke unter Schals und Tüchern gefunden.

»Westermann geht übrigens davon aus, dass du morgen zur Verabschiedung in die Schule kommst.«

»Ursprünglich hatte ich es nicht vor, aber vorhin ist bei der Kripo ein Video von Maybritts letzten Minuten auf dem Schiff aufgetaucht.«

»Sie haben gefilmt? Das gibt es doch nicht!«

Hannah hätte sich am liebsten auf die Zunge gebissen. »Der zuständige Kommissar ist ein früherer Kollege meines Mannes. Er wollte, dass ich es mir anschaue.«

»War bestimmt schockierend.«

»Allerdings. Vor allem diese Stimme im Hintergrund. Es hörte sich so an, als sei Lennart regelrecht aufgewiegelt worden.«

»Was für eine Stimme? Wer war denn das?«

»Das wissen wir eben nicht. Für mich klang sie jedenfalls nicht nach Miguel oder Karsten. Aber wer sollte es sonst gewesen sein?«

Paula schwieg einen Moment lang. »Und wenn noch jemand dabei war?«

»Hast du eine Idee?«, hakte Hannah nach.

»Also … ich weiß nicht recht …«

»Nun sag schon!«

»Es muss ja nicht unbedingt ein Schüler gewesen sein.«

147

»Denkst du an den Skipper? Oder... an Vincke?«

»Du weißt ja, dass ich ihm gegenüber voreingenommen bin. Aber zutrauen würde ich ihm sowas schon. Er wäre nicht der erste Lehrer, der auf einer Klassenfahrt aus der Rolle fällt, sich zusammen mit den Schülern besäuft und Mist baut.«

Die Kerze flackerte in einem kaum spürbaren Lufthauch. Hannah zog die Jacke und dicke, flauschige Socken an und hielt Jan ihr Weinglas hin.

Der letzte Lichtschein der untergegangenen Sonne war verschwunden. Von Sekunde zu Sekunde füllte sich der Sternenhimmel, ganze Bilder wurden sichtbar. Sie standen auf und suchten nach kleinem und großem Wagen.

»Denkst du manchmal darüber nach, dass es da oben immer weiter geht? Immer neue Galaxien, Sternennebel, Milchstraßen, schwarze Löcher ...«

»Manchmal«, gab Hannah zurück. »Aber ich komme nicht weit damit. Will ich auch nicht.«

»Das Universum hat kein Ende. Unfassbar.«

»Ich bewundere Menschen, die darüber forschen. Wahrscheinlich würde ich verrückt, wenn ich mich zu sehr damit befassen würde.«

»Vermutlich lassen Naturwissenschaftler das gar nicht erst an sich herankommen.«

»Hm.«

Ein Windhauch ging durch den Garten, die Blätter des Kirschbaums raschelten.

»Verrückt, dass wir uns so wichtig nehmen. Winzig und unbedeutend wie wir sind.«

»Wäre bestimmt gut, öfter loszulassen und zu schauen,

wohin wir getrieben werden. Vielleicht passen wir woanders viel besser in das Ganze.«

Jan umfasste sie von hinten. »Sag nicht so etwas. Du gehörst nur hierher. Zu mir.«

Der nächste Windstoß brachte noch kühlere Luft. Sie schmiegte sich an ihn. »Mir ist kalt.«

»Hm. Mir fällt dazu ein Ort ein, wo es ganz warm ist. Geradezu heiß«, flüsterte er ihr ins Ohr.

Samstag, 7. September

Viel zu früh am Morgen wurde Hannah wach. Sie ignorierte die Leuchtanzeige ihres Weckers, weil die Chance, wieder einzuschlafen dann erfahrungsgemäß größer war, aber der Trick funktionierte heute nicht.

Das Video! Unvermittelt lief es von neuem in ihrem Kopf ab. Nicht der ganze Film, nur einzelne Bilder. Sie suchte nach etwas, irgendein Detail, das sie zwar gesehen, aber nicht bewusst registriert hatte, weil sie auf tausend andere Dinge geachtet hatte. Zuerst auf Maybritt und Lennart: wie sie sich bewegten, welche Gefühle ihre Körperhaltung verrieten. Dann auf die Stimmen, vor allem die eine kühle, drängende, befehlende …

Und wenn es tatsächlich Alexander Vincke gewesen war, der gemäß Paula Mobbing tolerierte, gelegentlich sogar mit sarkastischen Bemerkungen anheizte?

Leise stand sie auf, um Jan nicht zu wecken, zog sich den Bademantel über und ging ins Wohnzimmer. Während sie den PC hochfuhr und die Mail mit dem Video aufrief, trank sie einen Schluck Wasser. Nachdurst. Sie hatte gestern eindeutig zu viel Rotwein getrunken.

Dieses Mal konzentrierte sie sich auf Einzelheiten: das Licht auf Maybritts Gesicht – jemand musste die Szene beleuchtet haben – das Aufheulen des Sturms, die Stimmen der anderen, den roten Fleck in Höhe der Reling!

Sie hielt das Video an. Tatsächlich! Ein Rettungsring direkt neben Maybritt. Rot mit weißen Streifen, greifbar nahe, aber viel zu eng. Das korpulente Mädchen hätte nie und nimmer hineingepasst. Wenn sie den Ring in der aufgewühlten See bei stockfinsterer Nacht denn überhaupt erwischt hätte.

Hannah ließ das Video weiterlaufen. »Lennart! Lennart!«-Rufe, rhythmisches Klatschen und Gejohle. ER hatte alle voll im Griff. Sie taten, was ER wollte. Hannah fröstelte in ihrem Bademantel.

Dann das letzte Bild. Sie ließ das Ende noch einmal ablaufen, ging näher heran, schaute hochkonzentriert hin. Ein gelber Fleck. Zurück. Stopp! War das ein Schuh?

Also doch nicht Vincke!

Gegen halb zehn

»Und du glaubst, das ist ein gelber Schuh?« Jan starrte ungläubig auf den Bildschirm. »Könnte auch was völlig anderes sein.«

»In der Klasse gibt es einen Schüler namens Marvin, der immer total bunte Klamotten trägt. Am Donnerstag habe ich stundenlang seinen wippenden, stahlblauen Schuh direkt vor der Nase gehabt. Ich bin mir ziemlich sicher, dass ich auch ein gelbes Paar gesehen habe.«

Mit skeptischer Miene hörte Jan zu und schnitt sein zweites Brötchen auf.

»Marvin wirkt im ersten Moment angenehm, regelrecht charmant. Mich hat er zum Beispiel gefragt, ob ich Referendarin bin.«

»Und du fühltest dich geschmeichelt. Stimmt's?«

»Okay, ein bisschen schon.«

Jan goss ihr Kaffee ein. In Gedanken versunken, führte sie die Tasse an den Mund. »Einen Tag später war ich wieder in der Klasse. Die Situation war sehr unbefriedigend: Niemand konnte ahnen, ob und wann Maybritt gefunden würde. Alles hing in der Schwebe, und ich hatte keine Idee, wie ich weitermachen sollte. Plötzlich fragte Marvin mich, ob ich ein Gebet für das Mädchen sprechen könnte. Ich habe ihm in dem Moment abgenommen, dass sein Bedürfnis echt war.«

»Und jetzt hast du plötzlich Zweifel?«

»Gestern hat er ein völlig anderes Gesicht gezeigt. Es ging um einen Mitschüler, der Dialysepatient ist. Marvin hat ihn vor allen Anwesenden als Spasti bezeichnet, der sich vor Angst in die Hose machen könnte. Was er genau gesagt hat, weiß ich nicht mehr, aber es war auf jeden Fall äußerst demütigend für Jonathan.«

»Wahrscheinlich ist dieser Marvin längst nicht so cool wie er tut, und ihm sind mal kurz die Nerven durchgegangen. Nicht so toll, aber irgendwie nachvollziehbar. Ich würde das nicht überbewerten.«

»Mag sein.« Hannah setzte die Tasse ab. »Als ich am Montag zum ersten Mal in der Klasse war, kam er zu spät. Bis dahin hatte niemand über die Klassenfahrt sprechen wollen. Erst als Marvin ein bisschen mit mir herumgeschäkert hatte, tauten die anderen auf. Natürlich dachte ich, das läge an meiner einfühlsamen Art, mit den Schülern umzugehen.«

»Und nun glaubst du, dass niemand in Marvins Abwesenheit reden wollte.«

»Oder durfte.« Jans Stirnrunzeln entging ihr nicht. »Kann doch sein!«, beharrte sie. »Es würde jedenfalls zu dem passen, was auf diesem Video zu hören ist.«

Energisch stapelte sie ihr Geschirr aufeinander und räumte es in die Spülmaschine. »Ich fahre jetzt nach Rheine und spreche mit Paula. Vielleicht weiß sie mehr. Außerdem versuche ich, von den Schülern mehr über Marvin herauszubekommen. Unter vier Augen traut sich vielleicht jemand zu reden. Am frühen Nachmittag bin ich spätestens zurück. Dann können wir immer noch etwas unternehmen.«

»Soll diese Feier nicht um zehn Uhr anfangen? Du wirst viel zu spät kommen.«

»Es reicht vollkommen aus, wenn ich zum Ende so gegen halb zwölf da bin. Ich weiß nur noch gar nicht, was ich anziehe.«

»Allein lasse ich dich nicht dahin fahren!«

»Aber…?« Verblüfft setzte Hannah sich wieder an den Tisch.

Jan beugte sich vor. »Mir ist das Ganze nicht geheuer, Hannah. Du hast dich schon öfter in Gefahr gebracht. Das will ich nicht wieder riskieren.« Grinsend fügte er hinzu: »Ich fahre mit und fertig. Hast du bestimmte Vorstellungen, was ich anziehen soll?«

Leider erfüllten sich Hannahs Befürchtungen. Der Parkplatz am Berufskolleg war völlig überfüllt. Offenbar waren das komplette Kollegium, Heerscharen von Ex-Kollegen sowie offizielle und persönliche Gäste mit dem Auto angereist.

Sie wendete und steuerte den nahegelegenen Platz an, an dem sie mit Paula Schmidt-Holsten einen Latte Macchiato getrunken hatte. Allerdings herrschte am Samstagvormittag in den umliegenden Geschäften Hochbetrieb, und es verging geraume Zeit, bis jemand eine Parkbucht freimachte.

Mittlerweile ging es auf viertel vor zwölf Uhr zu. Jan lehnte noch einmal Hannahs Vorschlag ab, im Café auf sie zu warten. Bester Laune fügte er hinzu: »Ich spekuliere auf ein erlesenes Büffet, an dem ich mir wunderbar die Zeit vertreiben und dich dabei im Blick halten kann.« Er wischte imaginäre Krümel vom Revers seines dunklen Sakkos, das er normalerweise bei Zeugenaussagen vor Gericht trug. Zusammen mit der grauen Jeans und dem blass-blauen Hemd stand ihm diese Kombination ausnehmend gut.

Da der Hintereingang, den sie mit Paula benutzt hatte, abgeschlossen war, mussten sie den Umweg um den gesamten Schul-Komplex machen. Endlich hatten sie den Haupteingang vor sich, wo etliche Kippen auf dem Boden verstreut lagen. An einer Stufe knickte Hannah beinahe um. Der schmale Absatz ihrer Schuhe machte ihr mehr Probleme als sie in Erinnerung hatte.

Die Halle war gähnend leer. Zum Glück, denn das konnte nur bedeuten, dass der Festakt noch im Gang war. Hannah spürte ihre Anspannung und holte tief Luft. Vor zwei Tagen hatte sie sich geschworen, das Berufskolleg nie mehr zu betreten, und nun war sie doch wieder hier.

»Alles gut?« Jan hatte ihr die Hand auf den Arm gelegt und schaute sie aufmerksam an. Sie nickte und ging weiter.

Schon im Flur vor dem Foyer war Geraune und schwacher Beifall aus der Aula zu hören, der aber rasch abebbte. Der Redner war anscheinend nicht sehr überzeugend. Als sie den Vorraum betraten, ertönte von irgendwoher ein Knall. Hannahs Pulsschlag beschleunigte sich augenblicklich. Jan hielt sie zurück und schaute sich hastig um.

»Kannst du nicht aufpassen?« Eins der Mädchen an der Getränkeausgabe in der Ecke war anscheinend ziemlich sauer. Mehrere in Schwarz und Weiß gekleidete Schülerinnen und ein Schüler wuselten um die Tabletts mit Gläsern herum. Niemand registrierte Hannah und Jan.

»Verdammt! Normalerweise kann ich das im Schlaf. Jemand muss die Flaschen geschüttelt haben«, kam die leicht hysterische Antwort.

»So können wir das nicht servieren. Die kompletten Gläser müssen runter, damit wir das Tablett abtrocknen können. Paula hat gesagt, dass es jeden Moment losgehen kann. Hoffentlich schaffen wir das noch.«

»Soll ich die nächste Flasche öffnen?«

»Ne, lass mich mal machen.«

Hannah spürte, wie Jan sich neben ihr entspannte. »Bloß ein Sektkorken!«, flüsterte er ihr ins Ohr. »Lass uns weitergehen!«

Als sie die Tür zur Aula öffneten, knallte es erneut, allerdings machte diese Schülerin ihre Sache deutlich besser. Gekonnt goss sie den Sekt ein.

»So macht man das! Für irgendwas muss es ja gut sein, dass ich mir die Wochenenden als Kellnerin bei endlosen Familienfeiern um die Ohren haue, um ein bisschen Kohle zu verdienen. Denkt dran, dass wir auch halb und halb anbieten sollen. Und O-Saft pur.«

Die Tür zur Aula stand einen Spalt breit offen. Ohne Aufsehen zu erregen traten sie ein.

Unwillkürlich blieb Hannah stehen. Obwohl die Jalousien zur Sonnenseite hin heruntergelassen waren und ein Teil des Raums im Halbdunkel lag, herrschten deutlich höhere Temperaturen als im restlichen Schulgebäude. Nicht gerade zuträglich für das Büffet, das man zu beiden Seiten entlang der bodentiefen Fenster aufgebaut hatte. Mehrere Schüler langweilten sich augenscheinlich hinter den Tischen mit diversen Köstlichkeiten. Im hinteren Drittel des Raums standen weiße Stehtische mit üppiger Blumendekoration und Servietten-Spendern bereit.

Allmählich gewöhnte sich Hannah an die Lichtverhältnisse und sah mehrere freie Stühle, allerdings nicht am Rand der

Sitzreihen, und beschloss, einfach stehen zu bleiben. Lange konnte es ja nicht mehr dauern.

Vorne raffte der Redner seine Zettel zusammen. Ein leises Aufstöhnen in Hannahs Umgebung. Bestimmt aus Erleichterung, dass er zum Ende gekommen war. Nun trat Westermann ans Rednerpult. In dunklem Anzug und blütenweißem Hemd sah er beinahe attraktiv aus.

»Vielen Dank dem stellvertretenden Bürgermeister für sein kurzes Grußwort im Namen der Stadt. Damit kommen wir zum letzten Punkt unseres Programms, denn natürlich möchte es sich unser scheidender Schulleiter nicht nehmen lassen, selbst ein paar Worte an die Festgemeinde zu richten. Wolfgang, wenn ich dich nach vorne bitten darf ...«

Unruhiges Gemurmel. Wahrscheinlich war die Geduld der Zuhörer allmählich erschöpft. Mit Sicherheit die der pflichtgemäß anwesenden Schüler, die man in die hinteren Reihen platziert hatte.

Schräg vor Hannah erhob sich eine schlanke junge Frau von ihrem Stuhl am Gang. Erst als sie sich umwandte, erkannte Hannah Paula Schmidt-Holsten. Mit offenen Haaren, schwarzem, kniekurzen Etui-Kleid und silbernen Ballerinas sah sie völlig verändert aus. Nur die voluminöse schwarze Ledertasche über ihrer Schulter erinnerte an die sonst eher burschikos wirkende Lehrerin.

Ein erfreutes Lächeln huschte über das Gesicht der jungen Frau, die angespannt, geradezu hektisch wirkte. »Hallo! Schön, dass du gekommen bist«, flüsterte sie und streifte Jan mit einem schnellen Blick. Hannah stellte die beiden einander vor.

Paula schaute unruhig zum Pult, wo der Redner seinen Papier-Stapel ordnete. »Ich muss mich jetzt um meine Klasse kümmern, sonst gibt's Chaos beim Sektempfang«, sagte sie hastig. »Nach einer halben Stunde ist der schlimmste Andrang erfahrungsgemäß vorbei. Dann habe ich hoffentlich ein bisschen Zeit.« Sie wandte sich zum Gehen, drehte sich aber noch einmal um und flüsterte: »Setz dich doch auf meinen Platz.«

Hannah nahm das Angebot dankbar an, denn ihre Schuhe drückten an den Zehen. Sie nahm sich vor, sie schleunigst auszusortieren, obwohl sie wenig getragen waren.

Der scheidende Schulleiter holte weit aus, schwelgte in Erinnerungen an seine Anfänge im Berufskolleg, schweifte anekdotenhaft ab, dankte in aller Ausführlichkeit diversen Mitarbeitern und erinnerte an verstorbene Kollegen.

Hannah fiel es immer schwerer zuzuhören, und sie begann, die Umsitzenden zu mustern. Einige fächerten sich mit dem Programmheft Kühlung zu. Die Frau neben ihr rutschte unruhig auf ihrem Stuhl herum. Ein junger Mann zwei Reihen vor ihr schien besonders ungeduldig und schulterte bereits seinen Rucksack. Hannah stutzte: dunkle Locken, gebeugter Rücken. Jonathan?

Der Vortragende drang wieder in ihr Bewusstsein. Gerade hub er zu einem gefühlvollen Dank an seine Ehefrau an, die irgendwo in der ersten Reihe zu sitzen schien. Beinahe versagte ihm die Stimme. Nur mit Mühe fing er sich wieder.

Hannahs weiße Bluse klebte ihr am Leib. Von Sekunde zu Sekunde schien es stickiger zu werden. Sie brauchte dringend etwas zu trinken. Aber auf keinen Fall Sekt! Sie musste einen klaren Kopf bewahren, schließlich war sie nicht zum Vergnügen hier.

Donnernder, lang anhaltender Applaus. Sie hatte das Ende verpasst. Der Redner nahm sichtlich gerührt wieder Platz, während sich Schüler und Schülerinnen am gegenüberliegenden Gang erhoben und auf der Bühne zu einem Chor formierten. Der Dirigent kam Hannah vage bekannt vor. Sie musste ihm im Lehrerzimmer begegnet sein.

Der Junge vor ihr stand auf. Als er sich umdrehte, sah sie, dass es tatsächlich Jonathan war. Bestimmt musste er wieder einmal dringend eine Toilette aufsuchen.

Der Chor intonierte zunächst ein flottes Stück, dann ein etwas schmalziges Abschiedslied, das der scheidende Schulleiter sich angeblich gewünscht hatte. Hannah stiegen plötzlich intensive Düfte in die Nase: eine Mischung aus verschiedensten Gewürzen, dazu viel Knoblauch. Die Schüler an den Büffet-Tischen waren dabei, die Hauben von den Platten zu nehmen, um auf den kommenden Andrang vorbereitet zu sein.

Endlich war es vorbei. Der Schlussapplaus klang bestenfalls höflich. Die Ersten erhoben sich und begannen zu reden, sodass Westermann mit seiner Einladung zu Sektempfang und Fingerfood kaum durchdrang. Trotzdem bildeten sich an den seitlichen Tischen in kürzester Zeit Schlangen.

Ihr Platz an der Tür war extrem ungünstig, war Hannah sofort klar. Sie zog Jan zu einem der Stehtische, die noch wenig belagert wurden.

»Hast du den Jungen mit dem Rucksack gesehen, der früher gegangen ist?«, fragte Hannah.

»Ja, warum?«

»Könntest du die Augen offen halten und mir Bescheid geben, wenn er wieder auftaucht? Ich möchte auf jeden Fall mit ihm sprechen.«

»Ich versuche es«, murmelte Jan und wies auf die Ausgänge. »Wo wollen die auf einmal alle hin?«

»Keine Ahnung. Rauchen? Frische Luft? Dringende Bedürfnisse?«

Die Schüler aus Paulas Klasse bahnten sich unbeholfen mit

den Tabletts jonglierend einen Weg durch die hinausströmenden Menschen, die beherzt nach dem Sekt griffen.

Jan seufzte. »Jedenfalls kommen die Getränke auf absehbare Zeit nicht bis hierher. Soll ich uns etwas organisieren? Du könntest dich schon am Büffet anstellen. Wir treffen uns dann da.«

Hannah bewegte sich zur gegenüberliegenden Seite der Aula, wo nicht ganz so viel Andrang herrschte. Unterwegs erkannte sie einige Mitglieder des Kollegiums, die in kleinen Grüppchen zusammenstanden. Sie meinte Alexander Vinckes Stimme zu hören, aber dem wollte sie im Moment lieber nicht begegnen. Rasch reihte sie sich in die in zähem Tempo vorrückende Schlange ein.

Viele Schüler schienen die Aula inzwischen verlassen zu haben. Hannah kam der Gedanke, dass man ihnen nahegelegt haben könnte, direkt nach dem Festakt zu gehen, ohne sich am Büffet zu bedienen.

Mittlerweile hatte sie sich so weit vorgearbeitet, dass sie die ersten Köstlichkeiten in Augenschein nehmen konnte. Schmale Schildchen gaben Auskunft über das Angebot: Panna cotta von Spargel – in winzigen Glasschälchen serviert –, Käsepralinen auf cremefarbenen Papiermanschetten, Kräcker mit Lachs-Tatar, diverse Brotsorten und dazu Dips mit ausgeprägt würzigem Aroma.

Die gebeizte Forelle auf Toast war schon ziemlich abgeräumt. Eine Schülerin bugsierte gerade die beiden restlichen Häppchen auf eine andere, ebenfalls fast leere Platte. Ein leises ›Hallo‹ ließ Hannah aufschauen. Ann-Kathrin lächelte sie auf ihre zurückhaltende Art freundlich an. Erst jetzt bemerkte Hannah, dass mehrere Schüler aus Vinckes Klasse zur Betreuung des Büffets eingeteilt waren, unter anderem Amelie, Karsten und Miguel. Das traf sich gut.

159

»Hannah?« Jan drückte ihr ein Glas mit Orangensaft in die Hand. Hastig nahm Hannah ihn ein wenig zur Seite und flüsterte ihm ins Ohr: »Lass uns noch ein paar Minuten warten.«

Sie bewegten sich gemächlich in Richtung des Stehtisches, aber der war inzwischen umlagert. In einigem Abstand blieben sie stehen.

»Die Schüler, die am Büffet bedienen, gehören zu Maybritts Klasse«, sagte Hannah. »Einige waren bei der Party auf dem Schiff dabei. Wenn der erste Ansturm vorbei ist, versuche ich, mit ihnen zu reden. Könntest du dich ein bisschen in der Nähe herumtreiben? Vielleicht kannst du das eine oder andere aufschnappen. Möglicherweise taucht Marvin auf. Und achte bitte auf zwei langhaarige, blonde Mädchen mit dunklen Hornbrillen.«

»Würde ich ja gerne, aber wie soll ich die Schüler erkennen?«

»Marvin fällt dir garantiert wegen seiner bunten Klamotten auf. Die beiden Mädchen heißen Amelie und Nadine und sehen aus wie Schwestern.«

Hannah trank ihren Orangensaft in großen Schlucken. Kurz darauf wurde ihr mächtig warm, und sie hatte das Gefühl, dass ihre Wangen glühten. »Bist du sicher, dass das Orangensaft pur ist?«

»Hat mir das Mädchen jedenfalls gesagt.« Jan nippte und grinste dann. »Da ist auf jeden Fall ein Hauch Sekt drin.«

Wie hatte Paula gesagt? Ihre Klasse würde für Chaos sorgen.

Stirnrunzelnd stellte Hannah das halbleere Glas ab. »Okay, ich versuche mal mein Glück.«

Die Platte mit dem Tomaten-Mozzarella-Salat vor Amelie

sah zerrupft aus. Das Mädchen starrte angestrengt in den Raum.

»Hallo, Amelie.«

»Hallo«, kam es matt zurück.

»Geht es Ihnen wieder besser?«

Die Ränder unter Amelies Augen waren nicht zu übersehen.

»Äh, ja … – geht so. Magen-Darm-Probleme«, sagte sie lakonisch.

»Sie sehen ziemlich blass aus.«

Ein Ruck ging durch das Mädchen. »Hören Sie! Ich habe nichts Ansteckendes, sonst wäre ich nicht hier. Ich kann mir nicht erlauben, zu Hause zu bleiben, weil ich in der letzten Zeit schon einiges an Fehlstunden angesammelt habe. Die Klassenlehrer mussten heute Morgen unsere Anwesenheit kontrollieren, und Vincke drückt bei solchen Dingen kein Auge zu. Also bin ich hier.«

Autsch! Das hatte sie falsch angefangen. Amelie fühlte sich angegriffen. Hannah überlegte fieberhaft, wie sie das Gespräch in eine andere Richtung lenken konnte, als sie den penetranten Pfefferminz-Geruch bemerkte.

»Sie auch hier!«, hörte sie jemanden in jovialem Tonfall sagen.

Der Lehrer mit der grauen Mähne, der sie schon vor Tagen im Lehrerzimmer zugetextet hatte. »Und was sagen Sie zu dieser Veranstaltung?« Erwartungsvoll schaute er sie über seine randlose Brille hinweg an.

»Alles bestens«, antwortete Hannah kurz angebunden und entfernte sich rasch ein paar Schritte, um ihn wieder loszuwerden. Während sie sich ein Stück Baguette abschnitt, wurde der aufdringliche Typ glücklicherweise in ein anderes Gespräch verwickelt.

Die Brotabteilung fiel in die Zuständigkeit von Miguel und Karsten. Allerdings übersäten Krümel und Endstücke von Baguettes das Holzbrett und die Tischplatte, benutzte Messer lagen kreuz und quer herum, saubere gab es keine mehr. Nicht besonders appetitlich, aber die beiden schienen sich nicht daran zu stören. Während Hannah vorgab, die Dip-Sorten zu inspizieren, bekam sie aus dem Augenwinkel mit, dass der rundliche Karsten ungeniert nach einem Stück Brot griff und es fingerdick mit intensiv nach Knoblauch riechender Paste beschmierte.

»Hallo, Frau Schmielink.« Miguel hatte sie als Erster erkannt. Karsten ignorierte sie, nahm sich einen Teller, scannte kurz die Umgebung und hievte sich mehrere Häppchen darauf. »Ich geh mal kurz eine rauchen. Du schaffst es hier ja wohl allein, Miguel.«

Sein Mitschüler schaute ihm hinterher und lächelte schief. »Essen ist Karstens Lebensinhalt.« Es klang beinahe entschuldigend.

»Merkt man. – Wie geht es Ihnen, Miguel?«

»Na, ja. Habe schon besser geschlafen. Schlechte Träume. Irgendwas mit Pistolen.«

»Das ist verständlich.«

»Sowas brauche ich kein zweites Mal.«

»Geht mir auch so.«

Miguel schnippte ein paar Brotkrümel vom Tisch. »Ich fand aber, Sie wirkten vorgestern sehr ruhig, fast cool. Als ob Sie gar keine Angst hätten.«

»Ich kannte Franziska von mehreren Gesprächen. Vermutlich hat mir das geholfen. Ab einem bestimmten Zeitpunkt habe ich schlichtweg darauf vertraut, dass es nicht zum Äußersten kommen würde.«

»Bin trotzdem froh, dass sie die Schule verlässt. Auch wenn die Knarre nicht geladen war.«

»Das kann ich gut nachvollziehen. Meinen Sie, dass Sie noch Hilfe brauchen werden, Miguel?«

»Das haben Ihre Kollegen mich gestern auch gefragt. Ich weiß es noch nicht.« Miguel fuhr sich durch die schwarzen Haare und räusperte sich. »Ich überlege die ganze Zeit... glauben Sie, sie hat lange gelitten? Ich meine... Maybritt.«

Hannah zögerte kurz. »Ehrlich gesagt weiß ich das nicht. Dass jemand seinen Tod langsam und unausweichlich kommen sieht, ist für mich eine sehr schlimme Vorstellung. Ich kann nur hoffen, dass es schnell für sie gegangen ist.«

Miguel nickte bedrückt. Er schien ziemlich mitgenommen.

Hannah schwieg. Sie hatte das Gefühl, dass der junge Portugiese noch mehr loswerden wollte.

»Es ist gut, dass alles herausgekommen ist. Besonders für Lennart.«

»Wie meinen Sie das, Miguel?«

»Er hat sich die ganze Zeit über riesige Vorwürfe gemacht. Es hat ihn total fertig gemacht, nicht darüber reden zu können.«

Hannah hatte plötzlich das Gesicht des sensibel wirkenden Jungen in der letzten Reihe vor Augen – die vollen, weichen Lippen, die dunklen Augen. »Ich habe Lennart noch gar nicht gesehen.«

»Sein Doc hat ihn krankgeschrieben. Er ist übers Wochenende mit seiner Freundin im Ferienhaus seiner Eltern. Ich schätze, das hilft ihm.«

»Ich finde es gut, dass Sie sich Gedanken um Lennart machen. Das spricht für Sie, Miguel.«

Er schluckte.

»Miguel«, sagte Hannah möglichst sanft. »Was auf dem Schiff passiert ist mit Maybritt – das passt überhaupt nicht zu Ihnen und auch nicht zu Lennart. Ich frage mich die ganze Zeit, wie es dazu kommen konnte.«

»Ich verstehe es im Nachhinein auch nicht.« Auf einmal klang er anders. Härter. Entschlossener. Er nahm eins der verschmierten Messer und fuchtelte damit herum. »Es muss wohl am Alkohol gelegen haben. Jemand hat von der Titanic gefaselt, und plötzlich war die Idee da. Total abgefahren!«

Er schluckte wieder – heftig. »Wir haben das nicht gewollt. Es war ein Unfall.«

»Das glaube ich Ihnen, Miguel.«

»Hoffentlich glaubt uns auch der Richter.«

»Frau Schmielink?«

Hannah fuhr herum. Sabine Theißen. Die Sportlehrerin stand dicht hinter ihr. »Haben Sie einen Moment für mich?«

Hannah sah, wie sich Miguel mit erleichterter Miene abwandte. Innerlich fluchte sie, denn sie hatte das Gefühl, er war kurz davor gewesen, doch etwas preiszugeben.

Sabine Theißen räusperte sich.

»Ja, natürlich«, sagte Hannah in neutralem Ton.

»Nicht hier«, sagte die Lehrerin eindringlich. »Da hinten sind nicht so viele Leute.«

Der größte Ansturm am Büffet schien vorbei zu sein. Dafür war sein Stehtisch mittlerweile von genüsslich speisenden Gästen umlagert. Jan beschloss, einen ersten Gang zu machen, bevor die zweite Welle sich auf den Weg machte, um sich mit Nachschub zu versorgen.

Hannah war in ein Gespräch vertieft. Vermutlich mit einer Lehrerin. Konnte ja nicht schaden, wenn er derweil die Lage am Büffet unter Kontrolle hielt.

Zuerst verschaffte er sich einen Überblick über das Angebot. Das machte er überall so. Nicht gleich den Teller vollpacken, um sich dann am Ende ärgern zu müssen, wenn man besondere Leckereien entdeckte, für die dann kein Platz mehr im Magen war. Nicht von allem etwas, sondern gezielt auswählen – das war die Kunst in Situationen von Überangebot. Wo gab es eigentlich die Teller?

»Westermann hat mir gesagt, was am Donnerstag in Vinckes Klasse passiert ist. Ich … ich kann es einfach nicht fassen.«

»Das glaube ich Ihnen gerne«, sagte Hannah vage, ohne zu wissen, worauf Sabine Theißen hinauswollte.

»Was für ein Wahnsinn! Eine Party bei dem Sturm! Wahrscheinlich haben die Schüler sich volllaufen lassen und dabei nicht realisiert, wie gefährlich es war, sich überhaupt an Deck aufzuhalten.«

»So wird es wohl gewesen sein.« Hannah zögerte einen Moment, aber dann stellte sie die Frage, die ihr seit Tagen nicht aus dem Kopf ging. »Was ich nach wie vor nicht ganz verstehe: Wie konnte dem Skipper die Party entgehen? Er war doch die ganze Nacht auf den Beinen und hat das Schiff in den Hafen manövriert.«

Sabine Theißen zupfte am Stoff ihres mit riesigen Blumen bedruckten Kleids. Der weite Ausschnitt rutschte ständig in Richtung Schulter und ließ einen weißen BH-Träger hervorblitzen. »Ich kann mir das durchaus vorstellen. Hören konnte er bei dem Sturm auf keinen Fall etwas. Der Lärm von der tosenden See, das Knarren der Takelage – da ging gar nichts.«

»Aber er schaut doch beim Steuern über das Schiff. Hätte er die Schüler nicht sehen müssen?«

»Es gibt auf der Undine eine tief in den Schiffsrumpf eingelassene Sitzecke. Ein Tisch, zwei Bänke – alles fest verschraubt – gerade passend für eine kleine Gruppe. Man schaut kaum über den Rand hinaus, wenn man dort bei schlechtem Wetter sitzt. Vermutlich haben die Schüler dort gefeiert. Wenn man dann noch die abgesenkten Masten mit den Segeln und die ganzen Aufbauen bedenkt, die dem Skipper die Sicht versperrten ... Außerdem: Was heißt schon steuern? Er muss zwar die Messgeräte im Blick haben, aber ein Auge hat er sowieso ständig auf einem Bildschirm oder Display, weil er ein ganz heißer Zocker ist.«

Zum wiederholten Mal fummelte die Sportlehrerin an ihrem Ausschnitt herum. »Westermann hat zwar nichts verlauten lassen, weil er ja immer so verdammt verständnisvoll ist. Aber ich mache mir trotzdem totale Vorwürfe, dass ich nicht noch einmal kontrolliert habe, ob alles ruhig war an Bord. Normalerweise mache ich das immer.« Ihre Stimme klang rau. »Aber an dem Abend war ich froh, in der Kabine bleiben zu können. Das üble Wetter die ganze Woche über, die schlechte Laune der Schüler, die körperlichen Anstrengungen beim Segeln ... ich verpacke das alles nicht mehr so wie früher.«

»Sie konnten nicht damit rechnen, dass so etwas geschehen würde, Frau Theißen.«

»Nein. Konnte ich nicht. Aber ... trotzdem. Ich fühle mich schuldig.«

Hannah wunderte sich. Die Sportlehrerin wirkte betroffen. Vielleicht hatten die Schönfärbereien und ihre hektische Betriebsamkeit in den letzten Tagen das nur verdrängen sollen.

»Es ist sicher schwierig für Sie, mit dieser Belastung umzugehen. Das wird auch anderen Beteiligten so gehen. Genau deswegen wird es ja die Trauerfeier für Maybritt geben. Könnten Sie sich vorstellen, einen Part dabei zu übernehmen? Einen Text vorzulesen zum Beispiel?«

»Ich habe das noch nie gemacht. Meinen Sie, ich könnte das?«

Jans Teller war leidlich gefüllt. Schließlich wollte er nicht verfressen wirken, obwohl ihn ja niemand hier kannte. Nun musste er nur noch einen Löffel finden.

»Habt ihr Jonathan gesehen?«

Unauffällig schaute Jan sich um. Der junge Mann mit den schulterlangen dunklen Haaren trug eine Pumphose in allen Farben des Regenbogens, dazu orangefarbene Schuhe und ein strahlend weißes, weites Fransenhemd. Hannah hatte Recht gehabt – dieser Marvin war nicht zu übersehen. Jan ging ein paar Schritte zur Seite, blieb aber in Hörweite.

»Bei der Anwesenheitskontrolle war er da«, brummte ein Junge, der sich gerade eine Pastete mit Kräuterfüllung schnappte. »Aber jetzt…? Keine Ahnung, wo dieser wacke Typ hin ist.«

»Sag nicht, er ist schon abgehauen. Den müssen wir uns dringend noch vorknöpfen.«

»Wieso?« Der kleine Schwarzhaarige, der irgendwie südeuropäisch aussah, klang entgeistert.

Marvin strich seelenruhig seine Haare hinter die Ohren. Ein exotischer Halsschmuck kam zum Vorschein. Indianisch?

»Weil Jonathan am Donnerstag die Bullen verständigt hat. Das steht doch wohl eindeutig fest. Er war ja blöd genug, gar nicht erst zurückzukommen in den Klassenraum. Weichei! Das wird er bereuen!«

»Was meinst du damit?«

»Das lass mal meine Sorge sein. Mir fällt schon was ein.«

Hannah hatte sich Sabine Theißens Mail-Adresse aufge-schrieben und versprochen, ihr einen Text zu schicken, damit sie sich einlesen konnte.

»Steht schon fest, wann die Trauerfeier sein wird?«, wollte die Sportlehrerin wissen.

Hannah klappte ihren Terminkalender zu. »Wahrschein-lich am Dienstag oder Mittwoch. Den genauen Zeitpunkt wollte ich heute mit Westermann festlegen, aber bisher hatte er zu viel um die Ohren.«

»Er muss sich natürlich um unseren alten Chef und die Ehrengäste kümmern. Und dann soll ja auch die neue Schul-leiterin im Hause sein. Angeblich eine recht junge Frau. Ge-sehen habe ich sie aber noch nicht.«

»Sie wissen davon?«, rutschte es Hannah heraus.

»Die meisten Kollegen haben was mitbekommen. Irgend-wem hat er es unter dem Siegel der Verschwiegenheit er-zählt, aber das ›Geheimnis‹ hat sich schnell verbreitet. An-geblich kommt sie von einem Gymnasium in Warendorf. Alle spekulieren munter drauflos, wer es sein könnte. Ist ja auch wirklich spannend. Vielleicht die da?«

Sabine Theißen nickte in die Richtung Westermann, der sich gerade mit einer schlanken, jungen Frau in hautengen, löchrigen Jeans, salopper Bluse und hochhackigen Pumps unterhielt. »Wie auch immer. Mir ist heute einfach nicht nach oberflächlichem Gerede«, sagte sie dann. »Ich werde mal schauen, ob Paula und ihre Truppe Hilfe brauchen. Die ganzen Gläser müssen ja noch gespült und weggepackt wer-den.«

Einen Augenblick lang dachte Jan, Hannah würde nun zu ihm kommen, aber dann bemerkte er den Herrn im Anzug, der eilig auf sie zuging. Wohl der kommissarische Schulleiter.

Er holte sich einen neuen Teller, um einige Häppchen für Hannah auszuwählen, rechtzeitig bevor das Büffet komplett leergeräumt war. Ziemlich knapp bemessen, fand er. Wer auch immer das alles bezahlen musste, war sparsam gewesen. Möglichst unauffällig näherte er sich wieder der Gruppe von Schülern, die sich mittlerweile um zwei auf den ersten Blick identisch wirkende Blondinen mit Hornbrillen vergrößert hatte. Er wagte aber nicht, näher heranzugehen und bekam lediglich Satzfetzen mit.

» ... müssen reden, Marvin.« Das blasse, blonde Mädchen, mit dem Hannah vorhin kurz gesprochen hatte. Ihre Stimme hatte einen flehenden Unterton.

»... wüsste nicht worüber«, bekam sie barsch zur Antwort.

»... nicht lange«, bettelte sie. Die andere Blondine verdrehte die Augen.

»Wenn's denn sein muss. – Moment mal, mein ...« Marvin griff in die Tasche seiner Pumphose, zog sein Handy heraus und hielt es sich mit gelangweilter Miene ans Ohr, wandte sich dann aber rasch ab. Sekunden später verstaute er das Gerät wieder.

»... mir leid, Leute. Muss ... weg. ... 'ne Verabredung.« Er griff mit theatralischer Geste zu den letzten beiden Pasteten mit Kräuterfüllung und stopfte sie sich in den Mund.

»Keiner darf vor ein Uhr gehen. Hat Vincke ...«, sagte die andere Blondine.

Auf Marvins Gesicht erschien ein selbstgefälliges Grinsen. »Ach, Vincke. ... beißen kann der nicht.« Er machte eine wegwerfende Handbewegung. »Sagt ihm, ... andauernd pinkeln. Harnwegsinfekt. Diese Entschuldigung ... ich ... noch nicht benutzt. Aber Montag bin ich ... putzmunter ... «

Vielstimmiges Gelächter begleitete seinen Abgang.

»Frau Schmielink. Entschuldigen Sie bitte, dass ich Sie nicht eher begrüßen konnte.« Westermann überschlug sich fast vor Höflichkeit. Hannah wünschte sich mittlerweile nur noch zwei Dinge: etwas in den Magen und ihre Schuhe endlich wechseln zu können. Es fiel ihr schwer, dem Schulleiter zuzuhören.

»…nur gut, dass es am Donnerstag nicht wirklich zu einem SEK-Einsatz gekommen ist. Den Kollegen habe ich in Absprache mit Kommissar Höllmann bisher nur das Nötigste zu Franziskas Aktion mitgeteilt. Es reicht schon, dass die Schüler aus Vinckes Klasse mit der Sache klarkommen müssen. Bestimmt tut es denen gut, mit jemandem zu sprechen, der selbst dabei war. Ich kann Ihnen gar nicht genug danken, dass Sie sich die Zeit genommen haben, heute noch mal hierher zu kommen.«

Hannah wunderte sich. Großes Vertrauen schien der Schulleiter ja nicht in sein Kollegium zu setzen. Aber das war seine Sache.

Sie lenkte das Gespräch auf die Trauerfeier. Sie einigten sich auf den Mittwoch. Als Ort schlug sie das Selbstlernzentrum vor. Westermann war mit allem einverstanden.

»Könnten Sie sich vorstellen, dass sich außer Frau Schmidt-Holsten und Frau Theißen noch weitere Lehrer an der Vorbereitung beteiligen würden?«

»Ich höre mich am Montag mal um«, versprach Westermann. Er wirkte irgendwie nicht bei der Sache, richtete seine weiße Haarpracht und schaute sich mehrfach um.

»Vielleicht könnte Ihr eindrucksvoller Schulchor ein passendes Stück beitragen«, insistierte Hannah. »Herr Westermann?« Sie tippte ihm auf den Arm.

»Der Chor? Auf jeden Fall. Ich werde das arrangieren.

Müssen wir noch etwas besprechen? Ich sehe da nämlich jemanden, den ich unbedingt noch begrüßen muss.«

Nach Marvins Abgang löste die Gruppe sich auf. Eine der beiden langhaarigen Blondinen stand an einem Stehtisch hinter Jan. Das andere, ziemlich blasse Mädchen ging an den Tischen entlang und fing an, Platten zu stapeln und benutztes Besteck einzusammeln. Der kleine Schwarzhaarige stierte gelangweilt vor sich hin, tat aber keinen Handschlag.

Die Aula begann sich zu leeren, aber noch standen mehrere Grüppchen beieinander. Einige Schülerinnen hatten begonnen, leere Gläser zusammenzutragen. Das blasse Mädchen ging nun auf den Stehtisch zu, an dem die andere Blondine stand. Möglichst unauffällig schob Jan sich ein Stückchen näher heran.

»Willst du dich nicht ein bisschen nützlich machen? Wenn alle mithelfen, können wir nachher umso schneller gehen.«

»Ja, ja, gleich. Hab dich nicht so, Amelie. Muss mal kurz Pause machen. – Marvin hat dich ja gerade heftig abblitzen lassen. Es läuft nicht mehr so zwischen euch, oder?«

»Ich wüsste nicht, was dich das angeht.«

»Man macht sich so seine Gedanken um eine Mitschülerin, der es nicht gutgeht.« Der zuckersüße, falsche Tonfall strafte die Worte des Mädchens Lügen.

Amelies Worte waren leise, aber schneidend. »Nicht nötig.«

»Eben. War ja zu erwarten«, bekam sie feixend zur Antwort. »Schließlich hat Marvin sich schon durch die halbe Schule gefickt. Natürlich kommen für ihn nur die besonders Hübschen in Betracht. Und blond müssen sie sein. Zu dumm, dass es schon vorbei ist mit ihm und dir, wo du dir extra für ihn die Haare gefärbt hast. Kannst es wieder rauswachsen lassen. Er hat bestimmt schon eine andere.«

»Du musst es ja wissen. Schließlich bist du auch schon mit ihm im Bett gewesen.«

»Nur dass ich nicht so dumm war, mich von ihm schwängern zu lassen.«

Jan traute seinen Ohren kaum. Und dazu kicherte diese blonde Hexe auch noch!

»Willst du das Balg eigentlich behalten? Ich an deiner Stelle würde es ja wegmachen lassen. Don't forget: yolo.«

Klirrend fiel ein Glas zu Bruch. Amelie floh aus der Aula, ohne sich um die Scherben zu kümmern.

Yolo? Was immer das bedeuten mochte.

Hannah holte tief Luft. Ein Gespräch musste sie noch führen, so gern sie sich davor gedrückt hätte.

»Geht es Ihnen wieder besser?«, sagte sie zu dem Mann mit Halbglatze und gepflegtem Kinnbart, der einige Kollegen als Zuhörerschaft um sich versammelt hatte. Angesichts der Menge an leeren Gläsern und Tellern auf dem Stehtisch war zu vermuten, dass man es sich hatte gutgehen lassen.

Alexander Vinckes Augenbraue hob sich einen Moment lang. Er war irritiert und wusste offensichtlich nicht, wovon Hannah sprach. Sein Sakko hatte er über den Arm gelegt, den obersten Knopf seines Hemdkragens geöffnet.

»Ihre Magen-Darm-Verstimmung am Donnerstag«, erinnerte sie ihn. »Deswegen musste ich doch mit Westermann in Ihre Klasse gehen und die Schüler in dieser schwierigen Situation auffangen.«

Die Umstehenden waren aufmerksam geworden und hörten interessiert zu.

»Sie wissen doch, wie so was verläuft«, sagte Vincke grinsend. »Einen Tag lang fühlt man sich so elend, dass man meint, man müsse sterben, und am nächsten Tag steht man kerngesund wieder von den Toten auf.«

Er griff zu einem Sektglas und trank es in einem Zug leer. »Bäh! Diese Plörre ist mittlerweile lauwarm. Wo bleibt der Nachschub? Wir müssen uns Mut antrinken für den Fall, dass wieder jemand mit einer Pistole auf uns losgeht.«

Das Grinsen seiner Kollegen gefror. Mehrere schüttelten den Kopf.

»Herr Vincke, am Mittwoch wird die Trauerfeier für Maybritt stattfinden. Möchten Sie sich in irgendeiner Form beteiligen? Als Klassenlehrer?«

»Natürlich. Das mache ich doch gerne.« Mit Vehemenz stellte Vincke das leere Glas ab.

»Eventuell wird Maybritts Mutter dabei sein. Das steht noch nicht ganz fest.«

Vincke kratzte sich am Kopf und schaute in die Runde. »Mensch, bin ich heilfroh, dass alle Schüler, die auf dem verdammten Segler dabei waren, über 18 sind. Wenigstens kann mir niemand von den Eltern eine Klage wegen Aufsichtsverletzung anhängen.«

»Wem darf ich denn noch einen Schluck Sekt anbieten?«

Paula hatte sich unbemerkt genähert – mit einem vollen Tablett. »Macht ja keinen Sinn, das gute Zeug in den angebrochenen Flaschen verschalen zu lassen. Greift zu!«

Einige winkten ab, andere ließen sich nicht zweimal bitten. Hannah nahm den letzten Orangensaft.

Paula klemmte sich das leere Tablett unter den Arm. »So, das Schlimmste haben wir hinter uns. Nun möchte ich endlich mit meinen lieben Kollegen anstoßen.«

Jan hatte langsam genug von der Veranstaltung. Hannah stand inmitten einer Runde von fröhlichen Leuten und schien keine Anstalten zu machen, die Sache hier gut sein zu lassen. Dabei meldete sich allmählich sein Rücken. Das lange Stehen tat ihm wahrlich nicht gut.

Ein Mann um die 50 mit randloser Brille gesellte sich zu ihm, in der Hand eine Kaffeetasse. »Diese Koffein-Ration tut jetzt wirklich gut. – Ich hoffe, Sie haben einen guten Eindruck von unserer Schule bekommen«, sagte er unvermittelt.

»Äh, ja … natürlich. Alles bestens.«

»Das freut mich außerordentlich, denn darum geht es heute ja vor allen Dingen. Was unser alter Chef selbstredend nicht ahnt. Er meint, das ganze Theater gilt allein ihm«, fügte der Mann verschmitzt hinzu.

Für Jan sprach er in Rätseln.

»Unser Kollegium ist eigentlich recht engagiert, aber ein bisschen im Trott. Westermann wird bestimmt froh sein, wenn jetzt jemand kommt und die Verantwortung übernimmt. War doch alles ein bisschen viel für ihn in den letzten Monaten. Und neue Besen kehren ja bekanntlich gut. Wir brauchen frischen Wind.«

Jan trat von einem Bein auf das andere, um seinen Rücken zu entlasten. Wie sollte er diesen lästigen Typen mit dem ekeligen Pfefferminz-Geruch bloß wieder loswerden?

»Ihre Frau habe ich schon vor einigen Tagen im Lehrerzimmer kennengelernt, als wir ein bisschen miteinander geplaudert haben. Bin natürlich absolut im Bilde.«

Wovon redete der eigentlich?

»Wir werden uns bestimmt demnächst öfter sehen, wenn Sie Ihre Frau hierher begleiten.«

»Wohl kaum. Das war heute eine absolute Ausnahme.«

»Dann freut es mich umso mehr, dass wir uns kennenge-lernt haben. Ist doch völlig verständlich, dass Ihre Frau bei einer Entscheidung von dieser Tragweite auf die Meinung Ihres Ehemanns wert legt.«

Der Mann beugte sich vor und flüsterte vertraulich: »Keine Sorge. Ich lüfte das Inkognito Ihrer Frau nicht. Bleibt alles geheim.«

Er richtete sich wieder auf. »Wie ich sehe, wird die Reihe der Kollegen, die sich vom Alten verabschieden wollen, im-mer länger. Ich werde mich mal anstellen, sonst muss ich am Ende bis morgen früh hier ausharren. Man sieht sich.«

Entscheidung? Inkognito? So langsam dämmerte Jan, was der Mann sich zusammengereimt hatte.

Gegen viertel nach eins

»Ich möchte noch kurz mit Paula sprechen. Hol du doch schon mal das Auto. Wir treffen uns dann in zehn Minuten auf dem Parkplatz vor der Schule.«

Jan sah Hannah fragend an.

»Ich kann keine fünf Schritte mehr in diesen Schuhen lau-fen.«

»Gab es nicht im letzten Jahr ein ähnliches Problem mit weißen Sandalen?«

»Das lag an den Riemchen. Die waren zu schmal.«

»Warum kauft man sich eigentlich Schuhe, in denen man von vornherein nicht laufen kann?«

»Dieses Paar ist nicht zum Laufen, sondern zum Schicksein gedacht. Ich habe nicht damit gerechnet, dass wir keinen Parkplatz an der Schule bekommen.«

»Aye, aye«, gab Jan sich seufzend geschlagen und tippte sich an eine imaginäre Mütze. »In zehn Minuten ist dein Chauffeur zur Stelle.«

Paula hatte sich gerade von einer älteren Dame verabschiedet, die sich gar nicht von ihrer alten Wirkungsstätte trennen konnte. »Bei manchen Kollegen merkt man erst nach ihrer Pensionierung, wie sehr sie an dem Ganzen hier gehangen haben«, sagte die junge Lehrerin nachdenklich.

Hannah nickte. »Hast du noch ein paar Minuten, Paula?«

»Alle Zeit der Welt. Auf mich wartet niemand, seitdem meine Tochter es vorzieht, bei ihrem Vater und seiner neuen Familie zu leben.«

»Du hast eine Tochter?«

»Sie ist 12. Bis vor einigen Monaten lebte Alina immer abwechselnd eine Woche bei mir und eine Woche bei ihrem Vater.«

»Und das hat funktioniert?«, fragte Hannah geradeheraus.

»Dachte ich. Aber plötzlich wollte sie ein richtiges Zuhause. Jetzt bin ich Single, und mein Kind kommt nur jedes zweite Wochenende zu Besuch. Noch!«

Paula gab sich unbekümmert, aber eine gewisse Verbitterung klang durch ihre Worte hindurch. Hannah war im Zwiespalt. Eigentlich war es ihr ein wenig unangenehm, ungefragt so viele Details aus Paulas Privatleben zu erfahren. Sie beschloss, das Thema zu wechseln.

»Jan wird gleich zurück sein. Ich habe seine Geduld heute schon reichlich strapaziert. Aber ich wollte dich noch etwas zu der Stimme auf dem Video fragen.«

»Hast du es dir noch mal angehört? Meinst du, es war Vincke?«

»Für ausgeschlossen halte ich das nicht, aber mir ist noch eine andere Möglichkeit eingefallen. Glaubst du, es könnte Marvin gewesen sein?«

Paula zögerte und spielte mit den überdimensionalen Kugeln ihrer silbern schimmernden Halskette. »Marvin«, sagte sie leise.

»Kennst du ihn überhaupt?«

»Wer kennt Marvin nicht? So ein Schüler fällt schon rein äußerlich an der Schule auf. Unterrichtet habe ich ihn nie, aber er ist mir mal auf einer SV-Sitzung begegnet. Als Verbindungslehrer wird man manchmal zu den Treffen der Schüler-Vertretung eingeladen. Klassensprecher ist Marvin aber nicht, sonst wäre er öfter dort aufgetaucht.«

»Ich habe das Gefühl, dass er seine Mitschüler voll im Griff hat. Zumindest einige von ihnen.«

»Wie kommst du auf Marvin?«

Hannah berichtete von dem gelben Schuh auf dem Video.

Paula schien zu überlegen. »Das würde bedeuten, dass alle Beteiligten dichtgehalten haben. Niemand hat ein Sterbenswörtchen davon gesagt, dass Marvin auf der Party dabei war. Aber warum?«

»Weil sie nur reden, wenn er es ihnen erlaubt.« Hannah erzählte von ihren verschiedenen Beobachtungen in der Klasse.

»Du meinst, sie haben dich hingehalten, bis Marvin gekommen ist? Das wäre ja krass.«

»Du hast mir mal gesagt, dass manche Schüler sich in die Ecken setzen, um der Aufmerksamkeit der Lehrer zu entgehen. So wie Maybritt und Jonathan.«

»Und Marvin?«

»Sitzt vorne rechts vom Pult. Er hat die ganze Klasse im Visier. Vielleicht dirigiert er seine Truppen heimlich durch Blicke und Gesten.«

Paula schien nachzudenken.

»Zu weit hergeholt?«, fragte Hannah unsicher.

»Nicht unbedingt. Ich kenne die Verhältnisse in Vinckes Klasse nicht. Was ich von ihm als Klassenlehrer halte, weißt du. Tatsache ist, dass Franziska sich davor gefürchtet hat, in seine Klasse zu müssen. Das gibt es. Als Lehrer spürst du das ziemlich schnell. Ich nenne solche Klassen ›Eiskammern‹.«

»Was soll das heißen?«

»Das sind Klassen, die leistungsmäßig durchaus passabel oder sogar gut sind, brav deine Fragen beantworten und ihre Aufgaben erledigen. Aber es herrscht eine eisige Atmosphäre. Niemand macht flapsige Bemerkungen, sagt etwas Persönliches, keiner stellt von sich aus eine Frage, keiner lacht über deine Witze. Es ist, als säßen alle unter Hochspannung im Klassenraum und hätten nichts anderes im Sinn, als mit heiler Haut davonzukommen.«

»Das trifft es!« Hannah war bei Paulas Schilderung ein Schauer über den Rücken gelaufen. »Anscheinend leben alle in ständiger Angst.«

»Genau. Jeder ist die ganz Zeit auf der Hut, dass es ihn treffen könnte: kränkende Bemerkungen, Bloßstellungen und anderes. Schlimmeres.«

»Und du meinst, das Klima in der Klasse bestimmt Marvin?«

»Typen wie Marvin. Es gibt sie öfter. Als Anfängerin habe ich gedacht, ich mache etwas falsch in diesen Eiskammern. Aber der Stoff ist derselbe wie immer, ich bin dieselbe, mache dieselben witzigen Bemerkungen zur Auflockerung, nur die Reaktion ist anders. Verdeckt feindselig. Wie gesagt: Zuerst suchst du den Fehler bei dir. Dann unterhältst du dich mit Kollegen und stellst fest, dass alle dieses Problem in einer bestimmten Klasse haben. Es liegt also an den Schülern, besser gesagt an der Konstellation in der Lerngruppe, beziehungsweise an solchen Typen wie Marvin, die alle unter ihrer Knute haben.«

Hannah warf einen schnellen Blick auf die Uhr. Jan musste jeden Moment zurück sein. »Dann könnte Marvin also wirklich der Unbekannte auf dem Video sein«, fasste sie zusammen.

»Möglich. Wenn ich es recht überlege, sogar wahrscheinlich.«

»Wenn die Aufnahme nicht anonym der Polizei zugespielt worden wäre, wären wir niemals darauf gekommen, dass er bei der Party dabei war. – Was ist das bloß für ein Mensch?«

Bevor Paula antworten konnte, bog Jan auf den mittlerweile fast leeren Parkplatz des Berufskollegs ein und hielt direkt vor ihnen an. Er stieg aus, ließ den Motor aber laufen. Hannah verstand das Signal.

»Danke für deine Einschätzung, Paula. Wir sehen uns auf jeden Fall nächste Woche bei der Trauerfeier.«

»Wirst du etwas unternehmen?«

»Auf jeden Fall spreche ich mit der Kripo.«

»Mach das!«, lächelte Paula. »Du hast ja beste Beziehungen.«

»Wir wollen noch einen kleinen Ausflug machen. Irgendwo in der Nähe etwas besichtigen, spazieren gehen, einen Kaffee trinken. Hast du einen Tipp?«

»Wenn ihr in Rheine bleiben wollt, kann ich den Salinenpark am Zoo empfehlen.«

»Und sonst? Ein romantisches Schloss mit Park vielleicht?«

»Am liebsten mit Café«, ergänzte Jan.

Paula überlegte kurz. »Haus Welbergen! Das könnte etwas für euch sein.«

»Ein Haus? Also kein Schloss?«

»Ein kleines. Klein, aber fein.«

Paula hatte darauf bestanden vorauszufahren, um ihnen den Weg durch die von Wochenend-Einkäufern verstopfte Stadt zu ersparen. Hannah entledigte sich ihrer vermaledeiten Schuhe, während Jan durch Wohngebiete und enge Kreisverkehre kutschierte. Es ging einen Hügel hinauf, vorbei an einem Neubaugebiet mit großzügigen Ein- und Mehrfamilienhäusern, bis sie auf die Ausfallstraße nach Neuenkirchen trafen.

Paula hob grüßend die Hand, wies nach links und bog in die entgegengesetzte Richtung ab. Ob sie heute noch etwas vorhatte? Hannahs Erinnerungen an einsame Wochenenden in der Zeit vor Jan, an denen sie keinerlei Verabredungen hatte, kamen für einen Moment an die Oberfläche. Vielleicht ging es der jungen Lehrerin ähnlich.

»Hast du eigentlich geahnt, dass man in dir die neue Schulleiterin vermutet?«, sagte Jan grinsend, während sie auf die Türme eines Kalkwerks zufuhren.

»Wer sagt denn das?«

»Gesagt hat es der redselige, penetrant nach Pfefferminz riechende Herr nun nicht gerade, aber er hat das Berufskolleg als wunderbaren Arbeitsplatz für dich angepriesen. Und mich hofft er dann auch öfter dort zu sehen.«

Hannah lachte laut. »Du meine Güte! Der Typ hat mich schon neulich im Lehrerzimmer vollgeschwallt. Alles nur, weil er glaubt, ich sei seine neue Chefin? Ich fasse es nicht! Ich glaube, die B 70 ging hier rechts ab.«

Jan fluchte, aber nach einem kurzen Blick auf die Karte dirigierte Hannah ihn weiter geradeaus. »Wir können genauso gut durch die Ortschaften bummeln. Ich bin hier neulich schon mal entlanggefahren – auf dem Weg nach Ohne.« Wie es Franziska wohl gehen mochte?

Sie durchquerten Neuenkirchen und Wettringen, bis sie

irgendwann wieder auf der Bundesstraße gelandet waren. Haus Welbergen lag nur wenig abseits davon.

Auf dem kleinen Parkplatz standen zwei Autos. Hannah streifte sich bequeme Treter über und zweifelte insgeheim an Paulas Empfehlung. Bisher sah man nichts als Bäume, ganz im Gegensatz zu den Schlössern von Raesfeld, Nordkirchen oder Anholt, wo imposante Türme und ausladende Gartenanlagen schon von weitem einen verheißungsvollen Eindruck machten. Aber das hier?

Über einen schmalen Bachlauf erreichten sie bald eine rechteckige, von einer Gräfte umgebene Wiese mit knorrigen Obstbäumen. Sonnenlicht fiel spärlich durch das Blattwerk der mächtigen Platanen und Eichen am Wegesrand und glitzerte auf der Wasseroberfläche.

Das Rad einer uralten Mühle lugte zwischen riesigen Rhododendron-Büschen hervor. Über eine Brücke mit der Figur des heiligen Nepomuk ging es durch zwei schlanke Torpfeiler hindurch. Und wieder eine Gräfte, die nur über eine Zugbrücke zu passieren war. Im Vorübergehen bewunderte Hannah den dichten Teppich von in kräftigem Gelb blühenden Teichrosen, die die Wasseroberfläche fast vollständig bedeckten.

Durch das wuchtige Torhaus gelangten sie in die eigentliche, nicht sehr große Anlage. Der barock anmutende Garten mit Springbrunnen und Buchsbaumhecken war umschlossen von den ehemaligen Stallungen zur Linken, dem schlichten, zweistöckigen Herrenhaus mit steilem Dachgeschoss direkt vor ihnen und einer mächtigen Backsteinmauer zur Rechten.

Hannah ließ den Blick schweifen. Eine meterhohe rote Kletterrose rankte über die komplette Wand des Torhauses. Entlang der Mauer prangte ein Staudenbeet mit Stockrosen,

Phlox, Dahlien und anderen spätsommerlichen Pflanzen, deren Zusammenspiel von Farben und Formen wie zufällig wirkte, aber wohl eher das Ergebnis akribischer Planung war.

»Könnte man in jedem Gartenjournal abbilden«, sagte Hannah beinahe ehrfürchtig.

Sie erklommen die schmale, steile Treppe zu einem der beiden Türmchen an den Mauerecken und fanden aufschlussreiche Zeichnungen zur Geschichte von Haus Welbergen. Auf dem Rückweg kamen ihnen drei gutgelaunte Frauen in Radlerhosen entgegen.

»Kleine Pause?«, schlug Jan vor und wies auf eine Bank, die beinahe unter einem verwunschen wirkenden Baum verschwand.

Bis auf die drei Radlerinnen, die sich mittlerweile am Springbrunnen vergnügten, schien sich niemand für dieses Kleinod zu interessieren. Hannah atmete durch. »Ist das friedlich hier!«

»Eine kleine Oase«, stimmte Jan zu. »Ich könnte aber bald einen Kaffee vertragen. Hatte Paula nicht von stimmungsvollen Lokalen in der Nähe gesprochen?«

»Ich glaube schon.«

Die Erwähnung der jungen Lehrerin rief Hannah die Ereignisse des Vormittags in Erinnerung. »Ich bezweifle, dass unser Einsatz in der Schule etwas gebracht hat. Über Marvins Rolle bei der Party auf dem Segelschiff habe ich praktisch nichts erfahren.«

»Dieser Marvin scheint ja ein ziemlich übler Typ zu sein. Sieht total harmlos aus, will aber bei nächster Gelegenheit irgendeinem Jonathan an den Kragen, weil der sie angeblich bei der Polizei verpfiffen hat.«

»Das hat er gesagt?« Hannah war schlagartig alarmiert. Diese Schlussfolgerung war aus Sicht der Schüler nahelie-

182

gend. Die Tatsache, dass Jonathan nicht in den Klassenraum zurückgekehrt war, musste ihnen höchst verdächtig erscheinen. Niemand von ihnen ahnte, wer die Kripo tatsächlich auf den Plan gerufen hatte.

»Jonathan ist der Schüler mit dem Rucksack, der die Aula vor Ende des Festakts verlassen hat. Hast du ihn später noch einmal gesehen?«

Jan schüttelte den Kopf.

»Vielleicht hat er geahnt, dass Marvin was vorhat, und sich rechtzeitig aus dem Staub gemacht«, mutmaßte Hannah.

»Das wird aber auf Dauer nicht funktionieren. Spätestens am Montag muss er sich der Situation stellen.«

»Und ich wüsste nicht einmal, wer ihm helfen könnte. Sein Klassenlehrer mit Sicherheit nicht. Dabei ist Jonathan das ideale nächste Opfer für Marvin. Ich möchte mir lieber nicht vorstellen, was er gerade durchmacht. Vielleicht sollte ich Westermann informieren.«

»Wusstest du eigentlich, dass diese Amelie schwanger ist von Marvin?«

»Von Marvin?« Hannah war entsetzt. »Nein, gewusst habe ich das nicht. Ich hatte allerdings eine Ahnung, dass sie schwanger ist, weil ihr öfter übel war. Eigentlich wollte ich heute mit ihr reden, aber sie hat total abgeblockt. – Dieser Bursche lässt aber auch gar nichts aus.«

»Ich habe nur Bruchstücke mitbekommen, aber es kam mir so vor, als sei sein Interesse an Amelie schon mächtig abgeflaut. Er hatte sogar die Unverfrorenheit, einen Telefonanruf vorzutäuschen, um sich aus dem Staub machen zu können. Übrigens war angeblich die halbe Schule schon mit Marvin im Bett. Auch diese blonde Gifthexe. Sie hat Amelie wärmstens nahegelegt, das Kind abzutreiben.«

»Nadine? Sie auch?« Hannah war allmählich fassungslos. »Was ist bloß mit dieser Klasse los? Ich habe das Gefühl, wir wissen nicht einmal die Hälfte von dem, was da vor sich geht.«

»Entschuldigung. Könnten Sie wohl ein Foto von uns machen?«

Eine der Radlerinnen hielt ihnen erwartungsvoll ein Smartphone hin. Hannah stand bereitwillig auf und bemühte sich, die drei Damen mit ihren ausladenden Sonnenbrillen und blinkenden Fahrradhelmen vor dem Springbrunnen in Szene zu setzen.

»Haben Sie das Haus im Hintergrund mit drauf?«

»Ich glaube schon. Soll ich sicherheitshalber noch eins machen?«

»Mach nicht so einen Aufstand, Ulla«, mahnte ihre Mitfahrerin. »Das Herrenhaus sieht doch recht schlicht aus. Davon gibt es Hunderte im Münsterland.«

»Also Gabi! Es ist schon sehr stattlich«, widersprach besagte Ulla.

»Ich finde es hier ein bisschen öde. Nicht mal einen Schluck Wasser oder ein Eis am Stiel kann man bekommen.«

Ulla sah sich genervt um: »Wo ist eigentlich Petra schon wieder hin? Wir haben noch ein gutes Stück vor uns bis Bad Bentheim.«

»Sie ist nur mal kurz verschwunden. Eine Toilette gibt es hier nämlich auch nicht.«

Hannah und Jan schauten den Dreien hinterher, bis sie einträchtig durch das Torhaus verschwanden. Dann stand Jan abrupt auf. »Nun ist es aber gut gewesen. Ich brauche jetzt wirklich einen Kaffee.«

Marvin ging Hannah auf der kurzen Fahrt nach Welbergen nicht aus dem Kopf. Was war er für ein Mensch? Was steckte wirklich hinter dieser schillernden Figur?

»Hannah?« Jan hatte sie etwas gefragt, aber sie hatte nicht hingehört. Geduldig wies er auf die Sonnenschirme am Straßenrand und wiederholte: »Wollen wir es hier versuchen? Scheint aber ziemlich voll zu sein.«

Gegen halb fünf

Eine knappe Stunde später machten sie einen kurzen Gang durch den kleinen Ortskern, der aus einigen Höfen, Pfarrkirche und einem Dorfladen bestand. Leider war er am Samstag Nachmittag geschlossen. Hinter der Kapelle zwischen den beiden Lokalen begannen schon die Felder.

Jan klimperte ungeduldig mit dem Autoschlüssel, aber Hannah konnte sich von dem Anblick kaum trennen. »Wie eine andere Welt«, sinnierte sie, während sie einer größeren Gruppe nachschaute, die gerade die Vechte querte und dem ausgewiesenen Radweg folgte. »Da reist man Hunderte oder sogar Tausende von Kilometern, um neue Eindrücke zu gewinnen, während wir schon x-mal hier vorbeigekommen sind, ohne jemals von Welbergen Notiz zu nehmen!«

»Wie kommst du denn darauf? Wir waren doch noch nie hier in der Nähe«, widersprach Jan vehement.

»Doch. Wenn wir zu Anne und Werner unterwegs sind. Die Bundesstraße verläuft nur ungefähr einen Kilometer von hier entfernt.«

»Hätte ich jetzt nicht gedacht«, gab Jan zu. »Wie weit ist es denn bis zu den beiden?«

»Eine Viertelstunde vielleicht.«

»Sollen wir's versuchen? Ich habe Werner seit Ewigkeiten nicht gesehen.«

»Gute Idee. Ich weiß allerdings von Anne, dass sie an diesem Wochenende jede Menge Termine haben.«

»Wenn wir ungelegen kommen, quatschen wir eine Runde und verdrücken uns schleunigst wieder.«

Als sie den Findling mit der Inschrift »Willkommen im Golddorf« am Ortseingang passierten, kamen Hannah leise Bedenken. Wenn Anne und Werner nun tatsächlich völlig erledigt im Liegestuhl auf der Terrasse lagen und nicht erpicht auf Besuch waren? Unangemeldet irgendwo aufzutauchen, hatte sie sich eigentlich seit der Studienzeit abgewöhnt. Aber sie war so erleichtert gewesen, dass Jan selbst den Vorschlag gemacht hatte, dass sie spontan zugestimmt hatte.

Sie bogen in die vertraute Straße mit den akkurat gepflegten Vorgärten ein. Die Blüten an den Hortensienbüschen vor dem Haus ihrer Freunde waren ein wenig verblasst, mit dem Unkrautzupfen nahmen sie es nicht ganz so genau wie in der Nachbarschaft üblich.

»Hallo! Wo kommt ihr denn her?« Anne strahlte, als sie die Tür öffnete, und umarmte Hannah und Jan herzlich. Ohne Umschweife führte sie die beiden in die Küche. »Ich wollte gerade einen Pflaumenkuchen backen, den ich meiner Schwägerin zu ihrem Geburtstag morgen versprochen habe. Du kommst passend zum Helfen, Hannah.« Sie lachte ihr helles Lachen.

Jan verzog sich in den Garten, wo Werner dabei war, den Rasenmäher zu säubern. Hannah setzte sich an den Küchentisch. Anne schob ihr eine braune Papiertüte und ein Trockentuch hin. »Magst du die Pflaumen abputzen und entkernen?«

Hannah entspannte sich. So war Anne eben. Unkompliziert bezog sie ihren Besuch in häusliche Pflichten ein. An diesem Küchentisch hatte Hannah schon Berge von Erdbeeren oder Kirschen verarbeitet, während sie über Gott und die Welt geredet hatten. Damals – vor Jan und Lasse – hatte Hannah hier öfter ganze Wochenenden verbracht.

Sie erkundigte sich nach den Kindern.

»Basti ist oben in seinem Zimmer«, seufzte Anne und wog Butter ab. »Sitzt am PC und beschäftigt sich mit irgendwelchen Ballerspielen. Was willst du erwarten? Er ist 13! Irgendwann musste diese Phase ja kommen.«

»Und Marie?«

»Ist zum Geburtstag bei der Oma ihres Freundes eingeladen.«

»Wie bitte? Sie ist doch erst ein paar Monate mit ihm zusammen.«

»Familienanschluss gehört heutzutage anscheinend von Anfang an dazu. Du brauchst gar nichts zu sagen. In Maries Alter hätten wir darauf keine Lust gehabt. – Aber jetzt erzähl mal, was ihr an eurem letzten Tag ohne Lasse unternommen habt. Wie hat es euch hierher verschlagen?«

Hannah berichtete zuerst von ihrer Besichtigungstour, dann von der Verabschiedung im Berufskolleg. Ohne es recht zu wollen, kam sie wieder auf Marvin zu sprechen.

Anne legte den Mixer an die Seite und setzte sich. »Ich fasse mal zusammen: Der Typ sucht sich ein Opfer aus, das er schikaniert, demütigt und öffentlich bloßstellt. Er kontrolliert und manipuliert seine Klasse, verbreitet Angst, droht mit Vergeltung, wenn ihm jemand in die Quere kommt. Er schläft wahllos mit hübschen, willigen Mädchen, ohne jegliches Empfinden dafür, was er ihnen damit antut, wenn er sie nach Gutdünken abserviert.« Mit ernster Miene fügte sie hinzu: »Sag mal, hat dieser Marvin eigentlich irgendwelche Nerven gezeigt, als er mit einer Pistole bedroht wurde?«

Hannah zögerte. Augenblicklich hatte sie den wippenden Fuß im blauen Schuh wieder vor sich. »Ich würde sagen, er war nervös, aber Angst habe ich nicht bei ihm gespürt.«

»Aber das wäre doch normal gewesen! Niemand von euch konnte wissen, wie die Sache ausgehen würde.«

»Worauf willst du hinaus?«

»Ich habe neulich einen Artikel über Psychopathen gelesen. Alles habe ich nicht mehr im Kopf, aber es ging um Menschen, die nach außen hin im ersten Moment sehr charmant und gewinnend wirken, sich aber überhaupt nicht in andere Menschen hineinversetzen können. Sie empfinden keinerlei Angst, weil sie völlig gefühllos sind. Schuldgefühle, Gewissensbisse – alles Fremdwörter für Psychopathen. Und außerdem sind sie häufig notorische Lügner. Aber wem erzähle ich das? Du bist ja die Psychologin von uns beiden.«

Hannah fiel ihre erste Begegnung mit Marvin ein: Reflexhaft hatte er versucht, sie für sich einzunehmen. Im Traum wäre sie in dem Moment nicht darauf gekommen, welche Persönlichkeit sich hinter der bunten Fassade verbergen könnte.

Anne griff zum Teigschaber. »Der Prozentsatz von Psychopathen in unserer Gesellschaft soll erschreckend hoch sein. Die Wahrscheinlichkeit, einen davon in einer Schulklasse anzutreffen, ist also durchaus beträchtlich.«

Es gibt Klassen, die sind wie Eiskammern, hatte Paula gesagt. Hannah fröstelte.

Werner und Jan hatten es sich auf der Terrasse gemütlich gemacht und tranken alkoholfreies Bier.

»Nachdurst«, grinste Werner. »War ein bisschen heftig gestern Abend. Herbstfest in der Nachbarschaft. Es ist nichts schwerer zu ertragen als eine Reihe von guten Tagen. Sagte mein Vater immer, und er hatte Recht. Morgen um elf geht's weiter mit dem 40. Geburtstag meiner kleinen Schwester.«

»Mir fällt gerade ein, dass reichlich Kartoffelsalat von gestern übrig ist«, sagte Anne unvermittelt. »Ihr bleibt doch zum Abendessen? Werner, könntest du ein paar Grillwürstchen auftauen? Nicht zu wenige! Schließlich müssen wir auch unseren Sohn satt bekommen.«

Basti war ziemlich bleich und in den vergangenen Monaten kräftig in die Höhe geschossen. Betont gleichmütig begrüßte er Hannah und Jan. Schweigend lud er sich mehrmals den Teller voll und kaute stoisch.

»Wie war das Fußballspiel heute, Basti? Habt ihr gewonnen?«, versuchte Jan, ihn ein wenig aus der Reserve zu locken.

»Keine Ahnung. Papa hat mich nicht aufgestellt.«

»Weil der junge Mann öfter das Training schwänzt, um am Computer zu spielen«, warf Werner bissig ein.

»Das tun andere auch, aber die dürfen trotzdem dabei sein«, gab Basti ebenso giftig zurück.

Anne schüttelte heftig den Kopf, bis Jan begriff, dass er auf vermintes Territorium vorgedrungen war, und sich um ein neues Thema bemühte. »Sag mal, Basti, was bedeutet es eigentlich, wenn man von jemandem sagt, dass er wack ist?«

»Dass er blöd ist, gaga, keiner mag ihn«, knurrte Basti unwillig.

»Aha. Und ›yolo‹?«

»Ist 'ne Abkürzung: You only live once«.

»Man lebt nur einmal. Das höre ich beinahe täglich von Marie«, seufzte Anne.

»Was für ein dummer Spruch! Damit kann man so ziemlich alles entschuldigen. Wie kommst du darauf, Jan?«, schnaubte Werner.

»Habe ich heute Morgen von einer Schülerin gehört. Es ging um eine Abtreibung.«

Basti schob seinen leeren Teller zur Seite und erhob sich. An weiterer Konversation schien er nicht interessiert.

Anne stapelte das Geschirr und gähnte verstohlen. »Wie geht es eigentlich deinem Rücken?«

Hannah sah, wie Jans Finger sich um seine Bierflasche krallten. »Ganz okay«, sagte er ausweichend.

»Bekommst du noch Spritzen?«

»Nicht mehr.«

»Und die OP? Ist die noch aktuell?«

»Mal sehen.« Mit einem Ruck stellte er die Flasche auf den Tisch. »Ihr müsst doch hundemüde sein! Wollen wir aufbrechen, Hannah?«

Das Schweigen unterwegs war unüberhörbar. Hannah versuchte, es dennoch zu ignorieren.

»Halt mal an einem Supermarkt an. Ich brauche ein Kilo Pflaumen, weil ich morgen früh einen Kuchen nach Annes Rezept backen will.«

Bei einem raschen Blick zur Seite sah sie, dass Jans Mund zu einem schmalen Strich zusammengepresst war.

»Ansonsten sollten wir uns einen ruhigen Tag machen, bis deine Eltern mit Lasse kommen. Montag geht schließlich der Alltag wieder los.«

Sie meinte, ihn ›leider‹ murmeln zu hören, war aber nicht ganz sicher.

»Was ist mit dir?«, fragte sie entnervt. »Hast du wieder Schmerzen?«

Er setzte zu einem riskanten Überholmanöver an. Erst nachdem er in letzter Sekunde wieder eingefädelt hatte, sagte er schneidend: »Musstest du Anne in allen Einzelheiten von meinem kaputten Rücken erzählen?«

»Aber … sie ist unsere Freundin. Und außerdem vom Fach. Ich wollte nur ihre professionelle Meinung hören.«

»Das kannst du dir demnächst sparen. Ich komme auch ohne eure Beratung klar.«

Ihre Tränen kamen ohne Vorwarnung.

Gegen halb neun abends – Polizeidienststelle Rheine

Die Idee kam Gerrit, nachdem er einen Bericht abgeschlossen hatte, den er schon länger vor sich hergeschoben hatte. Mit raschen Schritten verließ er die ansonsten gähnend leere Abteilung und nahm die Treppe hinunter zum Erdgeschoss. Die Nacht konnte noch lang werden. Beinahe bedauerte er, die Schicht freiwillig übernommen zu haben. Dies war möglicherweise der letzte laue Abend eines verkorksten Sommers.

Heinefeld, der Kollege vom Dienst, lümmelte sich wie immer auf seinem Drehstuhl und hörte den Funkverkehr im Hintergrund mit.

»Pizza?«, schlug Gerrit vor.

»Gute Idee. Ich komme um vor Hunger und Langeweile. Bis jetzt sind unsere Kunden alle brav.«

»Und das wird vermutlich auch so bleiben«, mutmaßte Gerrit in Erinnerung an seinen letzten Bereitschaftsdienst.

»Sag das nicht! Ist noch zu früh. Wenn es zwischen drei und vier heute Nacht ruhig ist, dann sind wir aller Wahrscheinlichkeit nach durch.«

»Du meinst, wenn die Betrunkenen und Bekifften sicher zu Hause gelandet sind.«

»Genau! Die werden gerne mal auf der Emsstraße abge-
passt und um ihre Barschaft erleichtert. Nicht zu vergessen
die Schlägereien auf der Mathiasstraße. Wo unsere Hotspots
sind, hast du ja inzwischen schon mitbekommen. – Hier ist
die Bestellliste vom Pizza-Service. Was hättest du denn
gerne?«

Gerrit nahm den ramponierten Zettel und überflog ihn.
»Stimmt es eigentlich, dass ihr mal zwei Sprengungen des-
selben Bankautomaten innerhalb von zehn Tagen hattet?«

»Hundertprozentig. Nachts um drei. Mit Fahndung per
Hubschrauber. Ich sage dir, da war was los! – Moment mal.
Da kommt ein Notruf rein.« Heinefeld setzte sich kerzengerade auf und lauschte. »Wo ist das? … Stell mal durch.« Er
nickte Gerrit zu und wies hektisch fuchtelnd mit dem Zeigefinger auf ihn.

»Wo genau sind Sie? … Ja, ich habe es gehört! Wer ist
sonst noch in dem Gebäude? … Allein! Schließen Sie sich
ein! … Gut gemacht. Wir unterhalten uns sofort weiter, wenn
ich die Kollegen losgeschickt habe. Die werden sehr rasch bei
Ihnen sein. … Haben Sie verstanden? Ich bin sofort wieder in
der Leitung.«

Heinefeld deckte das Mikro ab. »Leichenfund im Berufskolleg Dorenkamp. Warst du da nicht vorige Tage schon
mal?«

Sonntag, 8. September

Gegen viertel nach sieben abends

»Wann kann ich wieder zu Opa Ernst und Oma Marianne?«

Lasse lag in seinem Bett und sah aus wie ein kleines Engelchen. Hannah seufzte. Bestimmt würde sie das morgen schon ganz anders sehen, aber heute war sie einfach nur glücklich, ihren Sohn wieder bei sich zu haben, mit ihm zu knuddeln und zu schmusen.

»Du warst doch gerade erst eine ganze Woche dort.«

»Aber Opa ist ganz traurig, dass ich so weit weg wohne. Ohne mich weiß er gar nicht, was er tun soll.«

»Hat er das gesagt?«

»Ganz oft.«

Hannah zögerte ihre Antwort hinaus. Ihr Schwiegervater hatte am Nachmittag kaum Zeit für ein Stück Pflaumenkuchen gefunden, weil er unbedingt mit seinem Enkel eine Burg im Sandkasten bauen musste und anschließend bis zur Erschöpfung mit ihm Fußball gespielt hatte. Beim Abschied hatte er sich verstohlen eine Träne aus dem Auge gewischt.

»Wollen wir für Opa Ernst beten, dass er nicht so traurig ist, weil er dich vermisst?«

Lasse nickte ernsthaft und faltete die Hände.

»Und für wen möchtest du noch beten?«

Er runzelte die Stirn, und Hannah schmolz dahin. »Für Oma Marianne und für Oma Brigitte. Und für Tante Christine und für Gesine, weil sie so weit weg ist.«

193

Während Lasse seine Freunde aus Nachbarschaft und Tagesstätte aufzählte, schweiften Hannahs Gedanken ab. Es hatte ihm gutgetan, dass sie ihn für eine Weile losgelassen hatte. Seine kleine Welt hatte sich erweitert. An die Tage in Xanten würde er sich vielleicht sein Leben lang erinnern.

»Und für Papa und Mama«, schloss Lasse seine Liste.

Hannah machte ein Kreuzzeichen auf seiner Stirn. »Mögen die Engel dich und alle anderen heute Nacht behüten. Amen.«

»Amen. – Was liest du mir heute vor? Maulwurf Grabowski! Bitte, Mama. Bitte!«

Dieser kleine Schlauberger! Immer wenn ihr Sohn keine Lust zum Schlafen hatte, suchte er dieses mit Abstand längste Bilderbuch aus seiner Sammlung aus. Nicht immer ließ sie sich darauf ein, aber heute hatte er gespürt, dass sie in nachgiebiger Stimmung war. Seufzend kramte sie in der Nachttischschublade nach dem abgegriffenen »Erbstück« von Gesine.

Lasse kuschelte sich mit seinem Lieblingsbären unter die Bettdecke und starrte konzentriert vor sich hin. Hannah las eine Seite nach der anderen, ohne auf den Sinn der Geschichte zu achten. In Gedanken war sie bei dem insgesamt harmonisch verlaufenen Nachmittag. Hannah und ihre Schwiegermutter hatten den größten Teil der Konversation bestritten, aber das war meistens so. Jan hatte sich allergrößte Mühe gegeben, seine gedrückte Stimmung zu verbergen, aber Mariannes Seitenblicke auf ihn waren Hannah nicht entgangen. Vermutlich kannte sie das...

»Hannah?« Jan stand mit einem Mal im Zimmer. »Gerrit ist am Telefon. Ich löse dich ab.«

»Kann ich nicht erst...«

»Es ist wichtig«, sagte Jan eindringlich.

»Aber nicht schummeln, Papa«, mahnte Lasse. »Ich merke, wenn du die Geschichte kürzer machst.«

»Versprochen.«

Hannah gab ihrem Sohn einen Kuss und verabschiedete sich: »Morgen früh bringe ich dich zum Kindergarten. Schlaf gut.«

»Ich habe dich heute Morgen nicht erreicht, Gerrit. Es gibt einige Neuigkeiten. Aber ich hätte mich auf jeden Fall heute noch gemeldet«, sprudelte Hannah los. »Ich bin mittlerweile ziemlich sicher, wessen Stimme auf dem Video zu hören ist, weil …«

»Hannah, wir haben eine neue Sachlage«, unterbrach Gerrit sie. Er klang außerordentlich ernst. Hannah war plötzlich beklommen zu Mute.

»Ich wollte dir eigentlich den Sonntag nicht verderben, aber wir hatten gestern Abend einen Notruf aus dem Berufskolleg Dorenkamp. Von einer Reinigungskraft.«

Aus dem Berufskolleg! Hannahs Gedanken wirbelten durcheinander. »Was ist passiert?«

»Sie hat einen Toten gefunden. Einen Schüler namens Marvin Brockbach.«

Hannah setzte sich auf das Sofa, weil ihr plötzlich schwindelig war. »Marvin«, flüsterte sie. »Das gibt es doch nicht. Das kann doch nicht…«

»Hannah, alles klar? Soll ich später noch einmal anrufen?«

»Sprich weiter!«

»Der junge Mann ist erschossen worden. Mehrere Kugeln in Bauch und Kopf aus nächster Nähe. Und es kommt noch schlimmer, Hannah. Die Obduktion hat ergeben, dass das Opfer unmittelbar vor seinem Tod Pasteten mit Kräuterfüllung und jede Menge Sekt zu sich genommen hatte.«

»Pasteten … ich verstehe nicht …«

»Von Westermann weiß ich, dass diese Pasteten zum Büffet gehörten, und Jan hat mir gerade bestätigt, dass Marvin sich vor seinen Augen davon bedient hat.«

»Und was bedeutet das?«

»Gerade kamen erste Ergebnisse aus der Rechtsmedizin rein. Deswegen rufe ich an. Unsere Experten können den Todeszeitpunkt anhand der Zersetzung der Nahrungsbestandteile ziemlich exakt auf zwölf Uhr gestern Mittag festlegen. Plus minus eine halbe Stunde. Er muss quasi noch während der Veranstaltung oder unmittelbar danach erschossen worden sein.«

»Um Himmels willen!« Hannah hielt sich erschrocken die Hand vor den Mund. »Aber … hätte man die Schüsse nicht in der Aula hören müssen?«

»Nicht wenn ein Schalldämpfer verwendet wurde. Es gibt ein weiteres Indiz: Marvins Handy, das wir in seiner Hosentasche gefunden haben. So weit die Daten bisher ausgewertet worden sind, ist das Gerät die ganze Zeit über in der Funkzelle eingeloggt gewesen, zu der die Schule gehört.«

»Gerrit, die unbekannte Stimme auf dem Video – das war vermutlich Marvin.«

Einen Augenblick lang hörte sie nichts von Gerrit. »Da passt vieles zusammen«, sagte er dann. »Zum Beispiel der Ort, an dem er ermordet wurde.«

»Wie meinst du das?«

»Er lag in dem Klassenraum, wo Franziska euch am Donnerstag bedroht hat. Es muss irgendeinen Zusammenhang zwischen den Ereignissen geben.«

»Du meinst, es war jemand aus der Klasse?«

»Besser gesagt, einer von den Party-Beteiligten. Das ist im Moment die nächstliegendste Vermutung.«

»Aber der Haupteingang der Schule war gestern während des gesamten Empfangs geöffnet. Es hätte ohne Weiteres jemand von außen in das Gebäude eindringen können.«

»Natürlich lassen wir diese Möglichkeit nicht außer acht. Wir haben heute schon Franziskas Alibi überprüft.«

»Franziska? Ihr verdächtigt sie?«

»Selbstverständlich. Ihre Waffe von Donnerstag ist zwar in Gewahrsam, aber sie hat kein lückenloses Alibi für die Tatzeit am Samstag. Angeblich ist sie mit dem Fahrrad herumgefahren, um nachzudenken. Ihr Vater und ihr Bruder schwören allerdings Stein und Bein, dass sie keinen Zugang zu weiteren Waffen hatte. Schon gar nicht zu einer Pistole mit Schalldämpfer.«

»Ich kann mir absolut nicht vorstellen, dass Franziska kaltblütig jemanden erschießt. Aber wer dann? – Leitest du die Ermittlungen, Gerrit?«

Sein kurzes Zögern entging ihr nicht. »Nein. Natürlich ist die Mordkommission in Münster zuständig.«

»Jan?«

»Bis vor wenigen Minuten dachte ich das, und es wäre mir sehr recht gewesen. Aber wenn er ebenfalls bei der Feier war, ist er ein möglicher Zeuge und kann nicht gleichzeitig ermitteln. Natalie wird den Fall dann wohl endgültig übernehmen. Sie hat Jan schon am Wochenende vertreten.«

»Also bist du raus?«

»Das nicht. Ich war gestern als erster am Tatort, und es ist üblich, dass einer der örtlichen Kollegen die Kommission verstärkt. Das werde ich wohl oder übel sein.« Er klang nicht besonders enthusiastisch, was so gar nicht Gerrits Art war, wenn es um einen großen Fall ging.

»Wie wollt ihr vorgehen?«

»Bis jetzt gibt es keinen konkreten Plan, zumal noch nicht

alle Erkenntnisse der Spurensicherung vorliegen. Aber ich gehe davon aus, dass Natalie sich meiner Meinung anschließen wird und zuerst die Schüler ins Visier nimmt, die bei der Party auf dem Schiff dabei waren. Warum sonst sollte jemand diesen Marvin umbringen?«

»Es gibt vermutlich einige Schüler, die ein plausibles Motiv hätten. Zum Beispiel seine beiden abservierten Freundinnen. Eine ist vermutlich sogar schwanger von ihm.«

»Dachte ich mir doch, dass du uns jede Menge Informationen liefern kannst.« Gerrit war offensichtlich beeindruckt. »Ich werde morgen früh in der Lagebesprechung vorschlagen, dass wir den beiden besonders auf den Zahn fühlen. – Hannah, ich wäre sehr froh, wenn du in die Schule kommen würdest. Du kennst die Schüler besser und weißt, wie sie zueinander stehen. Die Ermordung eines Mitschülers wird ein Schock für sie sein. Du könntest uns eine große Unterstützung sein.«

»Heißt das, dass ihr die Vernehmungen in der Schule durchführen wollt?«

»Allerdings. Bisher weiß niemand außer dem Schulleiter und dieser Reinigungskraft von dem Mord. Es war übrigens reiner Zufall, dass sie gestern den Klassenraum geputzt hat. Sonst wäre die Leiche vermutlich frühestens am Montag gefunden worden.«

»Meinst du, der Täter hat darauf spekuliert?«

»Nicht ausgeschlossen. Jedenfalls werden wir die Schüler aus Marvins Klasse zuerst gemeinsam informieren und dann dafür sorgen, dass sie sich nicht untereinander absprechen können.«

»Hört sich vernünftig an. Allerdings würde ich nicht darauf vertrauen, dass Westermann komplett dicht hält. Seine

Sekretärin Regine Teupker ist so ziemlich über alles im Bilde, was in der Schule vor sich geht.«

»Gut zu wissen. – Was ist jetzt, Hannah? Wirst du dabei sein?«

»Ich versuche es. Aber erst muss ich einige Dinge regeln.«

Während Hannah mit ihrer Kollegin Dorothee telefonierte, hörte sie, dass Jan die Treppe hinunterkam. Hoffentlich schlief Lasse zügig ein. Aufgewühlt wie sie war, wäre sie sicher nicht imstande, ihn zu beruhigen.

Das Telefongespräch mit Dorothee verlief ähnlich wie vor genau einer Woche. Wieder versprach ihre Kollegin, sich um Hannahs Termine in der Schulberatungsstelle zu kümmern. Außerdem bot sie an, selbst nach Rheine zu kommen, falls die Situation dies erforderlich machte. Dankbar für so viel Verständnis und Unterstützung legte Hannah auf.

Jan saß untätig am Küchentisch und starrte vor sich hin. Hannahs Magen krampfte. Sie hatte sich getäuscht. Es ging ihm keinesfalls besser als vor dem Wochenende.

»Ich muss morgen früh nach Rheine«, sagte sie und hörte die aufgesetzte Munterkeit in ihrer Stimme.

»Dachte ich mir.«

»Kannst du Lasse morgen zur Kita bringen?«

»Kein Problem.«

»Ich habe Christine angerufen. Falls ich nachmittags noch nicht zurück bin und du es nicht schaffst, wird sie Lasse abholen. Du müsstest sie nur anrufen.«

Knurren.

»Gerrit bedauert, dass du den Fall nicht übernehmen kannst«, schmückte sie die Worte seines Ex-Kollegen etwas aus.

»Ich nicht.« Er stand auf und ging ins Wohnzimmer. Einen Moment später hörte sie die unangenehme Stimme einer Reporterin, die wie jeden Sonntagabend ein neues Reiseziel vorstellte. Jan hasste diese Sendung.

Montag, 9. September

Kurz vor halb acht

Stöhnend hielt Hannah an der mindestens siebten roten Ampel an. Da die B 54 wegen eines umgekippten Lkw gesperrt war, schlug sie sich zur Ausfallstraße Richtung Greven durch. Schon jetzt war klar, dass sie es unmöglich vor acht bis zum Berufskolleg schaffen würde. Unmittelbar nach Unterrichtsbeginn sollte Vinckes Klasse informiert werden. Hoffentlich war wenigstens ihr Steinfurter Kollege pünktlich.

Die geschlossene graue Wolkendecke passte zu ihrer gedrückten Stimmung. Was würden die heutigen Vernehmungen ergeben? Gab es unter den Menschen, die sie in den vergangenen Tagen kennengelernt hatte, wirklich jemanden mit einem Mordmotiv? So sehr sie sich wünschte, dass Marvins Tod aufgeklärt wurde, so hoffte sie doch inständig, dass niemand vom Berufskolleg damit zu tun hatte.

Hinter ihr hupte es. Es war längst grün. Die Nacht war unruhig gewesen, immer wieder gestört von Jan, der sich von einer Seite auf die andere wälzte. Als sie gegen drei aufwachte, war das Bett neben ihr leer, ebenso morgens beim Klingeln des Weckers.

Ob Lasse sich wohl erinnerte, dass Hannah ihn eigentlich zur Kita hatte bringen wollen? So klein er auch war: Manchmal nahm er ihr ein nicht eingehaltenes Versprechen ziemlich krumm.

Sie streifte Mesum und ließ den Waldhügel linker Hand

liegen. Um zwanzig nach acht betrat sie die Schule. Gänge und Halle wirkten ausgestorben wie bei ihrem allerersten Besuch. Da sie keine Ahnung hatte, wo die Vernehmungen der Schüler stattfinden würden, führte ihr erster Weg sie ins Sekretariat. Westermann und Frau Teupker starrten einträchtig auf einen Bildschirm und schienen Verwaltungsprobleme zu erörtern.

Westermann sah so erbärmlich aus, als habe er nachts kein Auge zugemacht. Dabei hatten die Medien bisher nicht einmal Wind von dem Mord in seiner Schule bekommen. Laut Gerrit würde es am frühen Nachmittag eine Pressekonferenz geben, bestenfalls bereits mit der Präsentation eines Tatverdächtigen. Dem Schulleiter stand noch Einiges bevor.

Beflissen bot Westermann an, Hannah zu begleiten.

»Könnten Sie wohl das Tablett für die Herrschaften von der Polizei mitnehmen?«, drängte Frau Teupker, heute in grauer Seidenbluse, dunkler Strickjacke und doppelreihiger Perlenkette. »Den Kaffee bringe ich, sobald er durchgelaufen ist.«

Der Schulleiter schlug den schon vertrauten Weg in die oberen Stockwerke ein. Hannah öffnete ihm die Türen, da er das beladene Tablett trug. An einer Glastür zögerte sie einen Moment.

»Ist irgendetwas nicht in Ordnung?«, erkundigte er sich sofort.

»Nein, nein«, sagte sie hastig. »Ich dachte nur gerade, dies sei der Flur…«

»Ich verstehe. Nein, wir sind ein Stockwerk tiefer. Es ergab sich zufällig, dass hier mehrere Räume frei sind, weil die Klassen auf Abschlussfahrt in Berlin sind.« Er wies auf die erste Tür: »Hier sitzen Kommissar Höllmann und seine Kollegen. Im nächsten Klassenraum haben wir Vinckes Klasse vorläufig untergebracht, und die letzten beiden können für Vernehmungen genutzt werden.« Er überreichte ihr das Tablett und öffnete die Tür. »Wenn wir noch irgendetwas tun können, geben Sie mir bitte Bescheid. Ich bin in meinem Büro oder im Sekretariat.«

Der Raum wirkte überdimensioniert für die drei Personen, die an einigen zusammengeschobenen Schülertischen saßen. Gerrit wies auf den leeren Stuhl neben sich. Hannah setzte das Tablett ab und nahm Platz.

»Ich finde diese Strategie nicht zielführend, Gerrit«, sagte Natalie Weyröder und nickte Hannah zu. »Warum sollen wir nicht sofort mit den Ex-Freundinnen des Opfers anfangen? Die haben immerhin ein Motiv! Alles andere ist doch Zeitverschwendung.«

Gerrit beugte sich zu ihr vor: »Weil es Sinn macht, die beiden ein bisschen schmoren zu lassen. Da sie nicht wissen, was ihre Klassenkameraden uns derweil erzählen, könnte es gut sein, dass eine von ihnen nach einer gewissen Zeit die Nerven verliert und sich verplappert. Zum Beispiel diese Amelie. Die schien mir vorhin ziemlich durch den Wind zu sein.«

Natalie schwieg einen Moment und blies sich eine Haarsträhne, die sich aus ihrem lockeren Knoten im Nacken gelöst hatte, aus der Stirn. »Kann sein, kann aber auch nicht sein«, sagte sie dann.

»Du bist hier die Chefin«, gab Gerrit brüsk zurück. »Die Entscheidung liegt bei dir. – Schön, dass du gekommen bist, Hannah.« Er begann demonstrativ geräuschvoll, Kaffeetassen und Löffel zu verteilen.

»Eine Pistole als Mordwaffe deutet eigentlich mehr auf einen männlichen Täter hin«, warf Frank Schüttler nonchalant ein, ohne vom Bildschirm seines Laptops aufzusehen. Seit ihrem letzten Zusammentreffen vor gut einem Jahr schien Jans Kollege noch einmal etliche Kilo zugelegt zu haben. »Die ballistischen Ergebnisse sind übrigens gerade reingekommen.«

»Gerrit und ich vernehmen zuerst Nadine«, entschied Natalie. »Frank, du schaust dir in der Zwischenzeit genauer an, was die Kollegen über die Tatwaffe herausgefunden haben. Hannah, könntest du dich so lange um diese Amelie kümmern?«

»Amelie ist vor einer Viertelstunde rausgegangen. Es ging ihr anscheinend nicht besonders gut. Versuchen Sie es mal auf der Mädchentoilette.« Der Kollege von der Notfallseelsorge Steinfurt schien erleichtert, dass er Unterstützung bekam.

Es roch säuerlich in dem weiß gekachelten Raum neben dem Aufzug. Hannah ahnte, was das zu bedeuten hatte. Das Mädchen vor dem Waschbecken spülte sich gerade den Mund mit Wasser aus. Mit ihrem nachlässig gebundenen Pferdeschwanz und schlichtem blauen T-Shirt wirkte Amelie völlig verändert. Der dunkle Ansatz ihrer ansonsten blonden Haare war deutlich zu erkennen.

»Hallo«, sagte sie entgeistert und griff nach einem Papierhandtuch.

»Hallo Amelie«, antwortete Hannah so sanft wie möglich. »Geht es wieder?«

Ein zaghaftes Nicken. Die dunkle Hornbrille konnte die Ränder unter den Augen des Mädchens nicht kaschieren. Noch jemand, der in dieser Nacht schlecht geschlafen hatte!

»Dir ist häufig übel in letzter Zeit«, versuchte Hannah, ihr eine Brücke zu bauen.

»Ich bin schwanger«, bestätigte Amelie postwendend ihr

Geheimnis, das schon längst keins mehr war. Und schon rollten die Tränen. Hannah legte ihr die Hand locker auf den Arm – nur eine kleine Geste, aber vielleicht half sie.

»Ich weiß nicht, was ich machen soll«, schluchzte Amelie.

»Das kann ich mir vorstellen.«

Nach einer Weile wischte sich das Mädchen die Tränen weg. Verlaufene Wimperntusche hinterließ dunkle Schlieren auf ihren Wangen. »Dabei habe ich nicht mehr viel Zeit.«

»Wie weit sind Sie denn?«

»Mitte des dritten Monats. Nur noch ein paar Tage, bis ich mich entschieden haben muss.«

»Sie denken über eine Abtreibung nach?«

Ein stummes Nicken.

»Weil Sie das Kind nun allein erziehen müssten? Es ist doch von Marvin, oder?«

»Ja. Er ist – war – der Vater. Aber ich hätte ohnehin allein dagestanden. Er wollte es nicht haben.«

»Hat er Sie zur Abtreibung gedrängt?«

»Das nicht. Aber er hat mir unmissverständlich klar gemacht, dass er nichts mit dem Kind zu tun haben will und ich in den nächsten zehn Jahren nicht mit Unterhaltszahlungen rechnen könnte.«

Hannah überlegte fieberhaft, was sie sagen konnte, um dem Mädchen Mut zu machen. Dass das Jugendamt Unterhaltsvorschuss leisten würde, war im Moment nicht vordringlich. Sie musste sich auf ihre Intuition verlassen.

»Wer könnte Sie ansonsten unterstützen? Ihre Eltern vielleicht?«

Amelie starrte in den Spiegel. »Sie wissen noch nichts. Ich weiß es ja selbst erst seit Samstag. Bis zur Segelfahrt habe ich erfolgreich ausgeblendet, dass meine Regel schon zweimal ausgeblieben war. Erst als ich auf dem Kahn Tag und

Nacht gekotzt habe, konnte ich es nicht mehr verdrängen. Der Schwangerschaftstest war eindeutig.«

»Und wenn Sie nun mit Ihren Eltern reden würden? Ich unterstütze Sie gerne dabei, wenn Sie möchten.«

»Die beiden sind eigentlich ganz okay. Sie wären geschockt, aber sie würden mich nicht hängenlassen. Das ist nicht das Problem«, erwiderte Amelie und begann, sich mit einem angefeuchteten Papierhandtuch die verlaufene Wimperntusche aus dem Gesicht zu tupfen.

»Sondern?«

»Ich muss mich entscheiden, ob ich ein Kind von einem Ungeheuer haben will.«

Schüttler hielt im Besprechungsraum allein die Stellung. Als er Hannah sah, klickte er ungerührt eine Seite weg – bestimmt nicht die mit den Ergebnissen der Spurensicherung.

Frau Teupker hatte inzwischen Kaffee gebracht. Hannah goss sich ein und gab Milch aus einem zierlichen Porzellankännchen hinzu.

Nach einem längeren Gespräch hatte sie Amelie zum Klassenraum begleitet. Auf den ersten Blick schienen nur wenige Schüler anwesend zu sein. Miguel hatte sie kurz angelächelt, Ann-Kathrin war im Gespräch mit dem Steinfurter Kollegen, einige andere, an deren Namen sie sich nicht erinnerte, starrten vor sich hin oder lasen. So auch Jonathan.

»Habt ihr überprüft, was mit den Schülern ist, die heute fehlen?«, schreckte sie Schüttler auf, der offensichtlich schon wieder berufsfremden Tätigkeiten nachging. »Zum Beispiel Lennart?«

»Hat sich abgemeldet, weil er beim Arzt ist. Besser gesagt beim Psychiater, weil ihn die Sache auf dem Schiff ziemlich aus der Bahn geworfen hat. Wir haben ihn übrigens gestern schon in die Mangel genommen, weil Gerrit meinte, er habe eventuell ein Motiv. Hat irgendetwas mit diesem Video zu tun, in dem der Junge eine Hauptrolle spielt. Jedenfalls hat er für die Tatzeit am Samstag ein Alibi. Er war mit seiner Freundin zusammen im Ferienhaus seiner Eltern. Was natürlich nicht viel heißt, wenn die Freundin sehr an ihm hängt.«

Gerrit kam zurück und nahm sich Kaffee. »Hast du mit Amelie gesprochen?«

»Habe ich. Sie möchte, dass ich bei ihrer Vernehmung dabei bin. Geht das?«

»Ich denke schon. Sie ist volljährig und kann sich ihren Beistand selbst aussuchen. – Mensch, wo bleibt Natalie denn? Sie wollte doch nur kurz verschwinden.«

»Sag mal …?« Hannah schnupperte übertrieben.

Gerrit räusperte sich sichtlich verlegen. »Ja, ja, ich habe geraucht. Schimpf nicht mit mir.«

»Ich dachte, darüber wärst du längst weg.«

»Im Prinzip ja. Aber in Stresssituationen brauche ich das manchmal. – Na endlich!«

Natalie betrat schwungvoll den Raum und griff wie ferngesteuert zur Kaffeekanne. Milch und Zucker blieben unberührt. Erst jetzt fiel Hannah auf, dass Jans Kollegin abgenommen hatte. Fast schon ein bisschen zu viel.

»Okay, lass uns kurz zusammenfassen, was wir von Nadine erfahren haben. Gerrit?«

»Motiv: fraglich. Sie gehört zu Marvins Verflossenen, scheint damit aber kein großes Problem zu haben. Es sei nur eine Bettgeschichte gewesen, und Marvin habe nun mal bekanntermaßen ein großes Bedürfnis nach Abwechslung.«

»Ich habe ihr das nicht ganz abgenommen. Ihre Gleichgültigkeit kann vorgetäuscht sein.«

»Sie behauptet jedenfalls, am Samstag die ganze Zeit über

in der Aula gewesen zu sein. Das müssen wir natürlich anhand der Aussagen ihrer Mitschüler überprüfen. Danach sei sie in die Stadt gefahren und habe in diversen Boutiquen nach Winterklamotten gestöbert.«

»Allzu helle scheint sie nicht zu sein, denn meine Frage nach Verwandten oder Freunden in Schützenvereinen oder Schießclubs konnte sie nicht einordnen«, fügte Natalie hinzu. »War also doch ein cleverer Schachzug, die Todesursache erst mal nicht bekannt zu geben.« Bei diesen Worten schaute sie grimmig in Richtung Gerrit, der eine abwiegelnde Handbewegung machte. Anscheinend hatte es auch um diese Frage Meinungsverschiedenheiten zwischen den beiden gegeben.

»Nur dass das Kaliber der Tatwaffe in Deutschland nicht gerade üblich ist. Jedenfalls nicht in Schützenvereinen. Sagt unsere Spusi«, warf Schüttler lakonisch ein.

»Nadine hat uns übrigens ihre Klassenkameradin Amelie dringend als Verdächtige ans Herz gelegt, weil sie von Marvin schwanger sei«, ergänzte Natalie.

»Habt ihr sie gefragt, ob Marvin bei Maybritts Tod auf der Undine dabei war?«, fragte Hannah.

»Das hat sie ausdrücklich bestätigt. Er habe von Anfang an vorgehabt, dieses Video zu drehen, um es bei YouTube und in den sozialen Netzwerken einzustellen. Die ganze Sache war minutiös vorbereitet. Lennart hatte von Marvin die Order bekommen, in den Tagen vor der Fahrt besonders nett zu Maybritt zu sein, und die anderen waren angewiesen, sie in der Zeit in Ruhe zu lassen – alles natürlich, damit sie nicht in letzter Sekunde wieder abspringt.«

»Was für ein perfider Plan!«, sagte Hannah entgeistert. »Dass Marvin bei der Party dabei war, haben uns am Donnerstag alle verschwiegen.«

»Er hatte die ganze Klasse unter Kontrolle«, warf Gerrit düster ein. »Niemand hat ein Sterbenswörtchen verlauten lassen. Die müssen unendliche Angst vor ihm gehabt haben.«

»Was unsere Annahme bestärkt, dass sein Mörder unter den Mitschülern zu finden ist«, schlussfolgerte Natalie.

Gerrit zuckte die Achseln. »Wenn du meinst ... Ich würde meine Hand nicht dafür ins Feuer legen.«

Natalie setzte durch, dass Gerrit und Frank Schüttler als nächstes Miguel und Karsten vernehmen sollten, während sie selbst sich mit den Ergebnissen der Spurensicherung befassen würde.

Als die beiden Männer den Raum verlassen hatten, seufzte Natalie: »Warum behandelt er mich so? Was habe ich ihm getan?«

Hannah war sofort klar, auf wen sie anspielte. »Ich dachte immer, Gerrit und du kämt ganz gut miteinander klar.«

»Das dachte ich anfangs auch. Aber in letzter Zeit hat er nur noch auf mir herumgehackt. Ich war beinahe froh, als er sich hat versetzen lassen, weil ich seine herablassende Art nicht mehr ertragen konnte. Aber dass er nun nicht einmal zu meiner Hochzeit kommt ... Immerhin haben wir Jahre zusammengearbeitet.«

»Er ist auf irgendeiner Tour mit seinen Kumpeln.«

»Das ist doch eine blöde Ausrede!«, fauchte Natalie.

»Apropos Hochzeit«, versuchte Hannah, sie abzulenken. »Du bist schmal geworden. Fastest du fürs Hochzeitskleid?«

»Absolut nicht. Ich nehme einfach so immer weiter ab. Meine Schneiderin ist völlig verzweifelt, weil sie das Kleid schon zweimal enger machen musste. Dabei sind es noch ein paar Wochen hin.«

»Das ist bestimmt der ganze Stress wegen der Vorbereitung.«

»Kann sein.«

»Was ist los?«

Natalie schüttelte bedrückt den Kopf. »Ich weiß nicht… Holger und ich sind seit einer Ewigkeit zusammen. Seit ich fünfzehn und er achtzehn war. Und immer stand für alle fest, dass wir eines Tages heiraten. Gesprochen haben wir nie darüber.«

»Hast du Zweifel?«

»Ich weiß es nicht. Wahrscheinlich werde ich zu den Bräuten gehören, die am Morgen der Hochzeit Rotz und Wasser heulen.« Natalies Lächeln wirkte aufgesetzt.

Hannah war erschrocken. Das klang doch sehr nach Angst vor einer falschen Entscheidung.

»Nun sag bloß, du hattest dieses Gefühl am Tag deiner Hochzeit nicht«, hakte Natalie nach, als Hannah schwieg.

»Nein. Absolut nicht. Hört sich kitschig an, aber ich habe auf einer Wolke geschwebt. Rosarot.«

Natalie starrte sie an. »Habt ihr nie Krisen in eurer Ehe?«

»Doch … schon. Ich bin nicht mal sicher, wie wir die momentane überstehen sollen.«

Gegen halb zehn

Hannah trank ihren Kaffee in kleinen Schlucken. Im Moment hatte sie nichts Konkretes zu tun, bis Amelies Vernehmung an der Reihe war. Natalie hatte sich in die Untersuchungsergebnisse zur Tatwaffe vertieft und machte sich stirnrunzelnd Notizen.

Der Klassenraum, der für die Team-Besprechungen genutzt wurde, war ähnlich geschnitten wie der, in dem Marvin vor zwei Tagen ermordet worden war. Allerdings hing ein Geburtstagskalender an der Wand – die Daten waren mit niedlichen Babyfotos markiert. Bunte Plakate mit witzigen Sprüchen ergänzten die Dekoration. Hier war offensichtlich eine Klasse zu Hause, die sich miteinander wohlfühlte und das auch zum Ausdruck brachte.

Als ein schrilles Klingeln die erste große Pause ankündigte, ging Hannah zum Fenster. Der Schulhof war bereits gut gefüllt mit Schülerinnen und Schülern – zumeist in leichter Sommerkleidung. Der Anblick von Spaghettiträger-Hemdchen, kniekurzen Hosen, Hotpants und bauchfreien Shirts ließ Hannah angesichts der kühlen Temperaturen frösteln. Jedermann war heutzutage permanent mit seinem Smartphone beschäftigt, aber die Prognosen der Wetter-Apps schien niemand zu beachten.

»Ach, das ist ja interessant!« Natalie klopfte mit dem Zeigefinger auf das Gehäuse des Laptops. »Die Tatwaffe ist in Rumänien registriert und schon einmal bei einem Überfall auf einen Supermarkt in Iserlohn verwendet worden.«

»Wie kommt denn so eine Pistole in die Hände eines Schülers an einem Berufskolleg in Rheine?«

»Keine Ahnung. Vielleicht hat Gerrit recht, und wir haben uns zu früh festgelegt«, gab Natalie zähneknirschend zu. »Vielleicht war Marvin in Drogengeschäfte verwickelt und hat sich am Samstag mit einem Dealer getroffen – oder einem potenziellen Kunden. Zutrauen würde ich ihm mittlerweile alles.«

»Hier in der Schule? Während Hunderte von Gästen in der Aula Schnittchen essen? Warum sollte er das Risiko eingehen? Solche Geschäfte finden doch eher an abgelegenen Orten statt, oder etwa nicht?«

»Allerdings«, gab Natalie zu. »Der Klassenraum als Tatort muss eine bestimmte Bedeutung haben. Aber die Waffe ist mir trotzdem ein Rätsel.«

Schüttler und Gerrit platzten geräuschvoll in ihre Überlegungen. Die Vernehmungen schienen nicht sehr lange gedauert zu haben. Schüttler schrammte mit den Stuhlbeinen über den Boden und setzte sich breitbeinig an den Tisch.

Während Gerrit nach dem Laptop griff, legte Schüttler sofort los. »Karsten hat zugegeben, dass er die Aula nach dem Ende des Festakts einmal kurz verlassen hat, um vor dem Haupteingang eine Zigarette zu rauchen. Er hat mir die Namen von einigen Leuten genannt, die das bestätigen können.«

Hannah erinnerte sich plötzlich, dass der ziemlich übergewichtige Schüler sich einen Teller mit Häppchen vollgepackt und Miguel die Betreuung des Büffets überlassen hatte.

»Wo er aber vorher oder nachher war und wie lange er überhaupt unterwegs war, weiß vermutlich niemand«, schlussfolgerte Natalie. »Den müssen wir auf jeden Fall im Auge behalten. Allerdings ist bisher kein plausibles Motiv aufgetaucht. Wie ist es bei dir gelaufen, Gerrit?«

Gerrit schaute kurz auf. »Miguel behauptet, die ganze Zeit über am Büffet gewesen zu sein. Danach habe er beim Aufräumen in der Aula geholfen.« Während er redete, tippte er hektisch weiter. »Anschließend ist er gemeinsam mit Karsten per Bus zum Bahnhof, dort umgestiegen und nach Dreierwalde gefahren, wo er wohnt. Also ein wasserdichtes Alibi, das wir allerdings noch mit den Aussagen der anderen abgleichen müssen. Außerdem sehe ich auch bei ihm kein wirkliches Motiv.« Gerrits letzte Worte waren beiläufig genuschelt. Seine Aufmerksamkeit galt dem Bildschirm.

»Er hat portugiesische Wurzeln, ist klein und schmächtig

– hätte sich als nächstes Mobbing-Opfer für Marvin also bestens geeignet«, widersprach ihm Natalie beinahe routinemäßig.

Gerrit quittierte ihre Worte mit einem abschätzigen Lächeln. »Das Beste kommt erst noch.«

»Nämlich?«

»Miguel hat ausgesagt, dass Marvin gegen Ende der Veranstaltung einen Telefonanruf bekommen hat, aus dem er ein ziemliches Geheimnis gemacht hat. Es hätte nach einer Verabredung geklungen, die ihm äußerst willkommen schien. Unmittelbar danach ist er gegangen. – Verflixt noch mal, wo ist denn der Nachweis über Marvins Handykontakte geblieben?«

»Da kannst du lange suchen«, setzte Natalie süffisant hinzu. »Das Handy war gesperrt, und gestern war bekanntlich Sonntag. An die PIN konnten wir erst heute Morgen kommen. Wenn wir Glück haben, wissen wir im Laufe des Vormittags mehr.«

»Verdammt! Das könnte die entscheidende Spur sein. Anscheinend hat jemand Marvin mit dem Anruf an den Tatort gelockt. Womöglich hat er sich in dem Moment mit seinem Mörder verabredet.«

Telefonanruf … Marvin … Verabredung … Hannah war sicher, dass sie das alles schon einmal gehört hatte. »Jan hat diesen Anruf mitbekommen«, warf sie ein. »Er meinte allerdings, der Anruf sei wahrscheinlich vorgetäuscht gewesen.«

Drei Augenpaare starrten sie an. »Jan hat das Gespräch mitgehört?«, fragte Natalie ungläubig.

»Das wäre wohl zu viel gesagt. Er hat sich in der Nähe des Büffets herumgetrieben – auf meine Bitte hin«, beeilte sie sich zu erklären. »Die Schüler kannten ihn ja nicht, und ich dachte, ich könnte so etwas über die Stimme auf dem Video erfahren.«

»Und wie kam er darauf, dass der Anruf ein Fake gewesen sein könnte?«

»Daran kann ich mich nicht genau erinnern. Er hatte jedenfalls den Eindruck, dass Marvin sich damit seine schwangere Freundin Amelie vom Hals halten wollte.«

»Trotzdem könnte das eine heiße Spur sein«, ließ Gerrit sich nicht beirren und fingerte sein Handy aus der Hosentasche.

»Ach! Du glaubst also, der Täter hat von seinem eigenen Anschluss oder Handy aus angerufen und Marvins Handy dann für uns netterweise am Tatort liegen lassen? So blöd kann doch niemand sein!«, empörte sich Natalie.

»In der Aufregung vergessen mitzunehmen oder was weiß ich? Wäre doch denkbar! Wir könnten Jan fragen, ob er sich erinnert, was Marvin genau gesagt hat.« Gerrit drückte auf einen Namen im Speicher seines Handys und meldete sich kurz darauf. Er fragte nach Jan, hörte einen Moment zu, bedankte sich und drückte das Gespräch weg.

»Was ist?«, fragte Natalie ungeduldig.

Mit einem raschen Seitenblick auf Hannah sagte Gerrit: »Jan ist heute Morgen nicht zum Dienst erschienen. Er hat sich wegen Krankheit entschuldigt.«

Nicht zum Dienst erschienen! Etwa wegen seines Rückens? Und wo war er überhaupt? Hannah starrte auf ihr Smartphone: keine Nachrichten für sie. Hastig probierte sie Jans Handynummer, aber er meldete sich nicht.

Und was war mit Lasse? Hatte Jan ihn zur Kita gebracht? Sollte sie dort anrufen? Oder machte sie sich damit lächerlich?

Sie war zum Telefonieren auf den Flur gegangen, während Natalie ihre Kollegen über die Tatwaffe informierte. Die

Schülermassen strömten mittlerweile gemächlich zurück ins Gebäude – das Ende der Pause schien nahe zu sein.

Sie holte tief Luft und wählte die Nummer der Kindertagesstätte in Gievenbeck. »Könnte ich jemanden aus der Maikäfer-Gruppe sprechen?«

Es klickte in der Leitung, und die Gruppenleiterin meldete sich. »Frau Schmielink, was gibt es?«, fragte sie leicht außer Atem und wie immer etwas kurz angebunden.

»Ich wollte nur sichergehen, ob mein Mann Ihnen heute Morgen gesagt hat ...« Sie ließ eine kleine Pause.

»Keine Sorge: Hat er! Falls es keiner von Ihnen beiden rechtzeitig schafft, Lasse abzuholen, kommt Frau Vanhuyven gegen drei. Ist alles angekommen bei uns. Lasse scheint die Woche bei seinen Großeltern übrigens gut getan zu haben. Er unterhält uns schon den ganzen Morgen mit Geschichten von Opa Ernst und Oma Marianne.«

Kolossal erleichtert beendete Hannah das Gespräch. Wenigstens mit Lasse war alles in Ordnung. Und die Sache mit Jan würde sich irgendwie klären…

Im Besprechungsraum herrschte angespannte Stille.

»Ich habe ihn nicht erreichen können«, sagte Hannah möglichst gleichmütig. »Vermutlich sitzt er beim Orthopäden im Wartezimmer und hat sein Handy ausgeschaltet. Ich versuche es nachher noch mal.«

Natalie räusperte sich. »Na gut. Auf den Verbindungsnachweis über Marvins Handygespräche müssen wir ebenfalls noch warten. Dann machen wir wie ursprünglich geplant mit der Vernehmung von Amelie weiter. Immerhin ist sie diejenige mit dem greifbarsten Motiv. Ich schlage vor, dass ich das übernehme. Hannah wird auf Wunsch des Mädchens dabei sein. Ihr beide könntet euch um die anderen aus der Klasse kümmern. Überprüft auf jeden Fall, ob die bisherigen Aussagen bestätigt werden oder ob es Widersprüche gibt.«

Als Amelie sich setzte, nahm Hannah einen schwachen Geruch nach Erbrochenem wahr. Natalie stellte sich noch einmal vor und plauderte ein wenig, um dem Mädchen die Befangenheit zu nehmen.

»Amelie, Sie sind oder besser gesagt waren Marvins Freundin. Würden Sie uns verraten, wie Sie sich kennengelernt haben?«

Sofort standen dem Mädchen Tränen in den Augen, aber sie begann zu reden. »Ich fand ihn schon länger ziemlich toll, obwohl ich nie mit ihm zu tun hatte. Begegnet sind wir uns zum ersten Mal im Mai – auf einer Party. Unsere Klassenlehrerin hatte das Treffen organisiert, weil meine und Marvins Klasse in diesem Schuljahr zusammengelegt werden sollten. Ich dachte, er wäre noch mit Nadine zusammen, aber an dem Abend hat er sie gar nicht beachtet.«

»Er hatte nur Augen für Sie.«

»Ja«, flüsterte sie. »Es kam mir wie ein Traum vor. Er hat mir etwas zu trinken geholt, sich neben mich gesetzt und mit mir geredet. Ich konnte es kaum glauben, weil ich so unscheinbar bin, gar nicht sein Typ, aber das schien ihn nicht zu kümmern. Ich war total happy.«

»Hat er Ihnen vorgeschlagen, sich die Haare blond zu färben?«, fragte Hannah. Mit einem kurzen Seitenblick auf Natalie vergewisserte sie sich, dass ihre Einmischung in Ordnung war.

»Ja, das war seine Idee. Er fand, ich könnte mehr aus mir machen. Ich habe mir dann auch andere Klamotten gekauft. Ein ganz neuer Stil, viel gewagter. Am Ende sah ich aus wie alle seine Freundinnen«, schniefte sie.

»Und irgendwann wollte er nichts mehr von Ihnen wissen«, sagte Natalie.

Das Mädchen nickte. »Es deutete sich schon vor der Fahrt

nach Holland an, aber ich habe es nicht wahrhaben wollen. Dabei hätte ich es mir denken können. Seine Beziehungen hielten nie länger als ein paar Wochen.«

»Nur dass Sie im Gegensatz zu seinen anderen Freundinnen schwanger wurden.«

»Woher wissen Sie ...« Amelies Blick ging zu Hannah.

»Eine Ihrer Mitschülerinnen hat das ausgesagt«, betonte Natalie.

»Ja, es stimmt.« Amelies linke Hand legte sich auf ihren Bauch. »Aber er wollte es nicht haben.«

Sie begann heftig zu weinen. Natalie reichte ihr ein Papiertaschentuch und ließ sie eine Weile in Ruhe. »Amelie«, sagte sie dann überraschend energisch »Haben Sie das Video von Maybritts letzten Minuten aufgenommen?«

Das Mädchen zuckte zusammen und schluckte: »Ja, das stimmt. Marvin hat mich dazu gezwungen.« Amelies rechte Hand ballte sich zur Faust. »Es war widerlich.«

»Wieso hat er nicht dafür gesorgt, dass Sie das Video löschen? Es war doch ziemlich belastend für ihn.«

»Weil ich ihn belogen habe. Als die Riesenwelle das Schiff traf, bin ich auf das Handy gefallen. Nachdem ich mich aufgerappelt hatte, habe ich es sofort in meine Regenjacke gesteckt. Später habe ich es ausprobiert: Es war völlig intakt. Als wir am nächsten Morgen in Harlingen auf die Vernehmungen durch die Kripo warteten, hat Marvin mich gelöchert, wo das Handy geblieben sei. Ich habe ihn belogen, ohne in dem Moment zu wissen, warum.«

Amelies Hände strichen über den Tisch. »Das verschwundene Handy machte ihn offensichtlich ziemlich nervös. Er beschwor uns, ihn aus der Sache rauszulassen, falls der Skipper doch etwas von unserer Party mitbekommen hatte. Erst allmählich begriff ich, wie gefährlich ihm das Video werden konnte.«

»Sie hatten damit etwas gegen ihn in der Hand.«

»Genau.«

»Und Sie haben beschlossen, es uns anonym zuzuschicken.«

»Jemand musste doch etwas unternehmen! Er hätte sich sonst ein neues Opfer ausgesucht und traktiert. Er hat uns alle immer tiefer in den Sumpf gezogen.«

»Wie meinen Sie das?«

»Zum Beispiel Lennart. Ohne Marvin wäre er immer noch ein netter, hilfsbereiter Mitschüler, von dem man jeden Gefallen haben kann. Marvin hat Lennart quasi zu seiner rechten Hand in der Klasse gemacht. Wenn er mal wieder zu spät zum Unterricht kam oder gar nicht, musste Lennart ihn ständig per Whatsapp auf dem Laufenden halten. Als Marvin ihn zu diesem perversen Rollenspiel mit Maybritt verdonnerte, hätte Lennart nie gewagt, nein zu sagen. Jetzt ist er total neben der Spur, weil er glaubt, er habe ein Menschenleben auf dem Gewissen. Das hat alles Marvin zu verantworten.«

Hannah war entgeistert. Wenn das stimmte, hatte Lennart sich bei ihrem ersten Besuch in der Klasse keineswegs unterm Tisch mit Online-Spielchen vergnügt, sondern Marvin über ihr unvorhergesehenes Erscheinen informiert.

»Jemand musste ihn doch stoppen«, flüsterte Amelie und schaute Hannah flehentlich an.

»Aber Sie konnten nicht sicher sein, dass wir herausbekommen würden, wessen Stimme das im Hintergrund ist. Sie wussten nicht mal, ob das Video überhaupt an der richtigen Stelle bei der Kripo gelandet war. Wenn nicht, dann wäre alles so weitergegangen wie bisher.«

Hannah war erschrocken über Natalies plötzlich scharfen Ton.

»Schauen Sie mich an, Amelie!«, befahl Jans Kollegin. Zögerlich hob das Mädchen den Kopf.

»Sie waren zutiefst gekränkt, dass Marvin Sie hat fallen lassen.«

»Was … was wollen Sie damit sagen?«, stammelte Amelie mit weit aufgerissenen Augen.

»Wann haben Sie sich gesagt, dass die Sache mit dem Video nicht ausreicht, Amelie?«

»Ich verstehe nicht …«

»Doch! Sie verstehen mich ganz gut. Sie haben sich eine Pistole besorgt. Mit einem Schalldämpfer. Und beschlossen, Marvin endgültig loszuwerden.«

»Nein! Das ist nicht wahr.«

»Ich kann es verstehen, Amelie. Wirklich! Sie sind schwanger und völlig auf sich allein gestellt. Ihre Zukunft ist gelaufen, während Marvin keinerlei Verantwortung übernehmen wollte.«

»Das sehen Sie ganz falsch!«, sagte Amelie mit erhobener Stimme. »Es steht noch gar nicht fest, ob ich das Kind bekomme. Frau Schmielink will mir einen Termin in einer Beratungsstelle besorgen. Für eine Abtreibung ist es noch nicht zu spät.«

Natalies Blick streifte Hannah.

»Und wie sollte ich an eine Waffe gekommen sein? Ich habe noch nie ein echtes Gewehr oder eine Pistole aus der Nähe gesehen. Wenn Sie wissen wollen, wer in unserer Klasse eine Pistole besitzt, dann sollten Sie Jonathan unter die Lupe nehmen.«

»Jonathan?«, entfuhr es Hannah völlig verblüfft.

»Ja, Jonathan.«

»Wie kommen Sie auf ihn?«, fragte Natalie.

»Er hat vor einiger Zeit im Politikunterricht davon gefaselt, wie leicht es ist, sich eine Waffe im Darknet zu besorgen.«

»Im Darknet?«

»Genau. Wir haben über den Amokläufer von München und allgemein über Gewalt diskutiert. Die meisten konnten bis dahin mit dem Begriff Darknet überhaupt nichts anfangen. Ich übrigens auch nicht. Aber Jonathan wusste alles darüber. Wie leicht man mit einem Passwort reinkommt und welche gruseligen Dinge man sich da besorgen kann: Lampenschirme aus Menschenhaut und so etwas. Paula war ziemlich schockiert. Jedenfalls hat er behauptet, innerhalb von wenigen Tagen eine Waffe auftreiben zu können. Und ehrlich gesagt war er sehr überzeugend.«

Zehn Minuten später

»Was weißt du über diesen Jonathan?«

Die drei Kripobeamten hingen an Hannahs Lippen. Sie fühlte sich äußerst unbehaglich. »Ein Nerd-Typ: schmächtig, gebeugte Haltung, ungesunde Gesichtsfarbe. Seit kurzem Dialysepatient. Hatte öfter Probleme mit seinem Urinbeutel, was ihm den Spott einiger Mitschüler einbrachte. Übrigens auch am letzten Donnerstag. Franziska hat ihm nach einigem Hin und Her erlaubt, zur Toilette zu gehen, bevor der Beutel platzen konnte.«

»Ich kann mich nicht an einen Jonathan erinnern. Habe ich den übersehen?«, warf Gerrit ein.

»Er ist nicht in den Klassenraum zurückgekehrt. Einige von seinen Mitschülern vermuten, dass er derjenige war, der die Polizei informiert hat. Angeblich hat Marvin deswegen am Samstag in der Aula von einer Abreibung für Jonathan gesprochen. – Das weiß ich alles von Jan.«

»Apropos Jan. Hast du noch mal versucht, ihn zu erreichen?«

»Er meldet sich immer noch nicht.« Das Grummeln in ihrem Magen war schlimmer geworden, aber das musste sie Gerrit und den anderen nicht auf die Nase binden. Vielleicht war die Praxis überfüllt, oder Jan musste auf irgendwelche Untersuchungsergebnisse warten.

»Möglicherweise stand Jonathan auf Marvins Opfer-Liste ganz oben, und er ahnte das«, gab Schüttler zu Protokoll. Er knibbelte seit mehreren Minuten ungeniert an seinen Fingernagelhäutchen.

Natalie holte tief Luft. »Gehen wir mal von einer Waffe aus dem Darknet aus. Klingt im ersten Moment abwegig, passt aber zu den Erkenntnissen der Ballistiker, dass die Pistole aus Osteuropa stammt und schon einmal bei einem Überfall benutzt wurde. Damit hätten wir eine völlig andere Sachlage als am letzten Donnerstag: Franziskas Waffe war bis dato nie bei einer Straftat benutzt worden, weil sie einem unbescholtenen Sportschützen gehört.«

Natalie zog die Kaffeekanne zu sich heran, die aber offensichtlich leer war. Die Enttäuschung darüber spiegelte sich in ihrem Gesicht. »Irgendwie passt das aber alles nicht zusammen. Wenn Jonathan am Donnerstag den Klassenraum bereits verlassen hatte, als Lennart ausgepackt hat, konnte er überhaupt nicht wissen, dass die Gruppe um Marvin etwas mit Maybritts Tod zu tun hatte.«

»Es sei denn, jemand hat ihm das gesteckt«, warf Gerrit ein.

Hannah wiegelte ab. »Kann ich mir nicht vorstellen. Er ist

offenbar ein ziemlicher Einzelgänger. Am PC soll er aber genial sein, habe ich von seinem Klassenlehrer gehört.«

»Was wiederum sehr gut ins Bild passen würde«, meinte Gerrit. »Um ins Darknet reinzukommen, muss man sich im Netz schon sehr gut auskennen. Ich bin nicht sicher, ob mir das auf Anhieb gelingen würde.«

Schüttler hatte die Beschäftigung an seinen Nägeln offensichtlich beendet und beugte sich ein wenig vor. »Nach allem, was ich über das Darknet weiß, ist es so gut wie ausgeschlossen, innerhalb von zwei Tagen eine Knarre aufzutreiben. Man muss erst mal den Kontakt aufbauen, dann muss ein Treffen mit dem Verkäufer zustande kommen, ganz abgesehen davon, dass man eine gehörige Summe Geld braucht. Bestimmt mehrere Tausend Euro. Von Donnerstag bis Samstag kann Jonathan das alles unmöglich geschafft haben.«

Nach diesem für ihn ungewöhnlichen Wortschwall lehnte Schüttler sich wieder zurück, holte einen Zahnstocher aus seinem Portemonnaie und widmete sich der Pflege seiner Zähne.

»Mir ist gerade noch etwas eingefallen«, sagte Hannah. »Jonathan hat schon vor Ende des Festakts die Aula verlassen, ein paar Minuten nachdem Jan und ich eingetroffen waren. Und er hatte definitiv einen Rucksack dabei. Ich wollte unbedingt noch mit ihm reden, aber ich habe ihn danach nicht mehr gesehen, obwohl die Klasse Anwesenheitspflicht bis ein Uhr hatte.«

Natalie nickte. »Bingo! Er hatte also Zeit und Gelegenheit, sich mit Marvin zu verabreden. Wenn es diesen Anruf denn wirklich gegeben hat.« Dann bestimmte sie: »Wir müssen den Jungen in die Mangel nehmen. Gerrit und ich machen das. Hannah begleitet uns, wenn Jonathan nichts dagegen hat. Du kennst ihn am besten von uns. Frank, du kümmerst dich um Marvins Handyverbindungen. Und versuch mal, der Sekretärin eine Kanne frischen Kaffee abzuluchsen.«

Niemand erhob Widerspruch. Hannah nahm ihre Tasche von der Stuhllehne und wandte sich zum Gehen. Gerrit stand an der Tür. Sein Gesichtsausdruck kam ihr ziemlich seltsam vor. Als sie sah, wohin er schaute, ahnte sie schlagartig, was in ihm vorging. Sie hätte schon längst darauf kommen können!

Zwei Türen weiter

»Wir haben uns bisher gar nicht kennengelernt«, eröffnete Gerrit das Gespräch in freundlichem Tonfall. Sie hatten sich darauf geeinigt, dass er die Vernehmung durchführen sollte. Natalie und Hannah würden sich weitgehend zurückhalten.

Jonathan schien einen Moment lang irritiert zu sein. Mit gekrümmtem Rücken saß er Gerrit sichtlich angespannt gegenüber. Hannah und Natalie hatten rechts und links von ihm Platz genommen.

»Ich rede von Donnerstag, als Maybritts Freundin Franziska Ihre Klasse mit einer Pistole bedroht hat«, erklärte Gerrit. »Ich war anschließend dort.«

»Äh … da war ich wohl schon nicht mehr da. Ich musste dringend raus.«

»Davon habe ich gehört. Sehr rücksichtsvoll von Franziska, Sie gehen zu lassen. Sie sind nicht zurückgekehrt, obwohl Franziska Sie doch eindringlich dazu aufgefordert hatte. Hatten Sie Angst vor der Verrückten mit Pistole?«

Jonathan biss sich auf die Unterlippe. »Ich … äh … auf dem Flur … direkt vor der Tür ist mein Urinbeutel geplatzt. Das ist wirklich sehr unangenehm …«

»Mehr als das, kann ich mir vorstellen. Sie haben sich also entschlossen zu gehen.«

»Ja.« Jonathan atmete durch. Mit so viel Verständnis hatte er anscheinend nicht gerechnet.

»Wie sind Sie nach Hause gekommen?«

»Ich bin gelaufen.«

»Wo wohnen Sie?«

»In Hauenhorst.«

»Das ist eine ganz schöne Strecke.«

»Ja, schien mir aber die beste Lösung zu sein. Ich habe das schon früher mal gemacht. Es gibt ein paar Schleichwege durch die Bauerschaft. Da begegnet man um die Tageszeit niemandem.«

»Aber eins verstehe ich trotzdem nicht ganz, Jonathan.« Gerrit beugte sich plötzlich vor. »Immerhin wurden Ihre Mitschüler und Frau Schmielink mit einer Waffe bedroht, und keiner konnte wissen, wie die Sache ausgehen würde. Aber Sie sind einfach seelenruhig nach Hause gegangen. Warum haben Sie nicht den Schulleiter oder die Polizei verständigt, was in Ihrem Klassenraum vor sich ging?«

»Ich habe kurz daran gedacht, den Gedanken aber verworfen.«

»Weil …?«

»Ich habe nicht geglaubt, dass etwas Schlimmes passieren könnte.«

»Sie haben es nicht geglaubt?« Gerrits Stimme hatte einen leicht spöttischen Unterton.

»Nein. Ich war ein Jahr lang mit Franziska zusammen in einer Klasse. Sie ist nicht fähig, auf Menschen zu schießen. Sie konnte sich nur einfach nicht damit abfinden, dass Maybritts Tod ein ganz banaler Unfall war. Stattdessen hatte sie sich in den Gedanken hineingesteigert, es müsse etwas anderes dahinterstecken. Wie gesagt: Ich war sicher, dass niemand zu Schaden kommen würde.«

Hannah registrierte, dass Jonathan sich zurückgelehnt und die Beine ausgestreckt hatte. Er sah nun beinahe entspannt aus. Natalie war mit ihren Notizen beschäftigt und schien davon nichts mitzubekommen.

»Und Sie haben ungerührt daheim gesessen und sich nicht dafür interessiert, wie die Situation sich weiterentwickelte?«

»Doch. Ich habe online nachgeschaut, sogar in den sozialen Netzwerken. Aber dann kam auch schon der Anruf aus dem Sekretariat.«

»Welcher Anruf?«

»Dass die Schule am Freitag für unsere Klasse ausfällt, wir aber am Samstag zum Festakt kommen müssen. Da war mir klar, dass alles gut ausgegangen war.«

»Westermann hatte die Sekretärin gebeten, Jonathan zu informieren«, bestätigte Hannah seine Aussage.

»Sie wussten also Bescheid«, lenkte Gerrit ein. »In diesem Punkt will ich Ihnen glauben, Jonathan. Allerdings klingt Ihre Erklärung, warum Sie nichts unternommen haben, ein bisschen sehr zurechtgelegt. Ich vermute, dass es ganz anders war.«

»Nämlich?«

»Sie haben lieber stillgehalten, weil Sie eine Heidenangst hatten, Ihre Mitschüler könnten rausbekommen, dass Sie die Polizei verständigt haben. Dann wäre jeder weitere Schultag für Sie die Hölle auf Erden.«

»Nein! So war es nicht. Warum hätte mir jemand aus der Klasse einen Vorwurf machen sollen wegen eines Notrufs? Ich verstehe nicht, worauf Sie hinauswollen.«

»Welches Verhältnis hatten Sie zu Marvin Brockbach?«

»Marvin?« Jonathan klang alarmiert. »Ich kenne ihn erst seit ein paar Wochen.«

»Ist Ihnen aufgefallen, dass eine Gruppe innerhalb der Klasse grundsätzlich tut, was er ihnen sagt?«

»Nein. So etwas interessiert mich nicht. Ich mache mein eigenes Ding.«

»Hat Marvin Sie lächerlich gemacht?«

»Nein! Hat er nicht.«

»Aber am Donnerstag hat er einen ziemlich üblen Spruch über Sie abgelassen, als Sie Probleme mit Ihrem Urinbeutel hatten«, warf Hannah ein.

»Kann sein. Ich habe nicht richtig hingehört, weil ich mit mir selbst beschäftigt war. Ich stand total unter Druck.«

»Stimmt es, dass Sie am Samstag den Festakt in der Aula vorzeitig verlassen haben, obwohl Ihre Klasse sich um das Büffet kümmern sollte?«, bohrte Gerrit nach.

Hannah sah, wie Jonathan erstarrte. Auch Natalie hatte von ihren Aufzeichnungen aufgeschaut und streifte Hannah mit einem kurzen Blick.

»Ja, habe ich.«

»Warum haben Sie sich über die Anweisungen Ihres Klassenlehrers weggesetzt?«

»Mir ging es nicht so gut.«

»Ich denke, es war anders: Sie haben Wind davon bekommen, dass einige aus Ihrer Klasse Sie tatsächlich verdächtigten, am Donnerstag die Polizei verständigt zu haben. Ist ja auch eine naheliegende Schlussfolgerung. Sie sollen sogar bedroht worden sein. Sie haben es deswegen vorgezogen, die Biege zu machen.«

»Von Drohungen habe ich nichts mitbekommen.«

»Wo haben Sie sich aufgehalten, nachdem Sie die Aula verlassen haben?«

»Ich bin nach Hause gefahren – mit dem Fahrrad. Die Busverbindungen sind samstags ziemlich schlecht.«

»Kann das jemand bestätigen?«

»Keine Ahnung. Vielleicht hat mich ein Nachbar gesehen. Meine Eltern sind erst abends nach Hause gekommen.«

»Es ist uns zugetragen worden, dass Sie im Unterricht damit geprahlt haben, Sie könnten sich mit Leichtigkeit eine scharfe Waffe aus dem Darknet besorgen.«

Jonathan lachte höhnisch auf. »Wer hat Ihnen denn diese alte Geschichte aufgetischt?«

»Das tut nichts zur Sache. Sie müssen sehr überzeugend gewesen sein.«

»In der Tat. Ich habe es einfach nur so dahingesagt, weil einige von diesen Tussen wirklich keine Ahnung haben, was im Netz alles abgeht. Aber im Nachhinein hatte das Gerede schon eine gewisse Wirkung.«

»Was meinen Sie damit?«, mischte sich Natalie unvermittelt ein.

Jonathan grinste. »Wissen Sie, ein schwerbehinderter Nerd ist normalerweise nicht besonders anerkannt in einer Klassengemeinschaft, aber nach dieser Politikstunde war es anders. Niemand hat mehr die Nase gerümpft, wenn er zur Partnerarbeit oder einer Präsentation mit mir verdonnert wurde. Es kam mir so vor, als ob ich mit mehr Respekt behandelt wurde.«

Natalie signalisierte ihm mit einem Nicken, dass sie das nachvollziehen konnte.

»Leider wurde meine Klasse nach den Sommerferien mit einer anderen zusammengelegt. Ich suche schon seit Wochen nach einer Gelegenheit, das Gefasel über den Waffenkauf noch einmal bringen zu können, aber es hat bisher noch nicht gepasst.«

»Haben Sie sich tatsächlich eine Waffe besorgt?«

»Warum sollte ich diese Perversität des Netzes ausnutzen? Definitiv nein. Ich bin gegen jede Form von Gewalt.«

»Sie wären aber von Ihren technischen Fähigkeiten her durchaus fähig, sich im Darknet herumzutreiben, sagt Ihr Klassenlehrer.«

»Vincke! Das kann ich mir lebhaft vorstellen. Lehrer seiner Altersklasse gehören nun mal nicht zu den ›digital natives‹. Und außerdem ist er faul. Typischerweise loben solche Pauker immer denjenigen, der sich online am besten auskennt, zum technischen Genie aus und überlassen ihm alles, was mit Bildschirmen, Programmen und so weiter zu tun hat. – Übrigens ...« Jonathan schaute demonstrativ auf seine Uhr. »Wie lange werden Sie uns noch hier festhalten?«

»Wieso?«

»Ich muss spätestens um halb drei zur Dialyse.«

Auf dem Flur schaute Hannah verstohlen auf ihr Handy. Immer noch keine Nachricht. Sofort war der Knoten in ihrem Magen wieder zu spüren. Warum meldete Jan sich nicht? Er musste doch sehen, dass sie x-mal versucht hatte, ihn zu erreichen.

Nachdem sie es noch einmal vergeblich probiert hatte, rief sie die Homepage der Orthopädie-Praxis auf. Minuten später ließ sie den Apparat sinken. Ihr war immer mulmiger zu Mute. Kurz entschlossen klickte sie eine andere Nummer aus ihrem Speicher an.

»Christine Vanhuyven«, meldete sich Lasses ehemalige Kinderfrau mit ihrer melodiös klingenden dunklen Stimme.

»Hannah Schmielink. Schön, dass ich dich sofort erreiche.«

»Ist alles klar mit Lasse? Schaffst du es, ihn abzuholen oder soll ich nachher zur Kita fahren?«

»Das steht noch nicht ganz fest. Ich rufe aus einem anderen Grund an, Christine. Hat Jan heute Morgen irgendeinen Termin erwähnt? In einer Arztpraxis zum Beispiel?«

»Nein, hat er nicht«, kam es zögerlich. »Ist etwas nicht in Ordnung, Hannah? Du klingst so besorgt.«

Hannah schluckte. »Ich weiß es ehrlich gesagt nicht. Wir versuchen seit Stunden, ihn zu erreichen, aber er hat sich im Präsidium krankgemeldet. Er hat Probleme mit seinem Rücken, aber bei seinem Orthopäden war er nicht. Wo kann er denn nur sein?«

»Ist er sonst noch irgendwo in Behandlung?«

»Nicht dass ich wüsste. Aber ...«

»Was?«

»Im Moment weiß ich nicht, was in ihm vorgeht. Diese Rückenschmerzen kommen und gehen je nach Stimmungslage.«

»Ist er depressiv?«

»So langsam glaube ich das wirklich. Es scheint irgendwie mit der Arbeit zusammenzuhängen.«

»Vielleicht nimmt er sich heute eine Auszeit, um die Dinge zu überdenken«, versuchte sich Christine an einer plausiblen Erklärung.

»Einfach so? Ohne erreichbar zu sein?«

»Kann doch sein, dass er einfach nicht mit einem Anruf von dir rechnet. Du solltest versuchen, die Ruhe zu bewahren. Alles andere hilft jetzt niemandem.«

»Ich weiß, aber wenn er sich ...« Sie brach ab. Eine bisher namenlose Angst kroch in ihr hoch.

»Hannah, du glaubst doch nicht etwa, er könnte sich etwas antun?«

Sie brachte keinen Ton heraus.

Christine klang jetzt energisch. »Das kann ich mir absolut nicht vorstellen. Nicht Jan.«

Genau das hätte Hannah bis vor wenigen Stunden auch gesagt.

»Ich könnte eine Pause gebrauchen. Lass uns die Besprechung von Jonathans Vernehmung verschieben.« Natalie griff zur Kaffeekanne. Vergeblich.

»Sorry, Chefin. Habe ich vergessen.« Schüttler mimte auf schuldbewusst.

Natalie runzelte die Stirn. »Irgendwo in diesem Gebäude wird doch ein anständiger Kaffee aufzutreiben sein«, sagte sie voller Hoffnung.

»Es gibt eine Mensa – im Dachgeschoss«, erwiderte Schüttler. »Ich habe Hinweisschilder gesehen.«

Natalie und Hannah machten sich auf. Gerrit verzichtete auf die Koffein-Ration – vermutlich zugunsten einer Zigarette. Womit Schüttler sich zu erholen gedachte, ließ er sie nicht wissen.

Sie folgten der Beschilderung in einen anderen Teil des Gebäudekomplexes. Der Aufzug brachte sie in den vierten Stock, der so verblüffend modern wirkte, als habe man die Mensa kurzerhand auf das alte Flachdach aufgesetzt. Das Ergebnis war ein lichtdurchfluteter Raum mit großzügigen Fensterfronten. Die üblichen langen Tischreihen waren durch Stühle in Lindgrün, Senfgelb und Zinnoberrot aufgepeppt.

Hinter der Essensausgabe aus blitzendem Edelstahl standen drei untätige Schüler in Jeans und einheitlichen, schwarzen Shirts mit dem Schullogo. Eifrig servierten sie Hannah und Natalie Kaffee und belegte Brötchen. Im Hintergrund widmeten sich mehrere Frauen in weißen Kitteln und durchsichtigen Hauben der Herrichtung von Salattellern.

»In zwanzig Minuten könnten wir schon Kohlrouladen essen«, flüsterte Natalie und wies auf ein entsprechendes Schild, das »Mittagessen von 11 bis 13 Uhr« verhieß.

»Danke bestens. Ich habe ausgiebig gefrühstückt«, antwortete Hannah. Beide bemühten sich, ihr albernes Kichern zu unterdrücken.

Sie suchten sich einen Fensterplatz, von dem man den bewaldeten Kamm des Waldhügels sehen konnte. Nur wenige Stühle waren besetzt. Mitglieder des Kollegiums sah Hannah gar nicht.

Als sie merkte, dass eine Nachricht auf ihrem Handy eingegangen war, stellte sie ihren Kaffeeepott so heftig auf die Tischplatte, dass er überschwappte. Das musste Jan sein!

Erstaunt las sie: »Treff. in 30 Min. a. Bergmannshoffpl.?«

»Jan?«, fragte Natalie vorsichtig und nippte an ihrem glühend heißen Kaffee.

Hannah schüttelte den Kopf. »Von Franziska. Sie möchte sich gleich mit mir in der Nähe der Schule treffen.«

»Willst du hingehen?«

»Ich denke schon. Wäre sowieso gut, mal mit ihr zu reden, wie es mit ihr weitergehen soll.« Kurzentschlossen antwortete sie ein knappes »Okay«.

»Ganz wohl ist mir nicht dabei, Hannah. Immerhin steht das Mädchen noch auf der Liste der Verdächtigen, weil sie uns bisher kein wasserdichtes Alibi liefern konnte.«

Hannah zögerte. War sie mit ihrer Zusage voreilig gewesen?

Natalie schaute besorgt. »Ich gebe dir meine Handynummer. Melde dich, wenn dir irgendetwas nicht geheuer vorkommt.«

Hannah speicherte die Ziffern ab. Schaden konnte es ja nicht.

Natalie griff wieder zu ihrem Kaffeepott. »Und immer noch nichts von Jan?«

»Keine Ahnung, wo er steckt«, sagte Hannah leichthin. Auf keinen Fall wollte sie seine depressive Verstimmung mit seiner engsten Arbeitskollegin erörtern.

»Männer!«, sagte Natalie im Brustton der Überzeugung. »Können sich einfach nicht in uns hineinversetzen und lamentieren noch dazu, dass man sich zu viele Sorgen macht.«

»Hm. – Apropos Männer.«

Natalie kaute an dem etwas pappigen Brötchen und schaute interessiert. »Wen meinst du konkret?«

»Gerrit.«

Sofort flog ein Schatten über das Gesicht der jungen Frau.

Hannah legte sich ihre Worte sorgfältig zurecht. Vielleicht irrte sie sich ja, aber die Mischung aus Trauer und Begehren, mit der Gerrit Natalie vorhin angeschaut hatte, hatte sie erschüttert. Der Mann litt anscheinend. Heftig.

»Kannst du dir vorstellen, dass er so garstig zu dir ist, um sich zu tarnen?«

»Wie meinst du das?« Das Brötchen sank auf Natalies Teller zurück.

»Vielleicht will er verbergen, dass er dich ziemlich gut leiden kann. Als Frau, meine ich.«

»Gerrit? Mich? Blödsinn! Er hat mich noch nie eines Blickes gewürdigt.«

»Das stimmt garantiert nicht. Schon als ich dich zum allerersten Mal mit ihm zusammen gesehen habe, hat er intensiv deine Beine begutachtet.«

»Quatsch! Wann soll denn das gewesen sein?«

»Als Jan euch vor seinem Erziehungsurlaub zu uns nach

Hause eingeladen hatte. Es gab Kaffee und Kuchen. Du erinnerst dich?«

»Ja, natürlich«, murmelte Natalie.

»Und gerade eben hat er dich im Besprechungsraum geradezu angeschmachtet.«

»Bist du sicher?«

Hannah nickte. Was tat sie hier nur? Schicksal spielen? Natalies Hochzeit stand immerhin kurz bevor. »Wenn es nicht wichtig ist für dich, dann vergiss, was ich gesagt habe«, sagte sie.

»Und wenn doch?«

Zehn Minuten später

»Ich finde Jonathans Darstellung durchaus glaubhaft.« Natalie blickte erwartungsvoll in die Runde.

»Dass er bloß den Eindruck erweckt hat, er könne sich eine scharfe Waffe besorgen, und anschließend mit mehr Respekt in der Klasse behandelt wurde? Schwachsinn!«, konterte Schüttler und kratzte sich am Hinterkopf.

»Mir kommt das auch ziemlich weit hergeholt vor«, stimmte Gerrit seinem Kollegen zu.

»Es klingt vielleicht im ersten Augenblick so, aber seid ihr schon mal mit einer Gruppe von Leuten an einem Strand spazieren gegangen, wo sich herrenlose Hunde herumtreiben? Wen kläffen und springen sie an? Mit absoluter Sicherheit immer denjenigen, der sowieso eine Heidenangst vor den Tieren hat. Alle anderen bleiben unbehelligt. Bei Menschen gilt das genauso: Wer keine Angst zeigt, wird in Ruhe gelassen. Mit einer Waffe in der Hinterhand strahlst du Unantastbarkeit aus.«

»Stimmt schon, aber genauso gut könnte Jonathan sich tatsächlich eine Waffe besorgt haben. Zudem könnte er der Anrufer gewesen sein, mit dem Marvin direkt vor seinem Tod telefoniert hat. Im Unterschied zu Amelie, Nadine, Miguel und den anderen befand er sich nämlich zu dem Zeitpunkt nicht am Büffet, nicht einmal mehr in der Aula«, sinnierte Gerrit.

»Yesss!«, zischte Schüttler triumphierend. »Die anderen kommen alle nicht in Frage für den Anruf. Die Liste der Verdächtigen ist damit heftig geschrumpft. Darauf hätten wir schon eher kommen können.«

Es fiel Hannah schwer zuzuhören. Ihre Gedanken schweiften immer zu Jan. Was war bloß mit ihm los? Was sollte die Krankschreibung? Warum erreichte sie ihn nicht? Irrte er etwa ziellos durch die Stadt?

Die Beiträge der anderen rauschten an ihr vorbei: Jonathans PC-Kenntnisse … Fähigkeit, sich eine Waffe zu besorgen … vages Alibi für den Tatzeitraum … Angst, das nächste Opfer zu sein.

»Nein!«, hörte sie sich zu ihrem eigenen Erstaunen sagen. Drei Augenpaare starrten sie erstaunt an, während sie aufstand und nach ihrer Tasche griff: »Ihr könnt doch nicht ernsthaft glauben, dass er kaltblütig einen Mitschüler abknallt, weil der ihn möglicherweise … eventuell … demnächst … vielleicht … mobben könnte. Das Motiv ist schwach, sehr schwach.«

Im Gehen fügte sie hinzu: »Bin mal kurz zu einem Gespräch. Natalie weiß Bescheid.«

Sie hatte gerade den Hinterausgang des Schulgebäudes gefunden, den sie vor Tagen mit Paula benutzt hatte, als eine neue Nachricht von Franziska kam: »zu viele Schüler hier – i. Beratungsr. in 5 Min.?«

Leicht verärgert drehte Hannah ab und eilte zum Sekretariat, um sich den Schlüssel zu holen, den Frau Teupker ihr gnädigerweise überließ.

Ihre Schritte hallten in dem leeren Gang. Im Kellergeschoss war es nach dem warmen Wochenende stickig, die Luft abgestanden. Ein dünner Schweißfilm bedeckte schon bald ihre Haut.

Von Franziska war noch nichts zu sehen, als Hannah den Beratungsraum öffnete. Krümel auf dem Boden, als habe hier jemand eine Tüte Kekse geleert. Es kam ihr muffig und feucht vor, aber sie verzichtete darauf, das schmale Oberlicht zu öffnen, da sie dafür auf das Sofa hätte klettern müssen.

Seit Franziskas letzter Nachricht waren fast zehn Minuten vergangen. Wo blieb sie? Würde sie überhaupt kommen?

Plötzlich meldeten sich Zweifel. Was wollte Franziska so dringend von ihr? Woher hatte sie überhaupt erfahren, dass Hannah sich hier an der Schule aufhielt? Davon wussten nur ihre Kollegen in der Beratungsstelle, Jan natürlich und alle, die sie heute im Berufskolleg getroffen hatte.

Ihr wurde immer mulmiger. Unruhig öffnete sie die Tür und lauschte. Nicht weit entfernt fiel eine der schweren Glastüren ins Schloss – ein mittlerweile vertrautes Geräusch. Das musste Franziska sein.

Eine Gestalt erschien am Ende des langen Gangs. Breite Schultern, ein mächtiger Oberkörper, endlose Beine. Mit bedächtigen Schritten kam der Mann näher, den Kopf ein wenig gesenkt, als fürchte er, an die Decke zu stoßen. Hannah war sich augenblicklich sicher, ihn noch nie gesehen zu haben.

Allmählich konnte sie Einzelheiten ausmachen. Jeans, kurzärmeliges, kariertes Hemd, ein grimmiges Gesicht, graue Locken.

»Wer sind Sie?«, schleuderte er ihr mit krächzender Stimme entgegen. »Was tun Sie hier?«

Überrumpelt stieß sie aus: »Hannah Schmielink von der Schulberatungsstelle Münster. Ich müsste hier ein Gespräch führen.«

»Woher haben Sie den Schlüssel?«, hakte der Mann misstrauisch nach.

»Von Frau Teupker.«

Wortlos zog er ein extrem flaches Handy aus der Brusttasche seines Hemds und drückte eine Taste. Ein Tröpfchen hing an seiner geröteten Nasenspitze – offensichtlich war er erkältet. »Manfred hier. Hast du den Schlüssel zum Beratungsraum rausgegeben, Regine? – Aha. Wäre nett, wenn man in Zukunft informiert würde, dass hier Fremde herumlaufen«, setzte er barsch hinzu.

Er steckte das Gerät weg, murmelte »Schönen Tag noch« und schlurfte weiter. Hannah schaute ihm nach, bis er am Ende des Gangs durch die Glastür verschwand.

Kurz darauf tauchte Franziska aus der entgegengesetzten Richtung auf. »Puh«, stieß sie aus. »Das war knapp. Sorry, dass ich so spät bin.«

»Wer war das?«

»Kerner, unser Hausmeister. Ich musste warten, bis er weg war. Wäre nicht so toll, wenn er mich gesehen hätte.«

»Kennt er Sie denn?« Hatte Westermann nicht von 1900 Schülern gesprochen?

»So wie Kerner drauf ist, traue ich ihm zu, dass er sich mein Foto in der Akte angesehen hat, als er von dem Hausverbot für mich gehört hat. Die Schule ist sein Territorium. Bestimmt wäre er sofort zu Teupker oder Westermann gerannt und hätte gepetzt.«

Sie setzten sich auf dieselben Plätze wie bei ihrem ersten Treffen in diesem abgelegenen Raum. Hannah kam es vor, als sei das Wochen her. Ein süßlich-herber Geruch stieg ihr in die Nase, der ihr vage bekannt vorkam: Franziska hatte im Stall geholfen und sich danach nicht komplett umgezogen. Genauso hatte es damals auf dem Milchviehbetrieb bei Emsdetten gerochen – ein tragischer Fall, bei dem sie ein Gutachten über einen vernachlässigten kleinen Jungen hatte schreiben müssen.

»Warum treffen wir uns hier, Franziska?«

»Im Café am Bergmannshoffplatz wimmelte es von Schülern. Dort hätte mich garantiert jemand erkannt. Hier unten kommt ja normalerweise niemand vorbei«, erklärte Franziska.

»Woher wussten Sie überhaupt, dass ich in der Schule bin?«

»Von Jonathan.«

»Jonathan?«, entfuhr es Hannah verblüfft.

»Er hat mich nach dem Verhör angerufen.«

»Und warum?«

»Weil die Polizei ihn für Marvins Mörder hält. Aber das stimmt nicht.«

»Was macht Sie da so sicher?«

»Die glauben, er hätte sich eine Schusswaffe aus dem Darknet besorgt. Aber er hat keine.«

»Und das wissen Sie so … ?«

Franziska fiel ihr ins Wort: »Er war damals ziemlich überzeugend im Poli-Unterricht. Ich war sofort sicher, dass er tatsächlich zu Hause eine Knarre herumliegen hat.«

Exakt Natalies Theorie! Die junge Kripo-Beamtin würde sich freuen, das zu hören.

»Als ich so fertig war wegen Maybritts Tod, ist mir das

wieder eingefallen. Ich habe ihn angefleht, mir seine Pistole zu geben, damit ich herausfinden kann, was in Holland passiert ist. Ich wollte unbedingt eine echte Waffe haben, sonst hätte ich doch keinen Druck machen können auf Nadine und die anderen. Aber Jonathan hat keine. Ehrlich nicht. Ich war total enttäuscht.«

»Sie haben Jonathan um eine Waffe gebeten? Aber ...«

»Als ich kapiert hatte, dass ich bei ihm nicht weiterkam, habe ich mir die Pistole meines Bruders besorgt. Eigentlich wollte ich meine Familie aus der Sache raushalten. Wäre im Nachhinein auch besser gewesen. Mein Vater redet seitdem kein Wort mehr mit mir.«

»Habe ich das jetzt richtig verstanden? Jonathan wusste, was Sie vorhaben?«

»Ja, klar. Er hat sich alle Mühe gegeben, mich davon abzubringen, weil er Maybritts Tod für einen Unfall oder Selbstmord hielt.«

»Dann hat er Sie also am Donnerstag im Klassenraum erwartet?«

»Genau. Er hat mir sogar angeboten, mich zu unterstützen.«

Unvermittelt sah Hannah die Szene vor sich: Franziska mit der Waffe in der Hand – ihr Rucksack – ihre klare Ansage. Es klickte augenblicklich. »Deshalb hat er sofort bereitwillig für Sie die Handys Ihrer Mitschüler eingesammelt.«

»So war es abgesprochen. Nur die Sache mit Jonathans Urinbeutel war natürlich nicht so geplant. Ich war total sauer, als er nicht zurückkam, sondern einfach abgehauen ist.«

Die beiden waren Komplizen gewesen! Hannah war einen Moment lang sprachlos. Das war also der wahre Grund, warum der Junge keinen Moment daran gezweifelt hatte, dass die ganze Sache unblutig zu Ende gehen würde.

Franziska schaute hektisch auf ihre Armbanduhr. »Es schellt bald zur zweiten großen Pause. Ich muss los, damit mich keiner sieht. – Helfen Sie Jonathan, Frau Schmielink! Er hat mit Marvins Tod nicht das Geringste zu tun. Bitte sagen Sie das dem Kommissar! Er muss Jonathan glauben!«

Elf Uhr zwanzig

In Gedanken versunken ging Hannah zurück, gespannt, wie die anderen auf die neuen Informationen reagieren würden. Und dabei hätte Schüttlers Ansicht nach alles so gut gepasst: eine polizeilich registrierte Waffe in den Händen eines Schülers, der ein – wenn auch schwaches – Motiv und noch dazu die Gelegenheit zur Tat hatte. Nun mussten sie wohl oder übel umdenken.

Das Klassenzimmer, das als Besprechungsraum diente, war leer. Irritiert schaute sie auf ihrem Handy nach und fand eine Nachricht von Gerrit: »Komm z. Lehrerzimmer.«

Beunruhigt machte sie sich auf den Weg. Überall öffneten sich Türen zu den Klassenräumen, Schüler und Lehrer strömten gut gelaunt in die Pause. Die bleierne Müdigkeit des Montagmorgens, die Hannah noch von ihrer eigenen Schulzeit kannte, schien verflogen.

Sie schloss sich dem Pulk an, der auf die Verwaltungsräume zuhielt. Jemand grüßte sie. Eine junge Lehrerin, die ihr bisher nie aufgefallen war, öffnete die Tür zum Lehrerzimmer und ließ Hannah eintreten.

Das übliche Bild empfing sie: Grüppchen von jungen Lehrerinnen, die sich angeregt über das vergangene Wochen-

ende unterhielten. Vincke an seinem Platz an der Fensterseite mit griffbereitem Handy. Kaffeetassen wurden
herbeigeschleppt, Plastikdosen mit mundgerecht geschnip-
pelten Gemüsestreifen geöffnet. Eine ältere Lehrerin reichte
Süßigkeiten herum. Mehrere Kollegen umarmten sie oder
schüttelten ihr die Hand. Sie wird Geburtstag haben, dachte
Hannah. Alles ganz normal und unaufgeregt. Von Gerrit, Natalie und Schüttler keine Spur.

Hatte sie die Mitteilung falsch verstanden? Hannah beschloss, sich im Sekretariat zu erkundigen.

Auf dem Flur traf sie Paula, die schwer an ihrer ledernen
Aktentasche trug. »Hannah! Was machst du denn hier?«,
sagte sie und lächelte erfreut. Als Hannah nicht sofort antwortete, zog die junge Lehrerin sie zur Seite. »Du schaust so
ernst. Ist etwas passiert?«

»Paula, hast du das schon gesehen?« Ein Lehrer mit gewal-
tigem Bauchumfang tippte Paula auf die Schulter und deutete auf das Whiteboard über ihren Köpfen.

»Was denn?«

»Außerordentliche Mitarbeiterversammlung in der zweiten großen Pause im Lehrerzimmer. Teilnahme zwingend erforderlich«, las ihr Kollege vor.

»Was soll das denn?«, stieß Paula unwirsch aus.

»Ich schätze, Westermann hat Nachrichten für uns«,
grinste der Lehrer verschmitzt. »Es scheint geklappt zu haben mit der neuen Schulleitung.«

»Ach so. Ich komme dann gleich.«

»So eilig wird es schon nicht sein. Ich hole mir erst mal
einen Kaffee.«

Paula streifte Hannah mit einem kurzen Blick. »Es geht
nicht um die Schulleitung oder? Du weißt doch etwas, Hannah.«

»Im Moment kann ich nicht darüber reden. Ich weiß nur, dass ich zum Lehrerzimmer kommen soll.«

»Verstehe. Dann lass uns gehen.«

»Warte mal einen Moment.« Hannah suchte nach Worten. Wie viel durfte Paula erfahren? Sicher nicht alles. »Du unterrichtest doch Politik?«

»Ja, sicher.«

»Auch in deiner eigenen Klasse?«

»Natürlich. Sport und Politik. Worauf willst du hinaus?«

»Ich hatte gerade ein Gespräch mit Franziska.«

»Mit Franziska? Hier in der Schule? Ich dachte, sie hätte Hausverbot.«

»Wir haben uns im Beratungsraum getroffen. Niemand wusste davon. Sie hat mir erzählt, dass es im letzten Schuljahr im Politikunterricht eine Diskussion über das Darknet gab.«

Paula runzelte die Stirn. »Ist mir nicht mehr so richtig präsent.«

»Es ging um den Amoklauf von München und Gewalt im Allgemeinen.«

»Ach so! Ja, darüber haben wir gesprochen«, sagte Paula zögerlich.

»Stimmt es, dass Jonathan sehr detailliert über das Darknet Bescheid wusste?«

»Jonathan? Ja, irgendwie war da was. Obwohl er eigentlich eher zur den Stillen gehört.«

»Er soll behauptet haben, dass er sich problemlos eine Pistole besorgen könnte.«

»So direkt hat er das bestimmt nicht gesagt. Daran würde ich mich erinnern ... Hannah, ist etwas mit Jonathan?« Plötzlich stand Paula Entsetzen ins Gesicht geschrieben. Sie berührte Hannah am Arm. »Er hat sich doch nicht etwa ...? Nein! Sag, dass das nicht wahr ist!«

»Jonathan ist okay«, beeilte sich Hannah zu sagen.

»Das ist gut«, seufzte Paula sichtlich erleichtert.

»Du hast an einen Suizid gedacht?«, forschte Hannah vorsichtig nach.

»Allerdings.«

»Wie kommst du darauf?«

»Ist nur so ein Gefühl. Es würde zu ihm passen, zu seiner Krankengeschichte, zu der Hoffnungslosigkeit, die er manchmal ausstrahlt.«

»Und du bist sicher, dass er nicht behauptet hat, sich eine Waffe besorgen zu können?«

»Ziemlich. Es stimmt schon, dass sich im Politik-Unterricht manchmal verfängliche Themen ergeben. Schüler, die sonst mündlich nicht besonders in Erscheinung treten, kennen sich auf einmal mit einer Sachlage bestens aus: zum Beispiel, wie man Sozialhilfe beantragt oder was eine private Insolvenz ist. In ihrem Eifer merken sie überhaupt nicht, wie viel sie damit über ihre persönliche Situation preisgeben.«

»Aber so war es nicht mit Jonathan?«

»Nein. Mir schien, dass er einfach nur mit seinem Wissen angeben wollte. Die Existenz eines Darknets war bis dahin ja überhaupt kein Thema. – Wer sind die denn?« Paula wies auf Gerrit, Natalie und Frank Schüttler, die in Westermanns Schlepptau gerade das Lehrerzimmer betraten. »Lass uns hineingehen«, murmelte sie. »Irgendwas stimmt hier ganz und gar nicht.«

Das Lehrerzimmer wirkte mittlerweile überfüllt, die Stühle reichten nicht aus. Frau Teupker, Tanja und mehrere Lehrer drängten sich an der Wand mit den Schließfächern. Auch der Hausmeister hatte sich eingefunden und überragte alle Anwesenden. Hannah blieb mit Paula in der Nähe der Tür stehen – keine Chance, zu Gerrit und den anderen vorzudringen. Hinter ihrer Stirn meldeten sich leichte Kopfschmerzen. Wie immer war es stickig in dem Raum.

Westermanns Stimme war zittrig, als er sich mit einer hilflos wirkenden Geste und einigen Worten Gehör zu verschaffen suchte. Was ging hier vor? Warum hatten sie plötzlich beschlossen, alle Mitarbeiter zusammenzurufen? Davon war doch den ganzen Morgen lang nicht die Rede gewesen.

Nur allmählich kehrte Ruhe ein, einige hartnäckige Plauderer mussten von ihren Kollegen ermahnt werden.

Der Schulleiter wartete geduldig. Ein nervöses Zucken durchlief sein Gesicht. Auch die anderen wirkten ernst und angespannt, vor allem Natalie. Schließlich sprach Westermann mit belegter Stimme. »Danke, dass Sie sich alle so schnell eingefunden haben. Wie Sie sehen, bin ich nicht allein. Frau Weyröder, Herr Höllmann und Herr Schüttler sind Kriminalbeamte und haben einige Fragen an Sie.«

Das Wort ›Kriminalbeamte‹ erzeugte in mehreren Ecken ein Flüstern, das aber nach wenigen Sekunden wieder erstarb.

Natalie räusperte sich. »Mein Name ist Natalie Weyröder, Hauptkommissarin bei der Kripo Münster. Wir haben Sie hier zusammengerufen, um zu erfahren, wer von Ihnen sich am Samstag im Anschluss an den Festakt in der Aula – also während des Sektempfangs – hier im Lehrerzimmer aufgehalten hat. Längere Zeit oder auch nur ganz kurz.«

Das Getuschel schwoll wieder an.

»Warum wollen Sie das wissen?« Hannah konnte nicht erkennen, wer die Frage gestellt hatte. Es war jedenfalls eine Männerstimme.

»Das möchten wir aus bestimmten Gründen noch nicht sagen.«

»Ermitteln Sie an unserer Schule?«, kam von der Fensterseite. Eindeutig Alexander Vincke.

»Das ist richtig«, stand Gerrit Natalie zur Seite.

Eine ältere, recht korpulente Kollegin mit einem Wirrwarr von dunklen und grauen Löckchen stand ächzend auf. Vage erinnerte Hannah sich: Die Frau hatte vor einigen Tagen im Lehrerzimmer heftig über Westermann gelästert. »Ella Danzinger ist mein Name. Ich gehöre sozusagen zum Urgestein hier am Berufskolleg.«

Hier und da Gelächter.

Ella Danzinger lächelte huldvoll. »Geht es um Diebstahl? Hat jemand etwas aus dem Lehrerzimmer mitgehen lassen?«, insistierte sie dann in aufmüpfigem Tonfall. Dabei schaute sie streng über den Rand einer kreisrunden Brille hinweg, die bestens zu ihren rundlichen Wangen passte.

Der Pegel an Aufregung stieg. Natalie sprach nun lauter und betont deutlich: »Nein, keine Sorge. Das ist nicht der Fall. Mit Ihrem Schulleiter haben wir abgesprochen, dass ...«

»Moment mal«, fiel ihr ein drahtiger junger Lehrer ins Wort. »Wir haben doch wohl ein Anrecht darauf zu erfahren, was hier vor sich geht. Letzte Woche ist eine Schülerin zu Tode gekommen. Eine Klasse wurde mit einer Pistole bedroht. Das Kollegium wurde spät und zudem recht dürftig über diese Vorfälle informiert. So geht das nicht weiter! Hängen Ihre Ermittlungen heute mit dem Polizeieinsatz am Samstagabend zusammen?«

Natalies Blick ging zu Gerrit, der sachte mit dem Kopf schüttelte.

»Ich habe einen Bekannten, der in der Nähe wohnt«, setzte der junge Mann nach. »Am Samstag ist er gegen halb neun abends hier vorbeigekommen. Die Schule war hell erleuchtet, es wimmelte von Menschen, und mehrere Fahrzeuge standen auf dem Schulhof. Unter anderem zwei Polizeiwagen.«

Natalie gab sich einen Ruck. »Ja, es hat einen weiteren Vorfall gegeben. Sobald wir Ihre Aussagen zu meiner Frage vorhin aufgenommen haben, werden wir Sie vollständig informieren. Spätestens in der Pause nach der sechsten Stunde. Jetzt zum Verfahren: Bitte gehen Sie gleich ganz normal in den Unterricht. Falls jemand sich im fraglichen Zeitraum im Lehrerzimmer aufgehalten hat, sollte er uns im Laufe der Stunde dazu eine Mitteilung machen, sobald die jeweilige Klassensituation es zulässt. Auch wenn Sie jemanden in der Nähe des Lehrerzimmers gesehen haben, ist das für uns von Interesse. Beide Schulleiterbüros werden besetzt sein. Ich danke Ihnen für Ihre Aufmerksamkeit. Wir sehen uns in der nächsten Pause.«

Unmittelbar nach diesen Worten wandte Natalie sich Gerrit und Schüttler zu und signalisierte damit, dass sie keine weiteren Fragen und Diskussionen zulassen würde.

Hannah wandte sich Paula zu. »Musst du jetzt sofort in den Unterricht?«, fragte sie.

»Nicht direkt. Die Schüler müssen sich sowieso erst für den Sportunterricht umziehen. Warum?«

»Vielleicht wäre es gut, wenn du die Geschichte mit Jonathans Kenntnissen zum Darknet richtigstellen würdest. Warte mal einen Moment hier.«

Hannah kämpfte sich an den zum Ausgang strebenden Lehrern vorbei nach vorn und tippte Gerrit auf den Arm.

»Hast du es mitbekommen?«, sagte er mit gedämpfter Stimme, obwohl sich die angrenzenden Tische mittlerweile geleert hatten. »Der Anruf auf Marvins Handy kam aus dem Lehrerzimmer.«

Zu dieser Schlussfolgerung war Hannah mittlerweile selbst gelangt.

»Wir haben uns völlig verrannt, als wir uns auf seine Mitschüler konzentriert haben«, sagte Gerrit düster. »Jetzt müssen wir von vorne anfangen. Was für ein verdammter Mist! Es könnte jeder von denen hier gewesen sein.«

»Warten wir ab. – Ich habe einige Dinge über Jonathan erfahren, die ihn entlasten«, sagte Hannah. Sie berichtete ihm in wenigen Sätzen von ihrem Gespräch mit Franziska.

»Also steckte er mit dem Mädchen unter einer Decke«, resümierte Gerrit. »Hätte ich nicht gedacht. Aber an der Sache mit der Waffe scheint dann wohl nichts dran zu sein.«

»Sieht so aus. Willst du dir mal anhören, was seine Politiklehrerin über diese Unterrichtsstunde mit dem Thema Darknet zu sagen hat? Sie wartet da drüben. Die mit dem dunklen Pferdeschwanz.« Hannah wies auf Paula, die sich in der Nähe der Tür herumdrückte.

Gerrit seufzte wenig enthusiastisch. »Okay, solange niemand bei mir eine Aussage zu Samstag machen will, rede ich mit ihr.«

Er informierte Natalie, die sich gerade mit einer zierlichen Lehrerin unterhielt. »Was ist eigentlich mit den Schülern aus Marvins Klasse? Sollen wir die noch weiter festhalten?«, gab er zu bedenken.

»Mindestens bis zur nächsten Pause müssen sie sich gedulden«, entschied Natalie. »Frank soll ihnen Bescheid sagen.«

Einige Minuten später hatte Hannah das Lehrerzimmer beinahe für sich allein. Rasch öffnete sie ein Fenster. Niemand erhob Widerspruch.

Als jemand zu telefonieren begann, nahm Hannah ebenfalls ihr Handy aus der Tasche. Wieder nichts von Jan.

Die Angst überfiel sie von einer Sekunde auf die andere. Sie musste dringend hier raus.

In Westermanns Büro

»Nehmen Sie doch bitte Platz«, sagte Natalie zu der jungen Lehrerin, die etwas nervös wirkte.

»Ich dachte, ich spreche Sie lieber sofort an, weil ich in dieser Stunde eine Klassenarbeit schreiben lassen will.«

»Natürlich. – Sie waren also am Samstag nach dem Festakt im Lehrerzimmer. Was haben Sie dort getan?«

»Ich habe telefoniert.«

Natalie sah von ihren Notizen auf. »Mit dem Festnetzapparat?«

»Nein, mit meinem Handy. Unsere Tochter hatte nachts plötzlich hohes Fieber bekommen. Mein Mann war mit ihr zum Notdienst in der Raphaelsklinik.«

»In Münster?«

»Genau. Ich wollte zuerst auf dem Flur telefonieren, aber da waren überall Leute unterwegs. Deswegen bin ich ins Lehrerzimmer gegangen. Es war aber alles okay. Komplette Entwarnung.«

»Haben Sie direkt im Anschluss an den Festakt telefoniert oder später?«

Die junge Lehrerin überlegte einen Moment lang. »Zuerst habe ich mit einigen Kollegen einen Schluck getrunken. Als die Schlange am Büffet immer länger wurde, bin ich rausgegangen. Können Sie damit etwas anfangen?«

»Auf jeden Fall. Das war es schon fast. Nur eine Frage noch: Sie waren die ganze Zeit allein im Lehrerzimmer?«

Die junge Frau griff zögerlich zu ihrer Aktentasche. »Ich...äh ... ich möchte natürlich nichts falsch machen.«

»Natürlich nicht«, sagte Natalie geduldig. »Aber wir sind für jeden Hinweis dankbar.«

»Also dann: Es war noch jemand im Raum, als ich herein-kam.«

»Und wer war das?«

»Mein Kollege Gisbert Althenrich. Er stand vor seinem Fach und trank aus einem Flachmann mit Lederhülle.«

Natalie schaute fragend.

»Das ist ehrlich gesagt der Grund, warum ich zögere, Ih-nen das zu sagen. Althenrich riecht häufig penetrant nach Pfefferminz. Die Kollegen haben schon angefangen zu lästern, was das wohl zu bedeuten hat. Ich gebe eigentlich nichts auf solches Getratsche, aber als er am Samstag den Flachmann hastig verschwinden ließ, habe ich mir so meine Gedanken gemacht.«

Zur selben Zeit auf dem Schulhof

Mit schnellen Schritten ging Hannah auf dem menschenlee-ren Schulhof umher. Die Konzentration auf die Bewegung tat ihr gut, und ihre Kopfschmerzen ließen nach. Allmählich nahm sie ihre Umgebung wahr. In der hellgrauen Wolkende-cke über ihr tat sich noch immer keine Lücke auf.

Die Gewissheit kam schlagartig: Es gab eine logische Er-klärung, warum Jan sich nicht meldete. Keine Katastrophe, kein Abgrund wie damals, als die Nachricht von Steffens Tod kam.

Ein kühler Windstoß wirbelte frühes Herbstlaub auf und ließ Hannah frösteln. Ihre Jacke lag im Auto.

Steffen! Vielleicht war die erschütternde Erfahrung vom plötzlichen Herztod ihres ersten Ehemanns der Grund, warum sie so rasch in Panik verfiel. Aber dieses Mal war es anders. Sie spürte das. Ganz sicher.

Sie ging noch ein paar Schritte weiter. Als sie um die Ecke des Gebäudes bog, stieß sie auf eine eigens ausgewiesene, überdachte Parkfläche für Motorräder unterschiedlichster Marken und PS-Stärken.

Plötzlich stieg ihr ein Geruch in die Nase. Ganz in der Nähe musste jemand rauchen. Sie schaute sich um. Beinahe verdeckt von einer besonders schweren Maschine stand jemand und zog hastig an einer Zigarette.

Zur selben Zeit vor Westermanns Büro

»Vielen Dank, Frau Schmidt-Holsten. Kann gut sein, dass wir wegen einer schriftlichen Aussage auf Sie zukommen werden. Wir wissen ja, wie wir Sie erreichen können.«

»Sehr gern, Herr Hauptkommissar. Lieber wäre es mir natürlich, wenn sich herausstellen sollte, dass niemand von der Schule mit Marvins Tod etwas zu tun hat.«

Paula schien noch nicht gewillt zu gehen. Ihr Lächeln war umwerfend, fand Gerrit. Sie gefiel ihm.

»Da habe ich ja Glück, dass ich Sie gleich erwische, junger Mann.«

Die übergewichtige Lehrerin, die sich schon vorhin im Lehrerzimmer aufgeplustert hatte!

»Ich nehme an, du musst sowieso schleunigst in den Unterricht«, verteilte sie einen Seitenhieb auf Paula, die Gerrit noch einen bedauernden Blick zuwarf und ging. Schade eigentlich, fand er. Er hätte gerne weiter mit ihr geplaudert. Mit einer knappen Handbewegung forderte er ihre ältere Kollegin zum Eintreten auf.

»Nehmen Sie doch Platz. Frau Danzinger, nicht wahr?«

»Ganz richtig.« Sie setzte sich umständlich.

»Sie haben also jemanden im Lehrerzimmer gesehen?«

»Das trifft es nicht so ganz.«

Gerrit zog eine Augenbraue hoch und schaute die Frau erwartungsvoll an. Sie schien es spannend machen zu wollen und genoss seine Aufmerksamkeit sichtlich.

»Also gut. Folgendes: Während des Festakts ist mir eingefallen, dass ich am Freitag vergessen hatte zu überprüfen, ob eine Schülerin aus meiner Klasse tatsächlich für ein bestimmtes Datum ein Attest eingereicht hat. Manche Schüler behaupten das einfach dreist, in der Hoffnung, dass die Lehrkraft ihnen schlichtweg glaubt. Aber nicht mit mir! Nur mit Attest kann sie die versäumte Klausur am Montag nachschreiben.«

Gerrit musste sich zusammenreißen, um die umständlichen Erklärungen klaglos über sich ergehen zu lassen. Alles andere hätte die Aussage noch mehr in die Länge gezogen.

»Um die Angelegenheit zu klären, habe ich mir von Regine die Akte der Schülerin zeigen lassen. Das Attest war da. Als ich das Sekretariat wieder verließ, sah ich, wie jemand aus dem Lehrerzimmer kam und in Richtung Aula davonstürmte. Die Person war total in Hektik und hat mich überhaupt nicht wahrgenommen.«

Ella Danzinger machte eine Kunstpause. Gerrit tat ihr den Gefallen und fragte: »Und wer war die Person?«

Sie räusperte sich geräuschvoll. »Unser Chef. Westermann.«

»Frau Schmielink?«, sagte die Frau im knallroten Trainingsanzug und kam hinter dem in knalligem Rot und Schwarz lackierten Motorrad hervor auf Hannah zu. Ein letzter Zug – dann drückte sie den Zigarettenstummel achtlos in einen bereitstehenden Ascher. »Sie hier in der heimlichen Raucherecke?«, fragte Sabine Theißen und grinste.

»Ich brauchte ein bisschen frische Luft und bin rein zufällig hier gelandet.«

»Ich glaube nicht an Zufälle. Und bestimmt ist es keiner, dass ich Sie hier treffe«, antwortete die Sportlehrerin und schaute plötzlich ernst.

»Wie meinen Sie das?«

Die Sportlehrerin holte tief Luft. »Ich überlege schon seit der Pause hin und her, ob ich mich bei den Kripo-Beamten melden soll.«

»Sie haben jemanden gesehen?«

»Nein, das nicht. Ich weiß auch gar nicht, ob die Sache wichtig ist, aber es lässt mir einfach keine Ruhe.« Sie biss sich auf die Lippen. »Man will den Leuten schließlich keine unnütze Arbeit machen.«

»Ich bin davon überzeugt, dass Frau Weyröder und Herr Höllmann für den kleinsten Hinweis dankbar sind«, ermutigte Hannah die zögerliche Frau.

»Wenn Sie meinen … Ich habe nämlich am Samstag zwischenzeitlich meinen Schlüsselbund vermisst. Wer immer ihn gefunden hat, konnte damit problemlos ins Lehrerzimmer reinkommen. Und genau darum scheint es der Kripo ja zu gehen.«

»Das könnte in der Tat wichtig sein. Haben Sie eine Ahnung, wo Sie den Bund verloren haben?«

Sabine Theißen schüttelte bedauernd den Kopf. »Nicht wirklich. In der Lehrertoilette vielleicht oder an der Garderobe oder irgendwo im Foyer. Ich habe dort eine Weile geholfen, weil die Schüler alleine nicht klarkamen mit den Getränken. War alles ziemlich chaotisch. Vielleicht habe ich die Schlüssel in Gedanken dort hingelegt. Leider passiert mir das ja öfter.«

»Aber Sie haben sie noch am selben Tag zurückbekommen?«

»Gott sei Dank! Es war wie immer. Jemand hat den Bund im Sekretariat abgegeben. Regine Teupker hat ihn aufbewahrt, bis ich ihn abgeholt habe.«

Zur selben Zeit

Klaus-Jürgen Westermann sah blass aus, als Gerrit und Natalie ihn in sein Arbeitszimmer baten.

»Die fünfte Stunde ist vorüber. Es haben sich nur wenige Anhaltspunkte ergeben, die wir aber kurz mit Ihnen besprechen möchten«, eröffnete Natalie das Gespräch.

»Selbstverständlich. Ich stehe zu Ihrer Verfügung.«

»Vielen Dank. Wir wissen das zu schätzen, Herr Westermann. – Zunächst einmal haben wir einen Hinweis bekommen, dass sich Ihr Kollege Gisbert Althenrich im Lehrerzimmer aufgehalten haben soll. Er hat sich allerdings nicht bei uns gemeldet. Könnten Sie dafür sorgen, dass er hierher kommt?«

»Ich werde das gleich in die Wege leiten.«

Gerrit beugte sich vor. »Noch eine Sache interessiert uns, Herr Westermann. Warum haben Sie uns verschwiegen, dass Sie selbst zur fraglichen Zeit im Lehrerzimmer waren?«

»Ich?« Westermann fasste sich an den Kopf. »Stimmt! Das hatte ich vollkommen vergessen.«

Gerrit und Natalie sahen ihn schweigend an.

»Allerdings habe ich mich nicht länger dort aufgehalten«, fuhr Westermann fort. »Ich bin ganz kurz hinein und nach wenigen Sekunden wieder raus.«

»Und warum?«

Westermann zuckte mit den Schultern. »Sie werden es vielleicht nicht ganz nachvollziehen können, aber ich wollte sichergehen, dass das Lehrerzimmer präsentabel ist und nicht wieder dreckige Kaffeetassen herumstehen oder halbleere Joghurtbecher. Das macht wahrlich keinen guten Eindruck.«

»Auf wen?«

»Unsere potenzielle neue Schulleiterin. Sie war am Samstag beim Festakt anwesend.«

Im Schulgebäude

In Gedanken versunken durchquerte Hannah wie so oft in den letzten Tagen die Halle mit den Schließfächern. Der vermisste Schlüsselbund ging ihr nicht aus dem Kopf. Konnte es sein, dass der Anruf aus dem Lehrerzimmer nur als gezieltes Ablenkungsmanöver inszeniert worden war? Sollte der Verdacht absichtlich auf das Kollegium fallen, um Verwirrung zu stiften? Hatte ein Schüler die Gelegenheit genutzt und von dort aus Marvin angerufen?

Ein Stockwerk höher wandte sie sich in Richtung des Verwaltungstrakts. War es überhaupt realistisch anzunehmen, dass ein Schüler oder eine Schülerin sich trauen würde, das Lehrerzimmer zu betreten – einen Ort, an dem Schüler nicht das Geringste verloren hatten? Das Risiko, dort entdeckt zu werden, war groß. Wer war verwegen genug, um das durchzuziehen?

Ohne es richtig zu merken, war Hannah am Sekretariat angelangt. Spontan entschloss sie sich, Regine Teupker nach dem Überbringer des Schlüssels zu befragen.

»Ich war beschäftigt und habe nicht darauf geachtet«, sagte die Sekretärin, ohne aufzuschauen. »Sabine verliert ihren Schlüsselbund beinahe jede Woche. Ich merke mir nicht mehr, wer der jeweilige Finder ist. Am Samstag war es auf jeden Fall ein Schüler, aber wer genau – keine Ahnung.«

»Und wie er aussah…?«

»Darauf habe ich wirklich nicht geachtet. Kann ich sonst noch etwas für Sie tun?«

»Ich wüsste nicht. – Dürfte ich kurz die Lehrertoilette benutzen? Ist die abgeschlossen?«

Wortlos zog Regine Teupker eine Schreibtischschublade auf und reichte Hannah einen Schlüssel an einem dicken Band.

In Westermanns Büro

»Ich ahnte schon, dass die Kollegin Koch mich melden würde und habe das Corpus delicti gleich mitgebracht.«

Gisbert Althenrich wühlte in seiner verschlissenen Aktentasche und zog eine kleine, in Leder gehüllte Flasche heraus. »Riechen Sie mal dran«, forderte er Gerrit und Natalie auf.

Vorsichtig hielt Natalie sich den Flachmann an die Nase und schnupperte: ein Geruch, der ihr bekannt vorkam.

»Pfefferminz«, stellte Gerrit fest. »Ziemlich scharf. Tee ist das nicht.«

»Nein!«, erwiderte Althenrich. »Aber auch kein Alkohol, wie viele meiner Kollegen vermuten. Meinen Sie, ich wüsste nicht, welche Gerüchte über mich verbreitet werden?«

»Dann spielen Sie doch mit offenen Karten!«

»Das möchte ich hinsichtlich des Kollegiums auf keinen Fall«, seufzte der Lehrer. »Ich gehe davon aus, dass Sie nichts verlauten lassen werden.«

»Wir unterliegen der Schweigepflicht.«

»Also gut: Es ist eine Mundspülung mit Menthol. Ich benutze sie mehrmals täglich, weil ich an starkem Mundgeruch leide. Die Ursache sind irgendwelche Bakterien im Magen, gegen die man nichts machen kann. Sie können sich vielleicht vorstellen, wie extrem unangenehm das in meinem Beruf ist. Man steht tagtäglich in engem Kontakt mit vielen Menschen, führt Gespräche unter vier Augen, schaut Schülern über die Schulter, sitzt Kollegen gegenüber. Permanent geht mir durch den Kopf: Riechen die was? Warum geht der jetzt einen Schritt zurück? Warum setzt sich niemand zu mir an den Tisch? Man wird extrem dünnhäutig.«

»Verstehe. Und am Samstag?«

»Bin ich nach dem Festakt ins Lehrerzimmer zu meinem Fach gehuscht und habe prophylaktisch einen Schluck genommen. Ohne dieses Zeug traue ich mich nicht mehr unter Leute. Ich kann doch meinen Beruf deswegen nicht aufgeben.«

Auf der Lehrertoilette

Der Gedanke, nach Hause zu fahren, um sich ein bisschen Ruhe zu gönnen, Lasse aus der Kita abzuholen, da zu sein, wenn Jan wieder auftauchte, war verlockend. Mit den Schü-

255

lern hatte sie soweit nötig geredet. Ob die Trauerfeier für Maybritt wie geplant stattfinden würde, stand nach dem Mord an Marvin völlig in den Sternen. Heute noch mit Westermann darüber zu reden, hatte wohl keinen Zweck. Ihre Aufgabe war im Moment erledigt. Sie würde Natalie und Gerrit Bescheid sagen und sich auf den Weg nach Münster machen.

Die Lehrertoilette sah nicht viel anders aus als die Schülertoilette, in der sie vor einigen Stunden mit Amelie gesprochen hatte. Hannah wusch sich die Hände, das Desinfektionsmittel in einem Halter an der Wand ignorierte sie. Vermutlich ein Überbleibsel aus der Zeit der Vogelgrippe.

Vinckes Klasse. Wie mochte es den Schülern gehen, die nun schon seit Stunden untätig herumsaßen? Und das ohne ihre Handys benutzen zu dürfen. Ob jemand von ihnen Sabine Theißens Schlüsselbund gefunden hatte? Vielleicht sollte sie doch noch einmal gezielter nachfragen.

Die Tür zum Sekretariat stand offen. Im Moment hielt die jüngere der beiden Damen dort die Stellung. Sie war am PC beschäftigt.

»Mit Dank zurück«, sagte Hannah und übergab Tanja den Schlüssel. »Frau Teupker … ?«

» … schaut gerade im Archiv nach einem alten Abschlusszeugnis, von dem ein Duplikat benötigt wird. Sie kommt aber vermutlich jeden Moment zurück.«

Die junge Sekretärin klickte rasch etwas in der Datei an und wandte sich Hannah zu. »Ruhe zum Arbeiten hat hier heute niemand mehr so recht. Wir sind alle ein bisschen durcheinander wegen der Kripo.«

»Das kann ich mir denken«, murmelte Hannah. Ihr schwante, dass Tanja versuchte, Näheres von ihr zu erfahren, aber damit wollte sie nicht dienen.

»Alle reden sich die Köpfe heiß, worum es gehen könnte. Die meisten tippen auf einen Diebstahl, obwohl die Kommissarin das ausgeschlossen hat.« Hastig schaute Tanja auf ihre Armbanduhr. »Bald wissen wir jedenfalls mehr. – Frau Teupker braucht anscheinend doch länger. Kann ich Ihnen eventuell helfen?«

»Waren Sie am Samstag auch hier im Büro?«

»Nein. Ich musste zu einer Beerdigung. Warum?«

»Ein Schüler hat nach dem Festakt Frau Theißens Schlüsselbund bei Frau Teupker abgegeben. Ich wollte fragen, ob es jemand aus der Klasse von Herrn Vincke gewesen sein könnte.«

»Aus Alexanders Klasse? Das ist doch die mit diesem flippigen Typen, der immer total bunt angezogen ist.«

»Ganz genau.«

»Den kennt wahrscheinlich jeder hier«, grinste Tanja. Hannah hatte ein ungutes Gefühl. In einer guten halben Stunde würde Tanja wissen, dass Marvin nicht mehr lebte.

»Und dieser niedliche kleine Portugiese? Der macht doch auch die Ausbildung zum Freizeitsportgruppenleiter.« Die junge Sekretärin schien einem kleinen Plausch nicht abgeneigt, solange ihre gestrenge Kollegin nicht anwesend war.

»Sie kennen sich aber gut aus. Bei über 1900 Schülern hätte ich das jetzt nicht gedacht.«

»Er hat hier schon die Fachoberschule gemacht, und wir müssen meistens seinen Fahrtkostenantrag korrigieren, weil irgendwelche Angaben fehlen. Solche Schüler merkt man sich. Abgesehen davon ist er wirklich ein netter Kerl.«

»Und Jonathan? Der Dialysepatient?«

Tanja klickte die Datei auf dem Bildschirm weg und rollte ihren Schreibtischstuhl ein Stück näher an Hannah heran. »Den hätte Regine allerdings mit Sicherheit gekannt.«

»Wie meinen Sie das?« Hannahs Pulsschlag beschleunigte sich abrupt.

Tanja schaute eine Sekunde lang in Richtung Tür und beugte sich dann zu Hannah vor: »Jonathan Laurenz ist ihr Neffe.«

Hannah war verblüfft. Verschiedenste Gedanken wirbelten ihr durch den Kopf.

Tanja stand auf, kam um den Tresen herum und schloss die Tür, nicht ohne vorher einen schnellen Blick in den Gang zu werfen. Dann wandte sie sich Hannah wieder zu. »Sie macht zwar ein Geheimnis daraus, aber der Junge hat sie hier im Büro eines Tages versehentlich mit ›Tante‹ angesprochen. Ich habe natürlich so getan, als hätte ich das nicht mitbekommen.«

Die junge Frau schien es zu genießen, sich für die ständigen Schikanen durch ihre ältere Kollegin ein wenig revanchieren zu können und sprudelte nur so drauflos. »Irgendwie war ich neugierig geworden und habe in Jonathans Schulvertrag geschaut. Anhand des Geburtsnamens seiner Mutter konnte ich feststellen, dass sie tatsächlich Regines Schwester ist. Warum das keiner wissen soll, ist mir allerdings schleierhaft.«

Im Büro des Schulleiters

Als Hannah den Raum betrat, spürte sie sofort die angespannte Stimmung. Mit düsterer Miene saßen die drei Kripo-Beamten um den Tisch herum.

»Wir dachten schon, du wärst weg«, kommentierte Gerrit ihr Erscheinen knapp.

»Ich brauchte mal eine Pause.«

Gerrit nickte abwesend. Schüttler hatte den Laptop vor sich und tippte ab und zu auf die Tastatur.

Natalie warf einen Blick auf die Uhr an der Wand. »Weniger als eine halbe Stunde bis zur nächsten Pause. Dann müssen wir die Lehrer über den Mord informieren. Außerdem sollten wir den Schülern aus Marvins Klasse ihre Handys zurückgeben und sie gehen lassen. Mit anderen Worten wird über kurz oder lang etwas nach außen durchsickern. Frank, hast du den Text für die Pressemitteilung fertig?«

Wortlos schob er ihr den Rechner hin, aber sie winkte ab. »Später. Lasst uns zuerst resümieren und die weitere Strategie festlegen. Was haben wir aus dem Kollegium erfahren?«

»Insgesamt wenig und nichts Brauchbares, wenn du mich fragst«, stöhnte Gerrit. »Lauter plausible Geschichten: eine Lehrerin mit krankem Kind, die in Ruhe telefonieren wollte, ein hypernervöser Schulleiter, der bei seiner Nachfolgerin Eindruck schinden will. Ich fand seine Erklärung durchaus glaubhaft – dieser Aufräum-Tick passt zu dem Typ. Alles in allem haben wir weniger Hinweise bekommen als erwartet. Trotzdem könnten sich noch mehr Leute in der fraglichen Zeit im Lehrerzimmer aufgehalten haben. Dieser Pfefferminz-Mann hat sich ja auch erst auf unsere Aufforderung hin gemeldet.«

Hannah merkte auf. »Den kenne ich. Was ist denn mit ihm?«

»Kaschiert seinen Mundgeruch mit einer ekeligen Mentholspülung. Seine Kollegen glauben, dass er säuft.«

Hannah schüttelte ungläubig den Kopf.

»Vielleicht ergibt sich ein brauchbarer Hinweis, wenn wir gleich den Mord öffentlich machen«, hoffte Natalie. »Möglicherweise weiß jemand von einer Verbindung zwischen dem Opfer und einem Kollegen oder einer Kollegin. Vor allem sollten wir die Lehrer, die einen besonderen Bezug zu Marvin haben, ins Visier nehmen. Beispielsweise alle, die ihn unterrichtet haben. Vielleicht ist er mit jemandem aneinandergeraten.«

»Sabine Theißen und Alexander Vincke waren mehrere Tage lang mit ihm auf dem Segler in Holland«, erinnerte Hannah.

»Die beiden überprüfen wir besonders akribisch«, sagte Natalie mit Nachdruck. Wieder schaute sie hastig auf ihre Uhr. »Nun zu den Schülern. Eine Reihe von ihnen können wir aller Wahrscheinlichkeit nach ausschließen.«

»Genau«, meldete sich Schüttler zu Wort. »Beispielsweise alle, die bei Marvins Telefongespräch mit dem oder der großen Unbekannten in der Aula dabei waren.«

»Immer vorausgesetzt, unsere Prämisse trifft zu, dass der Anruf vom Täter kam«, entgegnete Gerrit. Schüttler verzog genervt das Gesicht.

»Also bleiben alle, die für den fraglichen Zeitpunkt kein Alibi haben: zum Beispiel Lennart und Franziska. Beide sind am Samstag gar nicht in der Schule aufgekreuzt.«

»Aus nachvollziehbaren Gründen.« Schüttler wirkte nun bockig.

Unbeirrt fuhr Natalie fort. »Lennart fühlt sich schuldig, weil er nach Marvins Pfeife tanzen und bei diesem unglücklichen Video mitspielen musste. Aber Franziska? Wusste sie überhaupt, dass Marvin der Antreiber im Hintergrund war?«

»Vielleicht hat sie es von einem der Beteiligten erfahren. Darüber wissen wir bisher nichts«, sagte Gerrit nachdenklich. »Den Punkt sollten wir unbedingt abklären. – Und was ist mit Jonathan?«

Eine kleine Pause entstand. Draußen gingen mehrere Personen vorbei und redeten ziemlich laut.

»Er ist der wahrscheinlichste Kandidat«, fasste Natalie zusammen, als die Stimmen verklungen waren. »Immerhin erinnert sich eine Mitschülerin, dass er damit geprahlt hat, sich eine Waffe aus dem Darknet besorgen zu können.«

»Seine frühere Klassenlehrerin bestreitet diese Aussage allerdings, und Franziska hat vergeblich versucht, sich von ihm eine Waffe zu besorgen«, warf Gerrit ein.

Ohne ihn weiter zu beachten, fuhr Natalie fort: »Er hatte definitiv zum Tatzeitpunkt die Aula verlassen und somit die Gelegenheit zum Telefonanruf. Ein wasserdichtes Alibi hat er nicht. Eine Schwachstelle ist zugegebenermaßen das Motiv. Was hatte er konkret gegen Marvin?«

»Ich habe herausgefunden, dass Jonathan der Neffe von Regine Teupker ist.«

»Von wem weißt du das?«, fragte Gerrit.

»Von Tanja aus dem Büro.«

»Eine solche verwandtschaftliche Beziehung kann ja mal vorkommen. Inwiefern sollte das für uns von Bedeutung sein?«, sagte Natalie lakonisch.

»Merkwürdig ist nur, dass Frau Teupker ein ziemliches Geheimnis daraus macht«, beharrte Hannah. »Warum soll das keiner wissen? Daran ist doch nichts Schlimmes.«

»Vielleicht damit niemand auf die Idee kommt, dass Jonathan eine Sonderbehandlung von der Schulverwaltung bekommt«, mutmaßte Gerrit.

»Irgendwas stimmt da nicht. Der Junge ist ein menschenscheuer Einzelgänger, der ganz allein sein Ding durchzieht. Ich kann ihn mir nur mit Mühe bei der Arbeit mit Kindern oder Jugendlichen vorstellen. Paula Schmidt-Holsten hat sich ähnlich geäußert. Warum macht er dann überhaupt die Ausbildung zum Erzieher?«

»Wer ist diese Frau Schmidt-Holsten?«, wollte Schüttler wissen.

»Besagte frühere Klassenlehrerin«, erläuterte Gerrit. »Wir sollten Hannahs Hinweis ernst nehmen. Regine Teupker liegt möglicherweise viel an ihrem Neffen, und es ist vorstellbar, dass Marvin eine potenzielle Bedrohung für ihn war. Sie hat am Samstag im Sekretariat gearbeitet und konnte ohne Weiteres mitbekommen, wer sich wann im Lehrerzimmer aufhielt. Ein unbeobachtetes Telefongespräch von dort aus wäre eine Kleinigkeit für sie gewesen.«

»Ich weiß nicht … diese seriöse Frau mit Seidenbluse und Perlenkette soll eine Mörderin sein? Kann ich mir nur bedingt vorstellen«, gab Schüttler zu bedenken.

»Klingt gewagt, aber eine ebenso gut gekleidete, seriös wirkende Frau hat mir vor einigen Tagen in der Kirche am Marktplatz beinahe die Handtasche ausgeräumt. Ist gerade noch mal gut gegangen.«

»Davon hast du ja gar nichts erzählt! Hast du das auf der Wache gemeldet?«, regte Gerrit sich auf.

»Ich weiß nicht mal, wo die ist. Außerdem hatte ich keine Zeit dazu.«

»Gerrit, kläre das bitte später mit Hannah!«, sagte Natalie energisch. »Regine Teupker muss ja nicht notwendigerweise die Täterin sein, aber vielleicht die Anruferin. Wir müssen jeder Spur nachgehen. Am besten holen wir sie sofort hierher.«

Kurz nach zwölf

Auf dem Flur atmete Hannah kurz durch. Der Wunsch, die Schule zu verlassen und nach Münster zu fahren, war inzwischen übermächtig, aber Natalie hatte sie gebeten, auf das Ergebnis des Gesprächs mit der Sekretärin zu warten – für den Fall, dass Jonathan noch einmal vernommen werden musste. Wo sollte sie so lange hin? Ins Lehrerzimmer?

Die Tür zum angrenzenden Büro stand einen Spalt breit offen. Westermann saß am Schreibtisch – in seinem Sessel zusammengesackt und mit gesenktem Kopf.

Ohne nachzudenken betrat Hannah den Raum. »Herr Westermann? Ist Ihnen nicht gut?«

Wie in Zeitlupe schaute er auf und starrte sie verständnislos an. »Sie? Ich dachte…« Mit einer vagen Bewegung bat er Hannah, Platz zu nehmen.

»Kann ich etwas für Sie tun?«, fragte sie behutsam und setzte sich ihm gegenüber. Der kommissarische Schulleiter wirkte erschöpft und irgendwie desorientiert.

Kaum merklich schüttelte Westermann den Kopf. »Nicht wirklich. Ich sitze schon seit zehn Minuten hier und drücke mich vor einem Anruf.«

In der Tat lag der Hörer der Telefonanlage griffbereit vor ihm.

»Es ist vorbei. Ich hatte alles so gut durchdacht und geplant, aber nun stehe ich vor dem Nichts.«

Wovon redete der Mann?

»Ich verstehe nicht ganz …«

Er nahm den Telefonhörer in die Hand und wog ihn geistesabwesend hin und her. »Die Übergabe der Schulleitung. Endlich will sich jemand bewerben. Eine taffe junge Frau, 42 Jahre alt, verheiratet, mit einem halbwüchsigen Kind. Die ideale Kandidatin. Am Samstag war sie hier und völlig begeistert von der Schule. War ja auch eine gelungene Veranstaltung. Ich war so erleichtert, die Verantwortung bald wieder loszuwerden! Und nun?«

Er starrte unschlüssig auf den Hörer. »Ich möchte auf keinen Fall, dass sie von dem Mord aus den Medien erfährt, aber die Zeit läuft mir davon. In wenigen Minuten wird die Öffentlichkeit Bescheid wissen.«

»Sie befürchten, dass die Kandidatin wieder abspringt?«, schlussfolgerte Hannah.

»Ich könnte es ihr nicht verdenken. Wer will schon eine Schule übernehmen, in der das komplette Lehrerkollegium unter Mordverdacht steht?«

»Gut möglich, dass sie das abschreckt. Aber finden Sie, dass die Frau dann wirklich eine gute Besetzung für den Posten wäre?«

Westermann schaute auf. Zum ersten Mal lag ein Funken von Interesse in seinem Gesicht. »Wie meinen Sie das?«

»Muss eine Schulleiterin nicht jederzeit damit rechnen, dass unerwartete, manchmal schlimme Ereignisse eintreten könnten? Es reicht doch nicht aus, die Schule glänzend nach außen zu repräsentieren, hier und da ein paar Anweisungen zu geben oder eine Konferenz zu leiten.«

»Das stimmt schon. Man muss in der Lage sein, jede erdenkliche Situation zu bewältigen.«

»Allein kann man das nicht schaffen. Man braucht Unterstützung. Ich glaube, auch von ganz oben. Und die bekommen wir auch.«

Hannahs Herz klopfte. War sie jetzt zu weit gegangen? Aber schließlich war dies ihre feste Überzeugung.

Westermann starrte immer noch auf den Hörer in seiner Hand, aber er schien sich ein wenig in seinem Sessel aufzurichten.

»Wir hätten ein paar Fragen an Sie, Frau Teupker. Würden Sie bitte mitkommen?«

»An mich? Aber … aber wieso … ich weiß gar nicht …«

Das Läuten des Telefons unterbrach das Gestammel der Sekretärin. Hilflos blickte sie den Apparat an.

»Ich kümmere mich. Keine Sorge, Regine«, beruhigte ihre junge Kollegin sie mit einem übertrieben freundlichen Lächeln.

Die Bestürzung, von der Kripo zum Gespräch zitiert zu werden, stand Regine Teupker ins Gesicht geschrieben, als sie Platz nahm.

»Frau Teupker, Sie waren am Samstag bei der Verabschiedung Ihres früheren Chefs dabei«, eröffnete Natalie die Vernehmung in neutralem Ton.

»Selbstverständlich. Ich habe schließlich fast 15 Jahre mit ihm zusammengearbeitet.«

»Sie haben die Aula unmittelbar nach dem Festakt verlassen und im Sekretariat gearbeitet. Warum?«

Regine Teupker nestelte an ihrer Perlenkette, bis deren goldener Verschluss wieder an der korrekten Position im Nacken lag, und richtete sich kerzengerade auf. »Das endlose Gerede beim Sektempfang ist nicht so mein Fall. Also habe ich mich vom alten Chef gebührend verabschiedet und bin gegangen. Wegen der Vorbereitung der Veranstaltung war letzte Woche eine Menge Arbeit liegen geblieben. Ich sah eine gute Möglichkeit, einiges davon wegzuschaffen, ohne ständig unterbrochen zu werden.«

»Fanden Ihre Kollegen das nicht merkwürdig?«

»Meine Kollegen!«, schnaubte die Sekretärin. »Als ob die mich für voll nähmen! Man ist ja nur eine Mitarbeiterin. Hat nicht studiert. Ich glaube nicht, dass mich jemand vermisst hat.«

»Sie haben also längere Zeit an Ihrem Arbeitsplatz gesessen. Haben Sie jemanden ins Lehrerzimmer hineingehen sehen? Oder hatten Sie die Tür ausnahmsweise geschlossen?« Gerrits Tonfall war eine Spur schärfer als Natalies.

»Also … ehrlich gesagt … es ist mir gar nicht mehr so präsent. Doch … ich glaube, die Tür war einen Spalt weit geöffnet, aber beschwören könnte ich das nicht.«

»Hat Herr Westermann bei Ihnen reingeschaut?«

»Der Chef? Äh … ja … das hat er wohl.« Als die Kripo-Beamten schwiegen, setzte Regine Teupker seufzend hinzu: »Also gut. Er hatte mich gebeten, im Sekretariat die Stellung zu halten, weil er jemanden durch die Schule führen wollte. Eine Person, der er mich vorstellen wollte.«

»Die Kandidatin.«

»Genau.«

»Sonst haben Sie niemanden in der Nähe des Lehrerzimmers gesehen?«

»Kann sein, dass der eine oder andere den Flur entlanggegangen ist. Ein Schüler kam und brachte mir den Schlüsselbund einer Kollegin. Sonst erinnere ich mich an niemanden. Ich verstehe nicht, warum das alles so wichtig ist.«

Gerrit schaute kurz zu Natalie und sagte dann: »Weil während der Veranstaltung am Samstag jemand ermordet worden ist. Hier in der Schule.«

»Das ist ja furchtbar!« Regine Teupker klang schockiert.

»In der Tat. In wenigen Minuten werden wir das Kollegium darüber informieren.«

»Wer? Wer ist es …?«

»Ein Schüler. Marvin Brockbach.«

»Nein!« Die Sekretärin riss die Augen auf und bedeckte den Mund mit einer Hand.

»Frau Teupker, wir verdächtigen Ihren Neffen Jonathan Laurenz.«

»Nein!«, schrie sie nun beinahe hysterisch. »Das kann nicht sein!«

»Er besitzt angeblich eine Pistole, die er sich aus dunklen Kanälen besorgt hat. Und er hat kein Alibi. Frau Teupker, welche Verbindung gibt es zwischen Marvin und Jonathan?«

Ihre Mundwinkel begannen zu zittern. Sie öffnete die Lippen, blieb aber stumm.

Natalie legte ihr eine Hand auf den Arm. »Frau Teupker, haben Sie am Samstag vom Lehrerzimmer aus mit Marvin telefoniert?«

Leise schluchzend brach es aus der Frau heraus: »Nein. Ich war nicht im Lehrerzimmer.«

»Haben Sie Ihrem Neffen die Tür geöffnet?«

»Ich habe ihn an dem Tag überhaupt nicht gesehen! Bitte glauben Sie mir. Jonathan hat nichts damit zu tun.«

Natalie und Gerrit verständigten sich per Blickkontakt. Die Frau wirkte überzeugend. Oder war sie bloß eine gute Schauspielerin?

»Frau Teupker, warum soll niemand an der Schule wissen, dass Jonathan Ihr Neffe ist?«

Sie schniefte und brauchte eine Weile, bis sie in der Lage war zu sprechen. »Weil er eigentlich gar nicht hätte aufgenommen werden dürfen. Ich habe dennoch dafür gesorgt, und das hätte ich nicht tun sollen.«

»Sie haben nachgeholfen.«

»Ich habe das für meine Schwester gemacht«, schluchzte die Sekretärin. »Sie können sich wahrscheinlich nicht vorstellen, wie es ist, ein schwerkrankes Kind zu haben. Seit kurzem muss er zur Dialyse, aber das ist keine Dauerlösung. Er steht schon länger auf der Liste für eine Nierentransplantation. In der Schule hatte er von Anfang an Schwierigkeiten, weil er so oft fehlte. An ein Abitur war überhaupt nicht zu denken. Eine Lehrstelle bekam er auch nicht. Welcher Meister will schon einen Azubi, der ständig im Krankenhaus liegt? Meine Schwester war verzweifelt und hatte Angst, Jonathan würde sich etwas antun, wenn er nicht irgendwo unterkäme. Da habe ich nachgeholfen – wie Sie das nennen. In der Hoffnung, dass er später irgendwo im kirchlichen Dienst oder bei einem Wohlfahrtsverband als Erzieher eingestellt wird.«

»Was genau haben Sie gemacht?«, beharrte Natalie.

»Jonathan hatte überhaupt keine Erfahrungen mit Kindern, als er sich hier beworben hat. Ich habe das vertuscht, indem ich ein mehrmonatiges Praktikum bei einer Kindertagesstätte im Emsland erfunden habe. Es passte genau in eine Lücke in seinem Lebenslauf nach einem längeren Krankenhausaufenthalt.«

Regine Teupker schluckte. Sie musste sich sichtlich überwinden weiterzusprechen. »Es gibt bei uns ein Formblatt für den Praxisnachweis. Ich habe ein altes Exemplar mit einer guten Beurteilung aus dem Archiv genommen und Jonathans Daten eingefügt. Auf der Kopie fiel das kaum auf. Ich weiß, dass die Akten nur ganz flüchtig durchgeblättert werden. Wenn überhaupt.«

»Und wie kam Marvin ins Spiel?«

»Vor ein paar Wochen kam er ins Sekretariat – während des Unterrichts. Tanja hatte an dem Tag frei. Er schloss die Tür und beugte sich vertraulich zu mir rüber. Seine Worte kann ich Ihnen noch beinahe auswendig wiederholen, so genau habe ich sie im Ohr: ›Es ist doch seltsam, dass mein Mitschüler Jonathan jedes Mal als Erster seine Fahrtkosten ersetzt bekommt. Ich habe mich gefragt, wie das sein kann. Zufall? Oder steckt etwas anderes dahinter, Frau Teupker?‹«

Die Stimme der Sekretärin hatte eine andere Tonlage angenommen, als sie Marvins Worte wiederholte. »Mir lief in dem Moment ein eisiger Schauer den Rücken hinunter«, versicherte sie. »Ich ahnte, dass nun etwas Schreckliches kommen würde. Dieser grässliche Typ! Ich fand ihn schon immer widerlich.«

»Und wie ging es weiter?«, mahnte Natalie.

»Jemand aus der Klasse hatte Marvin gesteckt, dass ich Jonathans Tante bin. Das Mädchen wohnt ganz in seiner Nähe in Hauenhorst und hatte mich öfter dort gesehen.« Wieder änderte sich ihr Tonfall: »Er sagte zu mir: ›Ihr Neffe scheint ja nicht gerade der geborene Erzieher zu sein. Irgendwie sagte mir mein Bauchgefühl, dass Sie da etwas gedreht haben mit Jonathans Schulplatz, Frau Teupker. Also habe ich mich ans Telefon gehängt und mich bei seiner angeblichen Praxisstelle im Emsland beworben. Nebenbei habe ich erwähnt, dass ein Mitschüler dort bereits ein sehr erfolgreiches, mehrmonatiges Praktikum absolviert hat, von dem er gerne und ausführlich im Unterricht berichtet.‹«

Regine Teupker schniefte. »Natürlich kannte man Jonathan dort überhaupt nicht. Die Leiterin der Einrichtung war sich absolut sicher, dass sie seinen Namen nie gehört hatte.« Sie schüttelte den Kopf, als könne sie selbst nicht mehr glauben, was abgelaufen war.

»Was hat er von Ihnen verlangt?«, hakte Gerrit nach.

»Er nannte es eine kleine Dienstleistung«, sagte sie mit höhnischem Unterton. »Ich sollte seine Leistungsbescheinigung aus dem Unterstufen-Praktikum aufhübschen, die äußerst mäßig ausgefallen war und ihm Unzuverlässigkeit, unentschuldigte Fehltage und Schwierigkeiten bei der Annahme von Kritik attestierte. Damit hätte er sich nirgendwo um eine Anstellung bewerben können. Falls ich mich weigern sollte, würde er zu Westermann gehen und ihm vom Fehltritt seiner stets ›ach so korrekten‹ Sekretärin berichten.«

»Sind Sie darauf eingegangen?«

»Natürlich nicht«, schnaubte Regine Teupker. »Es wäre wohl keine große Sache für mich gewesen, denn ich hatte ja sozusagen schon Übung. Aber man weiß doch, wie es mit Erpressern läuft: Sie verlangen immer mehr. Was wäre als Nächstes gekommen? Womöglich ein gefälschtes Schulzeugnis, eigenhändig von mir kopiert und beglaubigt? Ich hätte mich doch immer mehr angreifbar gemacht!«

Sie legte beide Handflächen auf den Tisch und beugte sich vor. »Ich habe darauf vertraut, dass Westermann mich decken würde, wenn er von der Sache erfährt. Unser alter Chef war nie groß im Delegieren und hat alle wichtigen Verwaltungsvorgänge alleine kontrolliert. Als er plötzlich erkrankte und Westermann seinen Posten übernehmen musste, hatte er von Anträgen, Abrechnungen, Personalschlüssel und ähnlichen Dingen absolut keine Ahnung. Tanja ist erst seit einem Jahr hier und gerade gut genug für die Erstellung von Listen und sonstige Schreibarbeiten. Ich war die Einzige, die Westermann retten konnte, da ich jahrelang die rechte Hand seines Vorgängers war. Verstehen Sie?«

»Und das haben Sie Marvin gesagt?«

»Ich habe ihm erklärt, dass ich selbst Westermann umgehend über die Angelegenheit informieren würde. Und das habe ich getan.« Mit triumphierender Stimme setzte sie hinzu: »Selbstverständlich hat er mich gedeckt. Wie ich es erwartet hatte.«

»Wie hat Marvin reagiert?«

»Er sagte, es würde mir noch leid tun.«

»Eine Frage noch, Frau Teupker«, sagte Gerrit. »Wusste Ihr Neffe von Marvins Erpressungsversuch?«

»Um Himmels willen! Nein! Ich habe ihm kein Sterbenswörtchen davon gesagt.«

»Sie vielleicht nicht. Aber wie war es mit Marvin?«

Als die Bedeutung von Natalies Worten bei Regine Teupker angekommen war, schlug sie die Hände vor das Gesicht und stöhnte: »Oh Gott! Was habe ich getan?«

Zur selben Zeit in der Halle mit den Schließfächern

Nach dem Gespräch mit Westermann hatte Hannah keinen Ort gewusst, wo sie die Zeit überbrücken konnte, bis Natalie und Gerrit ihr Gespräch mit der Sekretärin beendet hatten. Halbherzig entschloss sie sich, nach den Schülern aus Vinckes Klasse zu sehen. Unterwegs schaute sie ohne große Erwartungen auf ihr Handy und sah die Nachricht. Von Jan!

Ihr Herz machte einen Satz. In aller Eile rief sie zurück.

»Hallo Hannah.«

Die vertraute Stimme, der warme Tonfall, seine spürbare Freude, mit ihr zu sprechen: Es ging ihm gut. Es war nichts Schlimmes passiert. Sie lehnte sich an die Wand mit den Schließfächern.

»Jan. Gott sei Dank! Wir konnten dich den ganzen Morgen lang nicht erreichen«, hauchte sie.

»Ich habe es gesehen. Tut mir leid, dass du dir Sorgen gemacht hast. Ich hatte das Handy im Auto gelassen. Ehrlich gesagt hatte ich nicht mit einem Anruf von dir gerechnet.«

»Wo warst du denn?«

»Längere Geschichte. Ich erzähle es dir nachher in aller Ruhe, ja? Seid ihr weitergekommen?«

Sie hatte keine Lust auf umständliche Erklärungen. Jans Aussage war nicht mehr nötig. Dass Marvin in der Aula tatsächlich einen Anruf bekommen hatte, stand längst fest. »Es könnte ein Schüler gewesen sein, aber es gibt noch keinen wirklichen Durchbruch.«

In Hannahs unmittelbarer Nähe wurden Schließfächer aufgerissen, Bücher und Turnschuhe hineingepfeffert, Jacken und Fahrradhelme herausgenommen.

»Lass dir Zeit, Hannah. Bleib, solange du gebraucht wirst. Ich hole nachher Lasse von der Kita ab, und wir reden, wenn du zurück bist. Mach dir keine Gedanken. Mir geht es gut. Natalie und Gerrit passen doch auf dich auf?«

»Aber klar«, sagte Hannah lächelnd. Eine Träne der Erleichterung schlich sich über ihre Wange. »Nicht zu vergessen dein Lieblingskollege Frank Schüttler.«

»Na, dann bist du ja in Sicherheit.« Sie konnte sein Grinsen durchs Telefon hören. Eigentlich hatte sie keine Lust aufzulegen, aber das durchdringende Klingeln zur Pause ließ sie resignieren.

»Hat keinen Zweck mehr jetzt. Hier ist zu viel los. Bis nachher.«

»Pass auf dich auf.« Jans letzte Worte konnte sie nur noch erahnen, weil direkt neben ihr lautstark telefoniert wurde.

Gegen halb zwei im Schulleiterzimmer

»Du strahlst ja förmlich!«, sagte Natalie mit einem ahnungsvollen Lächeln. »Hat Jan hat sich gemeldet?«

Hannah nickte. Mehr wollte sie jetzt nicht dazu sagen.

»Wo sind die anderen?«

»Gerrit und Schüttler schicken gerade Marvins Klasse nach Hause und holen Jonathan. Nach der Aussage seiner Tante müssen wir auf jeden Fall noch mal mit ihm reden.«

Natalie fasste das Gespräch mit der Sekretärin kurz zusammen. »Westermann bestätigt im Großen und Ganzen Regine Teupkers Aussage. Er hat davon abgesehen, wegen dieser ›Lappalie‹ arbeitsrechtliche Konsequenzen zu ziehen, weil er auf seine Sekretärin angewiesen ist.«

Hannah war schockiert. Nun lief doch alles auf den jungen Dialysepatienten hinaus. Bedrückt sagte sie zu, bei Jonathans Vernehmung dabei zu sein.

Der Schulleiter steckte den Kopf durch die Tür. »Die Kollegen sind vollzählig im Lehrerzimmer versammelt und werden allmählich ungeduldig.«

»Leider dauert es noch. Wer partout nicht warten will, kann gehen«, beschied ihn Natalie achselzuckend.

Stirnrunzelnd verließ der Schulleiter den Raum.

Mit ungelenken, steifen Bewegungen nahm Jonathan Laurenz Platz, ohne jemanden anzusehen. Hannah spürte ihre Anspannung. Was würden die nächsten Minuten ans Tageslicht bringen?

»Wir haben mit Frau Teupker gesprochen«, sagte Gerrit ohne jegliche Einleitung.

Keine Regung.

»Seit wann wussten Sie, dass Marvin Ihre Tante erpresst hat, Jonathan?«

Wortlos starrte der Angesprochene vor sich hin.

»Sie wussten doch davon?«

Gerrits Finger trommelten auf die Tischplatte. Abrupt stand er auf, ging um den Jungen herum und sprach ihn von hinten an. »Sie wollten sie schützen. Ihre Tante hat viel für Sie getan, Ihnen sogar den Platz an der Schule hier besorgt. Eine andere Chance hatten Sie nicht.«

Ein leichtes Zucken durchlief den Jungen. Hannah hielt den Atem an. Warum schwieg er so hartnäckig?

»Es wäre eine Katastrophe für Sie gewesen, wenn Ihre Tante Ihretwegen ihren Job verloren hätte. Sie wollten das unbedingt verhindern. Deswegen haben Sie sich entschlossen, etwas gegen Marvin zu unternehmen.«

Endlich eine Reaktion: ein hastiger Biss auf die Unterlippe.

Gerrit ging wieder zu seinem Stuhl, setzte sich aber nicht. »Sie haben sich eine Waffe besorgt. Aus dem Darknet. Sie wollten Marvin aus dem Weg schaffen. Endgültig.«

Immer noch beharrliches Schweigen.

Natalie beugte sich beinahe vertraulich zu ihm: »Wir vermuten, dass Ihre Tante Marvin vom Lehrerzimmer aus angerufen hat, um ihn in den Klassenraum zu locken.«

Ein kurzes Zittern, dann ballten sich die Hände für einen Moment zu Fäusten.

»War es so, Jonathan? Oder haben Sie die Sache ganz allein durchgezogen?«, hakte Gerrit nach. »Reden Sie mit uns!«

Keine Reaktion. Der Junge hatte sich wieder unter Kontrolle.

»Möchten Sie sich mit Frau Schmielink beraten? Sie steht unter Schweigepflicht. Wir werden kein Sterbenswörtchen davon erfahren, was Sie mit ihr bereden.«

Hannahs Puls schnellte in die Höhe. Dieses Angebot war abgesprochen, aber das Kopfschütteln des Jungen signalisierte ein klares Nein.

»Also gut, dann haben wir keine Wahl. Wir werden uns noch heute eine richterliche Genehmigung zur Durchsuchung Ihres Laptops besorgen. Sie mögen ein ziemliches Genie auf dem Gebiet sein, und vermutlich glauben Sie, dass Sie Ihre Aktivitäten im Darknet lückenlos getarnt haben. Aber ich kann Ihnen versichern: Wenn Sie dort unterwegs waren und sich illegal eine Pistole besorgt haben, dann finden unsere Experten das sehr schnell heraus.«

Gerrit schwieg, um seinen Worten mehr Gewicht zu verleihen.

»Ich sage kein Wort ohne einen Anwalt.« Jonathans Worte klangen ruhig und gefasst. »Bitte informieren Sie meine Eltern. Und in spätestens einer Stunde muss ich bei der Dialyse sein.«

Eine Viertelstunde später

Hannah starrte aus dem geöffneten Fenster auf den Parkplatz. Die ersten Lehrer verließen das Gebäude. Natalie und Gerrit würden jeden Moment zurück sein, Frank Schüttler begleitete Jonathan zur Dialyse. Immerhin bestand Fluchtgefahr.

Sie konnte nichts mehr tun, weil der Junge jegliches Gespräch verweigerte. Alle waren sich einig, dass seine Forderung nach einem Anwalt so gut wie ein Schuldeingeständnis war. Hannah mochte dem Gedanken im Moment nicht weiter nachgehen.

Eigentlich hatte sie sofort aufbrechen wollen, aber eine merkwürdige Mischung aus Erschöpfung, Leere und Anspannung hielt sie fest im Griff. Sie musste kurz durchatmen, bevor sie sich ins Auto setzte.

Gerrit kam allein zurück. »Du bist ja noch da«, murmelte er und setzte sich gegenüber. Die Fältchen um seine Augen hatten sich in den letzten Stunden vertieft. Auch ihm schien der Fall nahezugehen. »Ich habe Jonathans Vater erreicht. Natalie und ich treffen uns nachher mit ihm auf der Wache. Aber vermutlich kommen wir heute nicht mehr weiter, denn nach der Dialyse werden wir den Jungen auf ärztliche Anordnung hin wohl nicht mehr vernehmen dürfen.«

»Und die Überprüfung seines Rechners?«, fragte Hannah.

»Dazu müssen wir auf den Durchsuchungsbeschluss warten. Morgen sehen wir weiter. Ich halte dich auf dem Laufenden.«

Hannah griff zu ihrer Tasche. »Dann will ich mal.«

Gerrit rang sich ein winziges Lächeln ab. »Gut, dass Jan sich inzwischen gemeldet hat. War zu merken, welche Sorgen du dir gemacht hast. Schimpf mal ordentlich mit ihm!«

»Das werde ich«, sagte Hannah.

Gerrits Lächeln verschwand. »Wirst du nicht.«

Sein Blick versetzte Hannah einen jähen Stich. Da war sie wieder – diese Traurigkeit, die Sehnsucht nach einem Menschen, für den man alles ist. Der jederzeit um einen weiß und dem man alles verzeiht.

Sie schluckte. Wie sehr sie Gerrit auch wünschte, jemanden zu finden: Sie konnte ihm dabei nicht helfen.

»Hannah! Warte mal!« Etwas unwillig drehte sie sich um.

Paula. In einem hellgrauen Trainingsanzug und Turnschuhen trat sie aus einem Pulk von Kollegen auf Hannah zu und zog sie auf die Seite. »Wir haben gerade von dem Mord erfahren. Was für eine furchtbare Sache! Wenn ich mir vorstelle, dass wir alle hier waren – nur wenige Meter entfernt … unfassbar!«

Als Hannah nicht antwortete, berührte die junge Lehrerin sie leicht am Arm: »Du wusstest schon länger davon.«

»Seit gestern Abend«, entschlüpfte es Hannah unwillkürlich.

»Deswegen wirktest du heute so angespannt. Kein Wunder.«

Hannah nickte dankbar. Die mitfühlenden Worte taten ihr gut.

Paula schaute sich kurz um. »Sag mal: Hast du noch einen Moment Zeit?« Sie räusperte sich etwas befangen. »Ich würde gern über etwas Persönliches mit dir reden. Vielleicht könnten wir irgendwohin gehen.«

Jan hatte gesagt, sie solle sich die Zeit nehmen, die sie brauchte. Zu Hause war alles in Ordnung. Ihre beiden Männer konnten noch ein wenig auf sie warten.

»Okay. Wohin? Ins Café, wo wir neulich waren?«, antwortete Hannah und setzte sich in Richtung Ausgang in Bewegung.

»Da wimmelt es jetzt von Schülern. Wie wäre es mit einem kleinen Gang den Waldhügel hinauf? Das sind zwei Minuten mit dem Auto von hier, also kein Umweg für dich.«

»Okay. Dann mal los!«

»Lass uns mit deinem Wagen fahren«, schlug Paula vor. »Ich jogge dann zurück zur Schule und wärme mich schon mal für den Sportunterricht auf.«

Sie hatten die große Halle gerade durchquert, als Hannahs Handy sich meldete. ›Natalie‹, las sie im Display. Sofort beschleunigte sich ihr Puls. Ob es eine neue Entwicklung gab?

»Ich muss ein Gespräch annehmen, Paula. Privat.«

»Kein Problem. Ich laufe schon mal los. Du sammelst mich unterwegs ein, oder wir treffen uns am Parkplatz. Die Einfahrt liegt aber ein bisschen versteckt.«

Hannah ließ sich kurz den Weg beschreiben und wartete, bis Paula sich entfernt hatte.

»Natalie, was gibt es?«

»Ich wollte dich fragen, ob wir uns mal treffen können?«

Hannah stutzte. Sie kannte Natalie schon seit Jahren, aber ein privater Kontakt hatte sich bisher nie ergeben.

Sie verabredeten sich für den nächsten Abend in Hannahs Stammcafé am Marienplatz. Als sie ihren Wagen aus der Parklücke bugsierte, fiel ihr etwas ein. Rasch rief sie Natalies Nummer auf.

»Sorry. Ich hatte verschwitzt, dass ich morgen zur Elternversammlung in Lasses Kita muss. Wir müssen einen anderen Termin ausmachen.«

Nach längeren Beratungen einigten sie sich darauf, ihr Treffen auf fünf Uhr vorzuverlegen.

Als Hannah endlich losfuhr, war von Paula schon nichts mehr zu sehen.

Gegen halb drei

Sie musste mehrmals abbiegen, dann hatte sie die Straße erreicht, die den Waldhügel überquerte, ganz in der Nähe der Stelle mit der üblen Radarfalle. Paula joggte gerade am Waldrand entlang und zeigte auf eine schmale Lücke im kompakten Grün, hinter der sich ein Parkplatz mit nur wenigen Stellplätzen verbarg. Als Hannah ausstieg, hatte die durchtrainierte Lehrerin bereits zu ihr aufgeschlossen.

Hinter einem hölzernen Drehkreuz verzweigte sich der Weg. Sie gingen geradeaus und folgten dem mäßig ansteigenden, von hohen Büschen gesäumten Pfad. Die Bewegung tat Hannah nach dem langen, anstrengenden Vormittag im

Schulgebäude gut. Auf Paulas Geplapper über den Förderverein, der das Gelände hegte und pflegte, achtete sie kaum.

Rechter Hand tat sich eine steil ansteigende, grasbewachsene Lichtung auf – an der Bank am oberen Rand führte wohl ein Parallelweg entlang. Kurze Zeit später weitete sich der Blick nach links, und das Panorama der Stadt lag vor ihnen: der massige Kirchturm der Dionyskirche am Marktplatz, das klotzige Rathaus, die moderne Einkaufsgalerie und im Hintergrund eine Phalanx von Windrädern bis zum Horizont. Selbst das Wetter spielte mit. Die blauen Löcher in der Wolkendecke wurden größer – Sonnenstrahlen fielen in dicken Balken hindurch. Allmählich verspürte Hannah Vorfreude auf einen entspannten Nachmittag mit Jan und Lasse.

»Sieht man die Schule?«, fragte Hannah.

»Von dieser Stelle aus nicht. Sie liegt dort drüben hinter den Bäumen.«

Einen Moment lang schwiegen sie und schauten über das Häusermeer. Dann räusperte sich Paula. Sie schien etwas verlegen: »Vielleicht findest du es ziemlich unpassend im Moment, Hannah, aber ich wollte dich etwas fragen: Hauptkommissar Höllmann … Wie ist eigentlich sein Vorname?«

Die Frage berührte Hannah. »Er heißt Gerrit.«

»Gerrit.« Bedächtig, beinahe verträumt wiederholte Paula den Namen.

Hannah lächelte. »Er gefällt dir?«

»Ich fand ihn vom ersten Moment an ausgesprochen attraktiv.«

»Kann ich nachvollziehen.«

»Aber sicher vergeben?«

»Er ist Single.«

Paula atmete tief aus. »Echt? Und war er schon mal verheiratet? Hat er Kinder?«

»Weder noch. Er hatte eine längere Beziehung, die vor drei Jahren in die Brüche gegangen ist.«

»Vor drei Jahren? Und seitdem war nichts?«

»Er hat ziemlich unter der Trennung gelitten. Aber in letzter Zeit habe ich das Gefühl, dass er sich neu orientiert.«

»Und seine Kollegin? Diese Kommissarin?«

»Natalie? Was soll mit ihr sein?«

Paula runzelte die Stirn. »Ich weiß nicht … so wie sie ihn manchmal ansieht … «

»Sie heiratet in ein paar Wochen.«

Paula kegelte mit dem Fuß ein Steinchen zur Seite und holte tief Luft. »Also er interessiert mich schon. Schließlich muss ich mal wieder an mich denken. Die Schule hat viel zu lange die erste Geige in meinem Leben gespielt. Selbst meine Tochter braucht mich ja anscheinend nicht mehr.«

Ein Mann mit weißer Haarpracht tauchte am Rand der Lichtung vor der Silhouette der Stadt auf. »Schau mal: Ist das etwa Westermann?«, entfuhr es Hannah.

Paula schüttelte den Kopf. »Sieht ihm ein bisschen ähnlich, aber er ist es nicht. Bestimmt nur jemand, der seinen Hund ausführt.«

Tatsächlich sah der Mann sich jetzt um, pfiff durchdringend, und ein zotteliger Mischling kam mit einem Stöckchen im Maul angefegt.

»Sprich Gerrit doch einfach an!«, knüpfte Hannah wieder an ihr Gespräch an.

»Ich überlege. Aber warum eigentlich nicht? Mehr als eine Abfuhr kann ich mir nicht einhandeln. Ich glaube, dass er mich vorhin ganz sympathisch fand. – Apropos Westermann. Als Gerrit und die Kommissarin uns über den Mord an Marvin unterrichtet haben, wollte einer meiner Kollegen wissen, ob unsere Befragung vorhin damit zu tun hatte. Aber wir haben keine Antwort bekommen. Weißt du etwas darüber?«

Hannah zögerte. Eigentlich durfte sie nichts sagen. Andererseits war die Frage nach dem Täter mittlerweile so gut wie geklärt.

Paula tippte sich an den Kopf. »Tut mir leid. Ich hätte wissen müssen, dass du darüber nicht reden darfst. Es fiel mir nur gerade so ein.«

»Und wieso gerade beim Stichwort Westermann?«

»Irgendwann am Samstag ging er quer durchs Foyer zurück in die Aula. Ich habe mich gefragt, ob er euch das gesagt hat. Allerdings kann er natürlich sonst wo gewesen sein.«

Hannah stutzte. Westermann hatte zugegeben, kurz im Lehrerzimmer nach dem Rechten geschaut zu haben. Jeder hatte ihm diese harmlos klingende Geschichte abgenommen, obwohl … Der Schulleiter wusste von Marvins Erpressungsversuch. Befürchtete er, dass der Schüler die Sache nicht auf sich beruhen lassen würde? Ein Mord, um einen Skandal zu verhindern?

Hannahs Adrenalinpegel stieg deutlich an. »Hast du noch mehr gesehen? Hat Westermann sich irgendwo aufgehalten, wo er nicht hätte sein sollen? Dann musst du dich unbedingt bei der Kripo melden! Es ist noch nicht zu spät«, sprudelte sie heraus.

»Nein, nein«, wiegelte Paula ab. »Ich konnte doch überhaupt nicht weg von meinem Posten. Nicht mal zur Toilette habe ich es geschafft aus Sorge, dass die Schüler allein nicht klarkämen. Ich habe lediglich gesehen, dass Westermann zwischenzeitlich die Aula verlassen hat.«

»Okay«, murmelte Hannah. Irgendetwas störte sie an Paulas Erklärung, aber sie kam nicht darauf, was.

»Tja, die ganze Sache wirft wirklich kein gutes Licht auf unsere Schule«, wechselte die junge Lehrerin unvermittelt das Thema. »Man stelle sich die Schlagzeilen morgen in der Presse vor: Mord im Berufskolleg!«

»Damit ist zu rechnen.«

»Wahrscheinlich sind die Schüler aus Vinckes Klasse schon munter dabei, ihre Theorien zu posten. Der einzige Trost für Westermann dürfte sein, dass niemand in der Schule groß um Marvin trauern wird. Abgesehen von seiner Freundin Amelie natürlich.«

»Du wusstest, dass die beiden zusammen waren?«, fragte Hannah ungläubig.

»Habe damals live miterlebt, wie er sie nach allen Regeln der Kunst angebaggert hat«, bekam sie brüsk zur Antwort. »Auf der Party bei mir zu Hause, die ich vor den Sommerferien für die beiden Klassen organisiert habe.«

»Ich dachte, du kanntest ihn nur flüchtig von einer Schüler-Versammlung.«

»Habe ich das gesagt? Dann habe ich wohl nicht mehr an diese Szene gedacht«, antwortete Paula leichthin. »Wollen wir weitergehen? Bis zur Blauen Lagune sind es nur noch ein paar Minuten. Der Ausblick ist wirklich spektakulär.«

Hannah nickte abwesend – in Gedanken bei dem, was sie gerade gehört hatte. Wie hatte Paula vergessen können, dass Marvin Gast auf ihrer Party gewesen war? Vor allem, wenn sie sich detailliert erinnerte, wie die Beziehung zwischen ihm und Amelie sich just an dem Abend angebahnt hatte?

»Im Moment blüht nicht viel, aber das Jahr über findet man hier eine Reihe von Pflanzen, die unter Naturschutz stehen. Sogar Schlüsselblumen, die mittlerweile ziemlich selten sind.« Paula hatte sich in Begeisterung geredet.

Hannah antwortete einsilbig und warf pflichtschuldig einen Blick auf letzte Mohnblüten und die gelben Rispen des welkenden Stolzen Heinrichs am Wegesrand. Die waren nun wirklich recht gewöhnlich!

Es ging wieder ein Stückchen bergab bis zu einer Stelle, wo sich mehrere Wege kreuzten. Paula zögerte nicht eine Sekunde und lotste Hannah weiter den Hügel hinauf. Sie schien sich bestens auszukennen.

Warum hatte Paula ihr verschwiegen, dass sie Marvin näher kannte? Ein ungutes Gefühl beschlich Hannah. Nie hatte sie in den vergangenen Tagen an den Worten der jungen Lehrerin gezweifelt, die sich so engagiert für ihre Schüler und die Schule einsetzte. Während Paula am letzten Samstag den kompletten Sektempfang organisiert hatte, hatten andere Kollegen wie Alexander Vincke einen Sekt nach dem anderen getrunken und das Büffet abgeräumt.

Der Sektempfang! Plötzlich wusste sie, was nicht zusammenpasste. »Ich habe dort eine Weile geholfen, weil die Schüler alleine nicht klarkamen mit den Getränken. War alles ziemlich chaotisch.« Sabine Theißens Worte auf dem Schulhof, als sie Hannah von ihrem verschwundenen Schlüsselbund berichtet hatte. Warum das Durcheinander, wenn Paula doch – gemäß ihrer eigenen Aussage – nicht einmal Zeit für die Toilette gefunden hatte? Warum hatte Sabine Theißen sie vertreten müssen? Warum war Paula nicht auf ihrem Posten gewesen?

Ein Schauer lief Hannah über den Rücken. Nein, das konnte einfach nicht sein! Jonathan hatte so gut wie gestanden. Was sollte Paula mit dem Mord zu tun haben, selbst wenn sie die Gelegenheit dazu gehabt hätte? Denn erst gegen Ende der Veranstaltung war sie mit einem Tablett voller Gläser in der Aula erschienen, um mit ihren Kollegen anzustoßen.

»Ist das nicht die pure Idylle?« Paula schwieg erwartungsvoll.

Hannah versuchte, die düsteren Gedanken abzuschütteln. Sie standen vor einem recht neu wirkenden Stall aus Holz mit rotem Dach, davor ein rustikales Gatter, das von einem Findling gesichert war. Hannah schaute über einen rostigen Zaun und dichtes Brombeergestrüpp in einen enormen Krater aus weißem Kalkstein. Spärliches Grün wuchs an den steilen Wänden und auf dem flachen Boden. Schafe mit braunen Köpfen und flachen Hörnern tummelten sich an den Abhängen. Die Szenerie erschien Hannah seltsam unwirklich.

»... Kalkabbau ... seit Jahrzehnten ... der komplette Hügel ... löchrig wie ein Schweizer Käse ...« Paulas Worte drangen wie aus weiter Ferne in Hannahs Bewusstsein. Sie gab bewundernde Laute von sich, hoffentlich an passender Stelle.

»... erinnert mich an Urlaub in der Schwäbischen Alb ... gibst du mir die Nummer, Hannah?«

Die Gesprächspause war nicht zu überhören.

»Äh ... welche Nummer?«

»Gerrits Handynummer. Hörst du mir eigentlich zu? Wo bist du mit deinen Gedanken?«

»Ich habe gerade überlegt, was ich heute Abend kochen soll. Sorry.«

Paulas Stirn runzelte sich kaum merklich. Fand sie diese Ausrede unglaubwürdig? Plötzlich fiel Hannah ein, dass niemand wusste, wo sie war. Ihr Auto stand auf einem versteckten, anscheinend wenig genutzten Parkplatz, und keiner ahnte, dass sie mit der jungen Lehrerin unterwegs war.

»Gibst du mir nun die Nummer?«, beharrte Paula nach einigen Sekunden.

»Ja, natürlich.« Hannah kramte nach dem Handy und diktierte die einzelnen Ziffern. Während sie aus dem Augenwinkel sah, wie Paula sich über das Display beugte, rief sie rasch die Anrufliste ihres Handys auf und tippte auf die oberste Nummer. Dann stopfte sie das Gerät zurück in die Schultertasche. Ohne den Reißverschluss zuzuziehen, hängte sie sich die Tasche über die Schulter und zog sie beiläufig vor ihren Oberkörper.

Ihr Herz klopfte heftig, und ihr war heiß, nicht nur wegen der mittlerweile vom wolkenlosen Himmel strahlenden Sonne. »Ich glaube, so langsam muss ich nach Hause«, sagte sie und wischte sich Schweißtropfen von der Stirn.

Zur selben Zeit – in der Innenstadt von Rheine

»Verflixt! Schon wieder Rot!«, fluchte Gerrit. »Nur drei Autos sind durchgekommen. Was ist denn da vorne bloß wieder los?«

Natalie lächelte nachsichtig. »Reg dich ab! Jonathans Vater wird frühestens in einer halben Stunde auf der Wache sein. Bis dahin sind wir längst da.«

»Ich dachte, wir könnten uns in der Zwischenzeit irgendwo etwas zu essen besorgen. Ich sterbe fast vor Hunger.« Wie zur Bestätigung knurrte Gerrits Magen vernehmlich.

»Hast du schon eine Idee, wo?«, forschte Natalie durchaus interessiert.

Gerrit warf einen Blick zur Seite und schluckte. Seit Monaten war er das erste Mal allein mit Natalie, und er ertrug es kaum, wie unglaublich attraktiv sie wirkte. Verdammt! Er hatte sie vermisst und würde sie immer vermissen. Und nicht nur als Kollegin. Wenigstens ein halbe Stunde mit ihr wollte er herausschlagen. Ganz für sich allein.

»Wie wäre es mit Frikadellen aus der Bio-Box?«

Natalie schaute ungläubig. »Das ist nicht dein Ernst.«

»Doch. Ein paar ziemlich pfiffige junge Landwirte bieten gemeinsam mit einer Kult-Metzgerei am Stadtrand rund um die Uhr Bio-Waren aus dem Automaten an: Eier, Milchprodukte, Grillfleisch und eben Frikadellen. Das läuft wie irre. Immer frisch! Wir könnten uns damit eindecken und einen kleinen Gang am Kanal entlang machen, um den Kopf frei zu bekommen.«

Natalie wirkte immer noch skeptisch. »Ich weiß nicht … Moment mal eben. Mein Handy.« Umständlich zog sie das Gerät aus ihrer Hosentasche. »Das ist Hannah«, sagte sie erstaunt und meldete sich.

Endlich bewegten sich die Fahrzeuge vor ihm, allerdings leuchteten die Bremslichter bereits wenige Meter nach dem Einbiegen auf den Ring wieder auf. »Mist!«, zischte Gerrit. Die Schlange ging bis zur Emsbrücke.

»Seltsam«, hörte er Natalie sagen. »Es ist Hannah, aber sie spricht nicht mit mir, sondern mit jemand anderem.« Sie horchte weiter und schüttelte den Kopf.

»Vielleicht hat sie aus Versehen auf deine Nummer getippt.« Gerrit stöhnte. Die Ampel an der Münsterstraße zeigte Grün, aber es tat sich rein gar nichts.

»Möglich«, murmelte Natalie. »Wir haben vorhin noch kurz telefoniert.«

»Kannst du etwas verstehen?«

»Sie redet irgendetwas von Schafen und einer Blauen Lagune.«

»Ich wollte dir die Blaue Lagune doch noch zeigen! Es sind nur ein paar Schritte.« Paula wirkte ein wenig beleidigt.

»Ach ja, hatte ich beinahe schon vergessen«, redete Hannah hastig drauflos. »Dieser Krater hier mit den Schafen ist ja schon echt beeindruckend. Gibt es dort auch welche?«

Völlig hirnloses Geplapper, aber sie meinte gehört zu haben, wie sich Natalie meldete. Hoffentlich hörte Paula die Stimme nicht auch!

Auf dem Ring

Genervt beobachtete Gerrit, wie die Ampel zum zweiten Mal von Rot auf Grün wechselte, ohne dass sich irgendein Fahrzeug bewegte. Auf der Gegenspur tröpfelte der Verkehr, vermutlich lediglich ein paar Autos aus dem Parkhaus an der Münsterstraße. Selbst die Kreuzung hatten irgendwelche Idioten so gut wie dicht gemacht. Ein Rettungswagen schaffte es nur mühsam, in Richtung Jakobi-Krankenhaus durchzukommen.

Natalie hielt immer noch ihr Handy ans Ohr und horchte.

»Hannah macht bloß mit irgendwem einen Spaziergang«, versuchte er sich an einer Erklärung.

»Ich weiß nicht. Ich habe ihr heute Morgen sicherheitshalber meine Nummer gegeben, als sie sich mit dieser Franziska treffen wollte. Für den Notfall sozusagen.«

»Hör einfach noch ein bisschen zu, bis wir sicher wissen, dass alles okay ist. Hier läuft sowieso gar nichts.«

Auf dem Waldhügel

»Das ist die Blaue Lagune? Ist ja der Hammer, Paula!«, rief Hannah betont begeistert aus. Mit der linken Hand spreizte sie möglichst unauffällig den Reißverschluss ihrer Tasche. »Wie tief sind denn diese Kalkwände? Bestimmt 30 Meter, oder? Und das Wasser! Grünblau wie in der Karibik!«

»Der See schimmert immer anders – je nach Wetterverhältnissen und Lichteinfall. Wir haben echt Glück, dass die Sonne gerade durchgekommen ist.«

Hannah drehte sich um und warf einen Blick auf ihre Uhr. »Lass uns zurückgehen, Paula. Ich sollte wirklich langsam aufbrechen.«

Paulas Miene erstarrte. »Warum hast du es auf einmal so eilig?« Mit bohrendem Blick kam sie näher. Unwillkürlich wich Hannah zurück, bis sie die hölzernen Latten des Zauns in ihrem Rücken spürte.

Auf dem Ring

»Ich kann immer nur Hannah verstehen, die andere Frau nicht, aber Hannah redet sie mit Paula an. Wer ist das noch mal?«

»Paula? Sie war die Lehrerin, in deren Unterricht Jonathan mit seinen Kenntnissen über das Darknet geprahlt hat. Allerdings fand sie ihn damals nicht glaubwürdig.«

»Das wissen wir inzwischen aber besser«, gab Natalie zurück und lauschte wieder konzentriert. »Ehrlich gesagt habe ich langsam ein mulmiges Gefühl: Zuerst bricht Hannah in Begeisterung über diese Lagune aus, und unmittelbar danach redet sie davon, dass sie unbedingt aufbrechen will. Ich finde, sie klingt ängstlich. Total merkwürdig.«

»Was sollen wir denn tun? Wir wissen ja nicht mal, wo genau sie ist.« Wortlos schaltete Gerrit den Funkverkehr mit der Einsatzzentrale ein. »Hannes, wir stecken auf dem Ring vor der Ludgeribrücke fest. Was ist da los?«

»Schwerer Unfall am Abzweig Osnabrücker Straße. Kann noch 'ne Weile dauern, bis die Kreuzung geräumt ist.«

»Mist! Noch was: Sagt dir ›Blaue Lagune‹ etwas?«

»Das ist ein Badesee in einem Waldgebiet nördlich von Rheine. Der offizielle Name ist Hengemühlensee. Schönes Plätzchen! Warum fragst du?«

»Danke erst mal. Ich melde mich vielleicht später noch mal.«

An der Blauen Lagune

»Es war wohl ein Fehler, mit dir hierher zu kommen« , sagte Paula mit leiser Stimme.

»Ein Fehler? Wieso?«

»Ein Fehler, zwei Dinge auf einmal zu wollen: einen tollen Typen kennenlernen und möglichst keine Spuren hinterlassen.«

Hannah zuckte zusammen. »Was meinst du damit?«, sagte sie und hielt dabei krampfhaft den Reißverschluss auf. Hoffentlich war Natalie noch in der Leitung!

»Tu nicht so scheinheilig! Ich merke schon die ganze Zeit, wie es in deinem Kopf rattert. Du bist völlig von der Rolle, seit ich mich verplappert habe wegen dieser Party. Ich hatte dich unterschätzt, Hannah. Du hast eins und eins zusammengezählt. Und zwar richtig. Du wirst es kaum glauben, aber du selbst hast mich erst auf die Idee gebracht, Marvin aus dem Weg zu räumen.«

»Du hast ihn erschossen?«

Auf dem Ring

»Sie fragt: ›... du hast ihn erschossen?‹« Völlig entgeistert gab Natalie Hannahs Worte wieder und starrte Gerrit an.

Der hieb mit der flachen Hand auf das Lenkrad. »Verdammt! Diese Paula war es! Die hatten wir überhaupt nicht auf dem Schirm. Hannah ist in Gefahr. Und wir kommen hier nicht weg!« Er nickte in Richtung des blauen Busses, der die rechte Spur blockierte. Im Rückspiegel glänzte die verchromte Schnauze eines überdimensionalen Lkw, und linker Hand versperrte ein Grünstreifen mit Drahtzaun die Möglichkeit zu wenden.

Fluchend schaltete er die Verbindung zur Einsatzzentrale wieder ein. »Hier Gerrit noch mal. Wir haben möglicherweise einen Notfall im Zusammenhang mit dem Mord am Berufskolleg. Es geht um die Frau des Kollegen Schmielink aus Münster. Haben wir eine Streife in der Nähe dieses Waldsees?«

Ungeduldig wartete er, bis der Kollege antwortete. »Ein Wagen ist ziemlich nah dran. Gib mir die Einzelheiten durch.«

Hastig beschrieb Gerrit Hannahs Auto, ihr Äußeres und das der jungen Lehrerin. »Und sag den Kollegen, sie sollen vorsichtig sein. Die Frau mit dem Pferdeschwanz könnte bewaffnet sein.«

Paula zuckte mit den Achseln. »Es musste sein«, sagte sie kühl und schaute über den Krater. Hannahs Blick ging rasch in Richtung Schafstall, aber weder dort noch in entgegengesetzter Richtung war irgendwer zu sehen.

»Als ich dich am Freitagabend angerufen habe, hast du mir verraten, dass auf dem Video jemand zu hören war, der seine Mitschüler zu dieser perversen Geschichte mit Maybritt angetrieben hat. Da hat es bei mir klick gemacht. Das konnte nur Marvin gewesen sein.«

Eigentlich sollte sie jetzt etwas sagen, in der Hoffnung, dass Natalie immer noch zuhörte, aber das Entsetzen über Paulas Worte lähmte Hannah.

»Schlagartig war mir bewusst, dass damit mehrere Leute ein Motiv hatten, Marvin ans Leder zu wollen. Das war meine Chance. Ich dachte, ich hätte den perfekten Plan, aber dann ist einiges schief gegangen.«

Sie musste Paula dazu bringen, ihr die ganze Geschichte zu erzählen, um Zeit zu gewinnen. Irgendwann musste doch bei diesem Bilderbuchwetter ein Spaziergänger auftauchen …

»Du warst diejenige, die ihn aus dem Lehrerzimmer angerufen hat!«, warf sie Paula als Köder hin.

»Beinahe wäre mir das gelungen, ohne dass es jemand mitbekam, aber beim Rausgehen bin ich Westermann über den Weg gelaufen. Er war tief in Gedanken, aber ich konnte nicht sicher sein, ob er sich erinnert. Deswegen wollte ich eben von dir wissen, ob er irgendwas gesagt hat. – Jedenfalls bin ich nach dem Anruf sofort mit dem Aufzug nach oben. Ich stand fürchterlich unter Strom und habe gezittert, ob Marvin auch wirklich kommt.« Sie lachte hämisch auf. »Der

Trottel wartete schon auf mich – mit seinem ewig gleichen, schmierigen Grinsen im Gesicht.«

»Was ist passiert?«

»Ich habe ihn abgeknallt, bevor er auch nur ein Wort sagen konnte. Diese ungläubigen Augen werde ich nie vergessen. Blöderweise ist er auf sein Handy gefallen. Und ich wollte ihn nicht anfassen, um keine DNA-Spuren zu hinterlassen. Mir blieb nichts anderes übrig als zu hoffen, dass die Spur zum Lehrerzimmer vage genug war. Ich musste doch so schnell wie möglich wieder runter ins Foyer, bevor irgendwem meine Abwesenheit auffiel.«

Hannah meinte ein schwaches Hundegebell zu hören, aber der Weg war in beiden Richtungen nach wie vor gähnend leer.

»Und noch etwas lief ganz und gar nicht nach Plan«, fuhr Paula fort. Sie redete ohne Punkt und Komma, ohne auf Hannah zu achten. »Konnte ich ahnen, dass diese Putze ihre Arbeit am Freitag nicht erledigt hatte? So konnte die Polizei leicht herausfinden, wann das Ganze passiert war. Dumm gelaufen, aber ich hatte immerhin noch den Sektempfang als Alibi. Glücklicherweise hat sich tatsächlich niemand gefragt, wo ich eigentlich die ganze Zeit gesteckt habe.«

Nicht einmal Sabine Theißen, schoss es Hannah durch den Kopf.

Auf dem Ring

»Gerrit?«

»Ja?«

»Die Kollegen haben keinen Wagen gefunden, auf den deine Beschreibung zutrifft. Auch kein Treffer, was die gesuchten Personen angeht. Was nun? Sollen sie die Ferienhäuser überprüfen?«

»Ferienhäuser? Aber … Moment mal. – Natalie, beschreib mir noch mal diese Lagune.«

»Wasser wie in der Karibik. Steile Abhänge. Kalkgestein …«

Mit einer Handbewegung brachte er sie zum Schweigen und wiederholte ihre Worte für den Kollegen in der Einsatzzentrale. »Passt das?«

Einen Moment lang hörte er nichts.

»Absolut nicht. Am Hengemühlensee ist es total flach und bewaldet. Aber warte mal. Hier kommt gerade ein Kollege herein, der sich besser auskennt.«

Gerrit trommelte nervös auf seine Oberschenkel. Der Stau hatte sich noch keinen Millimeter bewegt.

»Gerrit, hörst du?«

»Schieß los!«

»Es gibt noch einen anderen See, der gelegentlich Blaue Lagune genannt wird. In einem Krater oben auf dem Waldhügel.«

»Bingo! Das ist in unmittelbarer Nähe des Berufskollegs. Schick alle verfügbaren Leute dorthin!«

»Das kann dauern wegen des Unfalls: totales Chaos in der gesamten Innenstadt – auch an der Bodelschwingh-Brücke. Ich versuche lieber, Kräfte aus dem Südraum zu alarmieren. Die sind vermutlich schneller vor Ort.«

»Mach das! Und beeil dich, bitte!«

An der Blauen Lagune

»Warum, Paula? Warum hast du Marvin erschossen?«

Die junge Lehrerin schüttelte kaum merklich den Kopf.

Ihre Lippen waren zu einem schmalen Strich zusammengepresst.

»Ging es darum, dass er eure Sekretärin erpresst und Amelie wie den letzten Dreck behandelt hat? Wolltest du ihn stoppen? Ich könnte das verstehen. Ehrlich.«

Ein höhnisches Grinsen überzog Paulas Gesicht. »So edel waren meine Motive nicht. Regine Teupker hat sich immerhin erfolgreich gegen Marvins Erpressungsversuch zur Wehr gesetzt, nicht zuletzt weil Westermann, dieser Schwächling, sie natürlich gedeckt hat. Glücklicherweise wusste Jonathan das nicht. Ich hatte es mir schwieriger vorgestellt, dieses Herzchen herumzukriegen, aber seine Befürchtungen, Regine könnte seinetwegen ihren Job verlieren, waren riesig. Ein einziges, intensives Gespräch – und er hat mir bereitwillig seine Pistole überlassen. Ich habe ihm vorgegaukelt, ich wolle Marvin lediglich damit einschüchtern, sodass er Regine in Ruhe lässt. Er selbst hätte ja nie den Mumm dazu gehabt.«

Hannah fröstelte. Paula hatte den Jungen also eiskalt ausgenutzt. »Woher wusstest du denn überhaupt von der Erpressung? Etwa von Jonathan?«

Paula grinste höhnisch: »DAS ist die entscheidende Frage. Bravo! Wer hat mir wohl davon erzählt und sich damit gebrüstet?«

»Marvin?«, flüsterte Hannah entsetzt.

»Man sieht dir an, wie es in deinem Kopf klickert, Hannah! Ja, Marvin! Er und ich. Schau nicht so entsetzt! Wir waren ein Paar. Er hat mir von Regines Trickserei erzählt und sich damit schlussendlich sein eigenes Grab geschaufelt.«

»Aber du bist seine Lehrerin!«

»In der Tat«, bestätigte Paula in gleichgültiger Tonlage. »Das war übrigens der wahre Grund, warum ich die Klasse im Sommer nicht übernehmen wollte. Marvins Klassenlehrerin zu werden, fand ich dann doch nicht so prickelnd.«

»Aber wie konntest du …?« Hannah fehlten die Worte.

»Ich bestreite nicht, dass das Ganze mehr als unvernünftig war, aber immerhin war er schon volljährig, als die Sache mit uns anfing. Unsere Beziehung interessierte somit keinen Staatsanwalt.«

Paula starrte auf den Boden und schubste abwesend einige Kalksteine hin und her. »Du kannst sicher nicht nachvollziehen, wie fertig ich nach meiner Scheidung war. Als meine Tochter dann auch noch auszog, fühlte ich mich wie weggeworfen. Zu nichts nutze. Von keinem gewollt. Ich sehnte mich nach Anerkennung, wollte mich endlich wieder begehrenswert fühlen.«

»Das kann ich gut verstehen.«

»Ach ja?« Ruckartig hob Paula den Kopf. »Hast du dich schon mal so bedürftig gefühlt, dass du Dinge getan hast, von denen du glasklar wusstest, dass sie unsinnig sind? Dinge, die nicht nur falsch sind, sondern dich mit tödlicher Sicherheit noch weiter runter ziehen?«

Wieder widmete sich die junge Lehrerin einem Kalkbrocken zu ihren Füßen. »Ja, unsere Beziehung war vollkommen ungleich und hatte keine Zukunft, aber ich habe ihn gebraucht. Und er hat mich gebraucht. So einfach war das.«

»Was hat er von dir gewollt?«

Paula atmete tief aus. »Es passierte schleichend. Ganz nebenbei hat er mir untergejubelt, wie locker ich ihm die drohende Extrarunde auf dem Berufskolleg ersparen könnte. Es ging um seine Fehlstunden. Vincke ist bekanntermaßen akribisch, zählt an jedem Monatsende die einzelnen Klassenbucheintragungen der Schüler zusammen und trägt sie in das dafür vorgesehene Heft ein. Ich bin selbst Klassenlehrerin. Also fiel es nicht weiter auf, dass ich mich in einer Freistunde längere Zeit im Lehrerzimmer mit einem dieser Hefte beschäftigte. Es war kein großes Problem, ein paar Zahlen zu ändern und – schwupps – war Marvin versetzt. Seine Begeisterung darüber verflog allerdings schnell wieder.«

»Er wollte mehr.«

»Nicht so direkt. Dass er ein Meister im Manipulieren ist, habe ich viel zu spät durchschaut. Erst spürte ich an kleinen Dingen, dass sein Interesse an mir abflaute: hier ein abgesagtes Treffen, da ein vergessener Anruf... Dann hat er auf der Party vor meiner Nase mit Amelie rumgemacht. Angeblich, damit unsere Beziehung nicht auffliegt. Mit Amelie würde sich nichts Ernsthaftes abspielen. Eine glatte Lüge.«

Ihr gequältes Grinsen verschwand beinahe sofort wieder. »Zu Beginn des neuen Schuljahres fing er an, beiläufig nach den Prüfungsarbeiten zu fragen – meistens wenn wir im Bett lagen. Wann die Kollegen mit der Ausarbeitung beginnen, wer von ihnen wohl besonders viel verlangt. Bald wusste ich, was er von mir wollte.«

»Du solltest ihm die Klausuren besorgen.«

Paula stierte einen Moment vor sich hin. »Es wäre durchaus machbar gewesen. Der Bildungsgang Freizeitsportgruppenleiter ist neu, aber spätestens im nächsten Schuljahr bin ich selbst mit den Prüfungen dran. Sabine Theißen hätte keinerlei Verdacht geschöpft, wenn ich sie um ihren Entwurf gebeten hätte. Außerdem bewahren wir alte Klausuren aus allen Fächern auf, weil man sie nach gewisser Zeit mit leichten Abwandlungen wieder verwenden darf. Ich hätte ihm schon äußerst hilfreich sein können.«

»Aber?«

»Irgendwann schaltete sich mein Verstand wieder ein. Wie weit sollte ich noch gehen für das bisschen Sex? Unterschwellig hatte ich die ganze Zeit über Sorge, dass Marvin mich bei Westermann verpfeifen könnte. Ich hatte mich erpressbar gemacht.« Sie schluckte. »Eine Weile hätte ich ihn sicher noch halten können, wenn ich getan hätte, was er wollte. Aber letztlich war ich ihm total ausgeliefert. Mir wurde immer klarer, dass ich dem Ganzen ein Ende bereiten musste. Ich wusste nur nicht wie. Und dann hast du mir von dem Video erzählt. In meinem Kopf fing es an zu rotieren. Die Verabschiedung in der Aula bot sich geradezu an. Viele Menschen, die Motiv und Gelegenheit hatten ...«

»Wie hast du Marvin zu eurem Treffpunkt gelockt?«

»Ich habe ihm den Mund wässerig gemacht mit einer Nummer auf dem Pult, während die komplette Schule das Büffet abräumt und sich besäuft.«

Auf dem Ring

Die Sonne war herausgekommen und heizte den Wagen auf. Gerrits Hemd klebte am Rücken. Flüchtig dachte er an Jan. Nicht auszudenken, wenn Hannah etwas passierte ... Er durfte überhaupt nicht weiter darüber nachdenken ...

Um sich abzulenken, fragte er noch einmal: »Was hörst du? Ist Hannah noch dran?«

»Sie sagt ab und zu etwas, aber ich kann sie kaum noch verstehen. Ich glaube, sie reden über Marvin.«

»Hauptsache, du hörst sie überhaupt noch.«

Er fing Natalies Blick auf. Tiefe Besorgnis stand ihr ins Gesicht geschrieben.

Das Knacken der Funkanlage kam wie eine Erlösung. »Zentrale hier, Gerrit. Ein Streifenwagen aus Neuenkirchen ist unterwegs und kann in wenigen Minuten vor Ort sein. Sonderrechte frei? Blaulicht und Martinshorn?«

Gerrit stutzte einen Augenblick und schaute Natalie an. »Auf jeden Fall«, entschied er dann.

»Die Suche wird schwierig. Das Wegenetz auf dem Waldhügel soll ziemlich unübersichtlich sein.«

»Es hört sich so an, als wären sie direkt an diesem Kalksee. Wir fahren selbst hin, sobald wir aus dem Stau rauskommen.«

»Der Stau an der Bodelschwingh-Brücke löst sich gerade auf. Eine unserer Streifen wird vermutlich in circa fünf Minuten ziemlich genau bei dir vorbeikommen. Willst du umsteigen?«

An der Blauen Lagune

Paulas Blick ging wieder ins Leere. Über die Tat selbst hatte sie bisher nichts gesagt.

Hannah atmete kurz durch. Verdammt! Sie hatte nicht darauf geachtet, ihre Tasche weiter offen zu halten. War Natalie überhaupt noch dran? Hannahs Magen krampfte. Sie war auf sich gestellt.

»Weißt du, dass Jonathan unter Mordverdacht steht?«, versuchte sie das Gespräch erneut in Gang zu bringen.

»Jonathan?« Paula klang überrascht. »Wegen der Waffe? Wie ist die Kripo überhaupt so schnell auf ihn gekommen?«

»Amelie hat sich erinnert, dass er ziemlich gut über das Darknet Bescheid wusste.«

Paula zuckte mit den Achseln. »Damit hatte ich nicht gerechnet. Ich hätte ihn gerne aus der Sache rausgehalten.«

»Das glaube ich dir.« Hannah gab sich einen Ruck. Sie

musste es probieren. »Du musst dich stellen, Paula. Das wird dir vor Gericht nützen.«

»Mich stellen? Auf gar keinen Fall. Ich habe eine Tochter! Ich will nicht in den Knast. – Warum guckst du eigentlich ständig in deine Tasche?« Paulas Stimme klang plötzlich schrill. Urplötzlich stand sie direkt neben Hannah. »Was hast du da drin?«

Bevor Hannah reagieren konnte, griff Paula in die Tasche und riss das Handy heraus. Verblüfft starrte sie auf das Display und trat einen Schritt zurück. »War da jemand dran? Sag schon!«, flüsterte Paula.

»Ich weiß nicht ...«

Eine Sekunde später flog das Gerät in hohem Bogen über den Zaun in den Abgrund.

Hannah erstarrte. Nur das Tirilieren eines Vogels war zu hören. Nicht das winzigste Geräusch verriet, dass das Handy irgendwo aufgeprallt war. Die Zeit schien einen Moment lang stillzustehen. Wer sollte ihr jetzt noch helfen?

»Du steigst jetzt da drüber!«

Irritiert schaute Hannah hoch. Paulas Zeigefinger wies auf das Gatter in Hannahs Rücken. Dahinter lag der Kraterrand – in nicht einmal einem Meter Entfernung.

»Warum?« Ihre Stimme versagte beinahe.

»Weil du ein Foto machen wolltest. Dabei hast du versehentlich dein Handy fallen lassen und wolltest es zurückholen. Jedenfalls werden das alle denken.«

»Nein«, hauchte Hannah und starrte auf den schmalen Grat, der sie vom Abgrund trennte.

»Oh doch! Das tust du! Du warst zu neugierig, und jetzt weißt du zu viel.«

Sie musste weg! Sofort!

Den Kalkbrocken sah sie in letzter Sekunde. In hohem Bogen flog er auf Hannah zu, traf sie an Schulter und Hals. Beim Ausweichen fiel sie rückwärts. Instinktiv stützte sie sich mit den Händen ab.

Paula starrte sie hasserfüllt an. Sie kam einen Schritt näher, bückte sich nach dem nächsten Stein, hob ihn an und zielte mit Schwung auf Hannahs Kopf, aber der unförmige Brocken rutschte ihr aus der Hand.

Hannahs Hände krampften sich in den Boden, fühlten Steinchen und ... lose Erde? Paula bückte sich erneut nach dem Brocken, richtete sich schwankend auf.

Mit links stützte Hannah sich ab, mit der Rechten schleuderte sie eine Handvoll Dreck in Richtung Paula und schickte ein Stoßgebet nach oben.

Ein jähes Aufheulen verriet ihr, dass sie getroffen hatte. Paula hatte den Stein fallen lassen, hielt sich die Hände vor die Augen und krümmte sich.

Jetzt! Jetzt!

Mit einem Ruck stemmte Hannah sich hoch und war auf den Beinen. Ohne nachzudenken stürzte sie den Weg hinab in Richtung Schafstall.

Sie schaute nicht zurück. Die Zeit hatte sie nicht. Paula war eine trainierte Joggerin und: Sie hatte Sportschuhe an den Füßen, Hannah ihre Treter mit kleinem Absatz.

Sie atmete schwer, als sie den Schafstall erreichte. Die Tiere drängten sich am Gatter und blökten aufgeregt.

Weiter! Weiter!

Die Wegkreuzung. Sie wusste es schon, bevor sie dort ankam: Sie hatte keine Ahnung, welcher der Abzweig zum Parkplatz war! Vorhin war sie einfach Paula hinterhergetrottet – in Gedanken versunken. Zwei Wege führten bergan. Einer davon musste es sein. Sie wählte den linken und quälte sich hinauf.

Zu steil, sorgte sie sich schon nach wenigen Metern. Nein, das täuscht, machte sie sich Mut.

Seitenstechen, registrierte sie Sekunden später. Links eine Bank, halb verdeckt vom Gestrüpp! Dahinter ein riesiges Loch. Sie war falsch abgebogen, befand sich auf der gegenüberliegenden Seite des Kraters. Hier ging es auf keinen Fall zum Parkplatz mit dem rettenden Auto.

Zurück? Nein. Dort würde sie Paula direkt in die Arme laufen.

Weiter! Das Naturschutzgebiet konnte so groß nicht sein. Irgendwo musste es eine Straße geben, Häuser … und Menschen.

Das Terrain wurde flacher, dann leicht abschüssig. Sie schöpfte Hoffnung. Ihr Keuchen erfüllte die Stille ringsherum. Leiser, mahnte sie sich und versuchte verzweifelt, ihre Atmung in den Griff zu bekommen.

Rechter Hand eine Lichtung mit kniehohem Gras, eine Aussichtsbank und am unteren Rand: Paula! Im Laufschritt! Sie war auf dem Parallelweg unterwegs in Richtung Parkplatz. Anscheinend hatte sie Hannah gehört, wandte den Kopf nach links … und änderte augenblicklich die Richtung, stapfte durch das hohe Gras auf Hannah zu und wurde dabei langsamer, weil es steil bergauf ging.

Mehr sah Hannah nicht mehr, weil die Büsche ihre Verfolgerin verdeckten. Paula würde einige Sekunden verlieren, bis sie am oberen Weg angelangt war. Bestenfalls eine halbe Minute.

Weiter! Weiter! Herzrasen. Keuchen.

Der Weg ging in die falsche Richtung, weg vom Parkplatz, sagte ihr Orientierungssinn. Nicht so wichtig, Hauptsache eine Straße …

Ein Abzweig nach rechts. Schmal. Steil runter. Sollte sie ...?

Keine Zeit verlieren. Das konnte hinkommen.

Der Pfad wurde breiter, machte eine scharfe Kurve nach rechts, führte nun fast parallel zum Weg, von dem sie gerade erst abgebogen war. Wieder hatte sie eine falsche Entscheidung getroffen.

Weiter! Ein Zurück gab es jetzt nicht. Paula war ihr auf den Fersen. Rechts ein lichtes Waldstück. Ihre Verfolgerin kannte sich aus. Wenn sie querfeldein abkürzte, würde sie von dort oben kommen und Hannah den Weg abschneiden.

Links ein dichtes Gestrüpp aus Brombeeren, Büschen, Baumstümpfen. Darunter ein dicker Laubteppich. Wahrscheinlich mit morastigem Untergrund. Kein Durchkommen.

Ein Blick nach hinten: keine Paula.

Unvermittelt dämmerte ihr, dass der breite Pfad geradeaus am Parkplatz enden musste, am Drehkreuz. Es war der Abzweig, den sie anfangs rechter Hand hatten liegen lassen.

Plötzlich ein Motorengeräusch, das rasch lauter wurde. Wenig später ein roter Wagen, der hinter dem Dickicht in Sekundenbruchteilen vorbeiflitzte. Die Straße über den Waldhügel! Nur knapp hundert Meter entfernt! Und doch unerreichbar ...

Sie horchte konzentriert. Wenn Paula von oben kam, musste sie unweigerlich Lärm machen: knackende Zweige, brechende Äste, raschelndes Laub. Aber nichts war zu hören! Kein Laut.

Sollte sie es wagen? Der Weg vor ihr bog sanft nach links und war nicht komplett einsehbar, aber womöglich waren es nur noch hundert, maximal zweihundert Meter bis zum Drehkreuz.

Und was, wenn Paula ihr gar nicht gefolgt war, sondern

dort auf sie wartete? Oder am Wegrand – getarnt von einem Busch, in einer Mulde oder im Graben? Mit einem dicken Brocken griffbereit neben sich?

Hannah tastete sich einige Schritte vor. Hielt an. Zweifelnd.

Wieder ein Auto! Es hatte keinen Sinn zu rufen. Niemand würde sie hören.

Ein neues Geräusch, zuerst kaum wahrnehmbar, dann immer lauter: ein eindringliches Jaulen, das sich die Kuppe des Hügels emporarbeitete, an ihr vorbeischoss und leiser wurde.

Hannah starrte auf das Dickicht, hinter dem das silberne Fahrzeug mit den leuchtenden Querstreifen und dem blinkenden Blaulicht vorbeigerast war. Das jaulende Geräusch verstummte abrupt, nicht weit von ihr entfernt.

Sie rannte los.

Auf dem Ring

»Nichts«, sagte Natalie wieder, während sie mit wachsender Verzweiflung den Hörer an ihr Ohr presste. »Gar nichts mehr. Irgendetwas muss passiert sein.«

Gerrit stöhnte mit zusammengebissenen Zähnen und trommelte unablässig auf das Lenkrad, schaute zum zehnten Mal auf die Uhr. Auf der Straße vor ihnen tat sich immer noch nichts. Er ließ den Sicherheitsgurt klicken. »Ich halte das nicht mehr aus«, sagte er und stieß die Fahrertür auf. »Die Kollegen müssen jeden Moment an der Kreuzung hinter uns vorbeikommen. Bleib hier und kümmere dich um den Wagen. Ich melde mich, sobald wir etwas wissen.«

Natalie schaute ihn mit großen Augen an und nickte

stumm. Im Rückspiegel sah sie ihn hinter dem Lkw verschwinden.

Das Knacken des Funks ließ sie zusammenzucken.

»Zentrale hier. Gerrit?«

»Ist gerade los zur Kreuzung. Hier Natalie Weyröder.«

»Ich habe Nachricht von der Streife am Waldhügel. Sie haben Frau Schmielink im Wagen. Unverletzt. Die zweite Person ist flüchtig.«

»Danke«, sagte Natalie, schon im Aussteigen begriffen.

»Gerrit!«, schrie sie so laut sie konnte und lief los. Das Auto war nicht abgeschlossen, fiel ihr ein. Sei's drum! Hier konnte eh niemand weg.

Der schmale Spalt zwischen Lkw und Grünstreifen bremste sie aus. Sie balancierte auf der Begrenzungskante, rief immer wieder Gerrits Namen, während sie weiterlief. Endlich blieb er stehen und drehte sich um. Sie flog auf ihn zu, prallte gegen ihn, schwankte, fühlte seine Arme um ihren Oberkörper.

»Sie ist in Sicherheit. Alles okay«, stieß sie nach Luft ringend aus.

»Gott sei Dank«, murmelte Gerrit in ihr Haar. »Das ist gut. Das ist sehr gut.«

Er sollte sie jetzt loslassen, aber er konnte nicht. Das hier fühlte sich so gut an, so richtig. Natalie verströmte Wärme, war gleichzeitig weich und doch intensiv zu spüren. Einen Augenblick noch, nur noch einen …

»Gerrit«, murmelte sie. Er glaubte seinen Ohren nicht zu trauen, aber sie wiederholte wieder seinen Namen, schluchzte. Und schmiegte sich eng an ihn, strich ihm mit der Hand über den Rücken. Grundgütiger!

Jetzt war ihm egal, ob er sich zum Narren machte. Sein wahnsinniges Herzklopfen ignorierend, strich er ihr übers Haar und flüsterte ihren Namen. Als Antwort schmiegte sie sich noch enger an ihn. »Das hätten wir schon verdammt viel früher haben können«, hörte er sie flüstern.

Der Lärm in seinem Kopf, in seinen Ohren, seinem Körper wurde schlagartig lauter, nahm überhand.

Erst allmählich sickerte in sein Gehirn, welches Geräusch er hörte. Von hinten, von rechts, von links! Ein ohrenbetäubendes Hupkonzert. Widerstrebend löste er sich von Natalie und schaute sich um. Mehrere Autofahrer grinsten ihn an. Der Typ direkt hinter ihm deutete Beifall an und wies mit der Hand energisch nach vorne: Der Stau hatte sich aufgelöst. Der Verkehr rollte an.

Fast drei Stunden später – im Zug

Felder und Wiesen glitten vorüber, ohne dass Hannah realisierte, wo sie sich befand. Ein Bachlauf glitzerte in den Strahlen der tiefstehenden Sonne.

Die Polizistin ihr gegenüber lächelte freundlich. »In zwanzig Minuten sind wir in Münster. Trifft sich doch gut, dass wir denselben Weg haben.«

Hannah nickte. Die junge Frau mit dem blonden Pferdeschwanz hieß Isabell, ihren Hausnamen hatte sie vergessen.

»Sie sehen ziemlich blass aus, Frau Schmielink. Alles okay?«

»Geht schon«, sagte Hannah mit Blick auf ihre Hände. »Die Verbände finde ich ein bisschen übertrieben. Sind ja nur Abschürfungen. Morgen werde ich wohl von dem Sturz blaue Flecken haben. Aber das wird alles wieder.«

Isabell nickte und schwieg wieder. Hannah wusste es zu schätzen. Die junge Polizistin hatte Hannah am Fuß des Waldhügels beherzt im Streifenwagen in Sicherheit gebracht und war in den folgenden Stunden auf Gerrits Anweisung hin nicht von ihrer Seite gewichen.

Noch während sie in der Ambulanz des Mathias-Spitals auf ärztliche Versorgung warteten, kam die Mitteilung, dass sich Marvins Mörderin vor ihrer Wohnung widerstandslos hatte festnehmen lassen. Bisher schwieg Paula hartnäckig. Gerrit war allerdings zuversichtlich, sie mit Hilfe von Hannahs und Jonathans Aussagen überführen zu können, obwohl die Tatwaffe noch nicht gefunden worden war.

Überhaupt war Gerrit plötzlich die Ruhe selbst. Aller Stress schien von ihm abgefallen zu sein. Sowohl Natalie als auch er lehnten kategorisch Hannahs Idee ab, nach den aufwühlenden Ereignissen selbst nach Münster fahren zu wollen. So war die Zugfahrt mit Isabell ins Spiel gekommen. Gerrit würde Hannahs Wagen zurückbringen und sie über den Stand der Ermittlung informieren.

Die Rückseite einer Reihe von Einfamilienhäusern tauchte auf: Terrassen, Rasenflächen, Liegestühle, Schuppen, Holzstapel, Spielgeräte in knalligen Farben und überdimensionale Planschbecken zogen vor dem Fenster vorbei. Ob den Bewohnern bewusst war, dass sie tagtäglich Hunderten oder gar Tausenden von Reisenden Einblick hinter ihre Fassade gewährten?

Ein Krimi, den sie kürzlich gelesen hatte, fiel Hannah ein. Eine junge Pendlerin hatte vom Zug aus ein Paar in einem Londoner Vorort ausspioniert. Nichts blieb ihr verborgen … bis sie eines Tages glaubte, Zeugin eines Mordes geworden zu sein.

Das veränderte Fahrgeräusch ließ Hannah aufmerken. Der überfüllte Zug verlor zusehends an Tempo. Sie hielten an einem schmucken Bahnhof, wo ein Teil der Reisenden den Waggon verließ. Andere stiegen zu, besetzten die gerade frei gewordenen Plätze, klappten hastig Notsitze herab oder blieben mit gleichmütiger Miene in der Nähe der Haltestangen stehen.

Hannahs Gedanken kreisten um Paula. Hinter ihre Fassade hatte niemand geblickt. Mit enormer Akribie hatte sie von sich das Bild der überaus engagierten Lehrerin entworfen. Hatte sie die Nähe zu den Schülern gesucht, um die Leere in ihrem Privatleben und ihre Isolation im Kollegium zu überspielen? Deswegen die Klassenfeten in ihrer Wohnung, das vertrauliche Sich-Duzen-Lassen durch die Schüler, schließlich die intime Beziehung zu einem von ihnen?

Wenn Marvin ausgepackt hätte, dass Paula die Fehlstunden-Auflistung zu seinen Gunsten manipuliert hatte, wäre ihre mühsam errichtete Fassade mit einem Schlag zerborsten. War sie deswegen zur Mörderin geworden?

Die aufkommende Unruhe im Waggon kündigte die Endstation an. Wie alle anderen Fahrgäste stiegen Hannah und ihre Begleiterin aus.

Der Neubau des Münsteraner Bahnhofs lag schon eine Weile zurück, aber die lichtdurchflutete Eingangshalle war Hannah immer noch fremd. Wie in Trance bewegte sie sich im unablässigen Strom der Pendler und Reisenden an den verlockend drapierten Auslagen von Backwaren, Snacks und Fischbrötchen vorbei und schaute sich suchend um: wechselnde Leuchtreklamen, Schlangen vor den Fahrkartenautomaten, das Reisezentrum, die Buchhandlung – nur von Jan keine Spur.

Beim Hinausgehen registrierte sie über dem Ausgang die Anzeigentafel mit den Busverbindungen: Abfahrt nach Gievenbeck in 17 Minuten. Gut zu wissen…

Draußen hielt sie ohne nachzudenken auf die Spitze des gläsernen Dreiecks der Radstation auf dem Vorplatz zu.

»Was nun?« Isabells Blick ging zur Bahnhofsuhr. Vermutlich verpasste sie gerade den Anschluss nach Ostbevern und fürchtete um ihren wohlverdienten Feierabend.

Sie sah Jan erst, als er nur noch wenige Schritte entfernt war. Mit besorgter Miene kam er mit großen Schritten auf sie zu, umarmte sie heftig und murmelte ihren Namen. Dann ließ er sie abrupt los, starrte auf ihre bandagierten Hände und sagte leise: »Bist du okay – einigermaßen, meine ich?«

Sie nickte stumm. Die junge Polizistin verabschiedete sich – offensichtlich erleichtert, ihren Auftrag erfolgreich erledigt zu haben.

»Alle Parkhäuser in der Nähe waren besetzt«, erklärte Jan hastig. »Musste eine ganze Weile herumkurven, bis an der Stubengasse etwas frei wurde. Gut, dass du dich an unseren Treffpunkt hier erinnert hast.«

»Habe ich«, sagte Hannah abwesend.

»Lasse habe ich kurzerhand zu Christine gebracht. Ich wusste ja nicht, wie es dir geht. Schien mir nicht so passend, ihn mitzubringen. Wir können ihn nachher wieder abholen, wenn du willst.«

Sie wusste nicht, ob sie das wollte. Am liebsten wollte sie gar nichts. Auf keinen Fall irgendwelche Entscheidungen treffen.

»Sollen wir?« Jan zeigte auf die Fußgängerampel in Richtung Innenstadt. Schweigend setzte sie sich in Bewegung. Er hakte sie unter.

Wie hinter einem Schleier nahm sie vorbeifahrende Autos wahr, die elegante Villa mit dem Lackmuseum, die Promenade, die massige Backstein-Fassade der Raphaelsklinik. Jan lenkte sie wortlos um Fußgänger und Radfahrer herum. Gesprächsfetzen von Passanten drangen an ihre Ohren, aber sie verstand nichts. Hatte Jan gerade etwas gesagt? Sie versuchte, sich zu konzentrieren.

»Hannah«, wiederholte er sanft. »Wollen wir uns dort drüben kurz hinsetzen?« Er zeigte auf den kleinen Park im Schatten der barocken Clemenskirche.

Warum liefen ihr eigentlich Tränen über die Wangen? Sie wollte sie fortwischen, aber ihr Arm gehorchte ihr nicht.

Folgsam ließ sie sich von Jan zu einer der Bänke geleiten und setzte sich. Er rückte nah an sie heran und legte den Arm um sie. Die Tränen liefen fortwährend, wollten nicht aufhören. Das Schluchzen kam von ganz tief drinnen.

Als sie die Augen öffnete, sah sie vor sich die voluminöse Edelstahlkugel, die sich grün-golden schimmernd auf einem hauchdünnen Wasserstrahl drehte. Ein kleiner Junge stand staunend davor und beobachtete das Wunder mit verzücktem Lächeln.

Nur hier sitzen und schauen … sonst nichts …

»Besser?«

Sie nickte.

Die Worte kamen schließlich von ganz allein: die schrecklichen Minuten auf dem Waldhügel, die allmähliche Erkenntnis, wer Marvin ermordet hatte, der Brocken, der auf sie zuflog, ihre atemlose Flucht, Paula am Rand der Wiese, der rettende Polizeiwagen …

Sie wischte die Tränen aus den Augen. »Ich kann einfach nicht begreifen, warum ich sie nicht einen Moment lang verdächtigt habe.«

»Vielleicht weil du zu nah an ihr dran warst.« Jan hielt ihr ein Taschentuch hin.

Dankbar nahm sie es und schniefte hinein. »Wie meinst du das?«

»Du warst mit ihr Kaffee trinken, hast dich von ihr duzen lassen und Dinge aus ihrem Privatleben gewusst.«

»Sie war mir als Einzige von Anfang an sympathisch. Ich habe mich regelrecht von ihr einwickeln lassen und mir ihr Insider-Wissen über Schüler und Lehrer zunutze gemacht. Das hätte alles nicht sein dürfen.« Sie lachte kurz auf. »Vorhin im Zug habe ich überlegt, ob sie zur Mörderin geworden ist, weil sie zu wenig professionelle Distanz zu ihren Schülern hatte. Anscheinend muss ich mir dasselbe vorwerfen.«

»Mit dem Unterschied, dass du nicht zur Täterin, sondern beinahe zum Opfer geworden wärst.«

Hannah schluckte. »Sie wollte mich töten«, sagte sie leise.

Jans Griff um ihre Schulter wurde fester. Er flüsterte: »Sag nicht so etwas.«

»Doch, ich muss das. Ich habe es so gut es ging verdrängt, bis du bei mir warst. Konnte mir nicht eingestehen, wie knapp es war.«

Der Kloß im Hals war gewaltig. Nicht schon wieder Tränen!

Der kleine Junge verspritzte mittlerweile Wasser in alle Richtungen des kleinen Parks. Auch Hannahs Hosenbeine hatten schon etwas abbekommen. Die Mutter saß ihnen gegenüber auf einer Bank und tippte ungerührt auf ihrem Handy.

»Vielleicht hast du dich so intensiv in den Fall gestürzt, um meiner schlechten Laune zu entgehen«, sagte Jan unvermittelt.

»Wenn du das so sagst«, erwiderte Hannah mit der Andeutung eines Lächelns und richtete sich auf. »Überhaupt: Jetzt will ich aber endlich wissen, wohin du den ganzen Vormittag verschwunden warst.«

»Längere Geschichte.« Jan rückte ein wenig von ihr ab

und starrte vor sich hin. »Zuerst habe ich Lasse nach dem Frühstück ganz normal zur Kita gebracht und war auf dem Weg zum Präsidium. Unterwegs habe ich plötzlich gemerkt, dass es nicht ging.« Seine Hände strichen fahrig über die Oberschenkel. »Am Wochenende habe ich alles ziemlich gut verdrängen können, aber heute Morgen konnte ich da nicht hin.«

»Wegen Gerrit?«

»Gerrits Versetzung war nur der Auslöser – das habe ich nun endlich kapiert. Es hat schon viel länger in mir rumort. – Bin dann erst mal ziellos in der Gegend herumgefahren. Dachte ich jedenfalls.«

»Aber?«

»Irgendwann wurde mir klar, dass ich auf dem Weg zum Stausee war. Zu der kleinen Bucht.« Er räusperte sich. »Um kurz vor neun bin ich angekommen. Der Kiosk hatte noch geschlossen, aber der Mann, der sich um die Boote kümmert, war schon da. Er hat mich ziemlich skeptisch gemustert, als ich eins von den Ruderbooten mieten wollte. Ob ich auf jeden Fall zurückkommen würde, wollte er wissen. Ich schätze, er hielt mich für lebensmüde.«

Hannah fröstelte bei seinen Worten.

»Ich habe ihm mein Ehrenwort gegeben und bin auf den See raus. Die Stimmung war total anders als am Freitag: wabernder Nebel, so dick, dass man kaum die Hand vor Augen sehen konnte. Habe mich übers Wasser treiben lassen, den Vögeln gelauscht… einfach so … bis die Schwaden sich lichteten. Hört sich kitschig an, aber plötzlich war mir klar: So kannst du nicht weitermachen. Du musst etwas in deinem Leben ändern.«

Mit angehaltenem Atem hörte Hannah zu. Noch konnte sie sich nicht vorstellen, worauf er hinauswollte.

»Auf dem Rückweg sah ich ein Hinweisschild nach Olfen. Waren nur ein paar Kilometer Umweg. Da bin ich spontan bei Paul vorbeigefahren. Er war gerade von der Nachtschicht zurück und hat mich zum zweiten Frühstück eingeladen. Ich habe ihm alles erzählt, was mir auf der Seele liegt. Wenn einer Verständnis hat, dann er. Er war ja auch schon mal kurz davor, die Brocken hinzuwerfen.«

»Du willst kein Polizist mehr sein?«

»So drastisch wird es wohl nicht sein. Paul ist ja auch noch dabei, macht seine Präventionsarbeit mit den Kids in Olfen, leitet dazu sogar Fortbildungen für Kollegen anderer Dienststellen.«

»Du willst Basketball spielen mit Jugendlichen?«

Jan lächelte. »Das nicht gerade. Aber die Idee, meine Erfahrungen weiterzugeben, finde ich reizvoll. Vielleicht ein Lehrauftrag an der Fachhochschule der Polizei. So was in der Richtung. Die suchen immer wieder mal Leute. Bei der Kripo würde ich dann kürzertreten.«

»Hört sich spannend an!«, sagte Hannah spontan.

»Wir würden vermutlich weniger Geld haben«, gab Jan zu bedenken.

»Damit kommen wir klar. Mach was Neues! Das ist in deinem Alter genau das Richtige. Wird dir jeder Psychologe bestätigen.«

Jan grinste verschmitzt. »Es reicht mir, wenn mir das eine Einzige sagt.«

»Vielleicht hast du dann Zeit, Lasse das Fußballspielen beizubringen.«

»Als Trainer? Warum nicht?«

Ein energischer Ruf der Mutter des kleinen Jungen: »Wir müssen los!«

Keine Reaktion von ihrem Sprössling.

»Marvin, komm jetzt! Wir verpassen sonst den Bus.«

Der Name ließ Hannah zusammenzucken, Jan anscheinend auch.

»Versprichst du mir etwas, Hannah?« Seine Miene war ernst.

»Was denn?«

»Übernimm nie wieder einen Fall, in dem gleichzeitig die Polizei ermittelt.«

Entgeistert sah sie ihn an.

»Hannah, ich brauche dich. Lasse auch. Ich schaffe es nicht ohne dich.« Er küsste sie auf die Stirn. »Bitte.«

Tausend Einwände fielen ihr ein. Als damals Annes Nachbarmädchen verschwand, war sie auf einem rein privaten Besuch bei ihrer Freundin gewesen. Wie hätte sie wissen können, worauf sie sich einließ? Und bei ihrem letzten Fall als Gutachterin hatte sie nicht ahnen können…

»In Ordnung«, sagte sie leise. »Keine Kriminalfälle mehr. Ich verspreche es.«

Ein tiefer Seufzer von Jan.

Hannah fühlte sich mit einem Mal energiegeladen wie lange nicht mehr. Sie stand auf und reichte ihm die Hand: »Wollen wir los?«

Anmerkungen:

Wie immer sind sämtliche Figuren in diesem Krimi frei erfunden und haben mit tatsächlich existierenden Personen nicht das Geringste zu tun. Auch ein »Berufskolleg Dorenkamp« findet man nirgends, nicht einmal in meiner Heimatstadt Rheine. Ich hoffe, dass ich ansonsten keine groben Schnitzer bei der Darstellung der Lokalitäten gemacht habe. Kleine Freiheiten aus dramaturgischen Gründen möge man mir verzeihen.

Es fällt mir dieses Mal schwer, mich auf einen einzigen Ausflugs-Tipp zu beschränken: Haus Welbergen, die Bucht am Halterner See, die Dionysiuskirche in Rheine, die Blaue Lagune auf dem Waldhügel – jeder dieser Orte ist für mein Empfinden einen Besuch wert. Nur zu!

Ich danke für ihre Unterstützung:

Meinen Erstleserinnen Ulla und Bettina, die sich wieder intensiv mit dem Manuskript beschäftigt und allerlei große und kleine Verbesserungen vorgeschlagen haben.

Meiner Kollegin Uschi Steinhoff, die mir auf vielfältige Weise einen besonderen Schauplatz nahegebracht hat: einen holländischen Segler.

Agnes Schulte, die mir jederzeit mit technischem Sachverstand zur Seite steht, wenn mir mein Krimiblog (muensterlandkrimi.wordpress.com) oder meine facebook-Autorenseite (Helga Streffing und ihre Krimis) Probleme machen.

Den Mitarbeitern des Dialogverlags, die mit jedem meiner Krimis einen Schwung zusätzliche Arbeit haben, besonders natürlich Ines Watermann, deren intensive Betreuung meiner Lesungen vielen Veranstaltern Lobeshymnen entlocken.

Meinem Lektor Markus Nolte, der wieder einmal den Rotstift im Manuskript geschwungen hat, um logische Brüche anzumerken und für sprachliche Feinheiten zu sorgen. Ohne ihn geht es nicht!

Den zahlreichen Veranstaltern und Besuchern meiner Lesungen: Ich habe im Laufe der Jahre viele sehenswerte Orte und manches eindrucksvolle Ambiente kennengelernt und vor allem Menschen, die mir in Erinnerung bleiben.

Meinem Ehemann Bernd, der mich klaglos bei Recherchen-Touren und Lesungen begleitet – ob in brütender Hitze, bei klirrender Kälte oder prasselndem Regen. »Ich bin nur der Fahrer«, sagt er manchmal augenzwinkernd ins Publikum, was natürlich eine grandiose Untertreibung ist.

Helga Streffing

Hannah Schmielinks erster Fall

Helga Streffing:

»Tod im Kollegium –
Der erste Münsterland-Krimi
mit Hannah Schmielink«

dialogverlag Münster
ISBN: 978-3-941462-47-2

Das Kollegium des Berufskollegs III versinkt nicht gerade in Trauer, als die junge Lehrerin Daniela Heckert ermordet wird. Weil sie eine Intrigantin war, die auch vor Mobbing nicht zurückschreckte? Weil ihr die Karriere über alles ging? Weil ihr Verhalten in den letzten Wochen sonderbar war? Die Münsteraner Psychologin Hannah Schmielink ist entsetzt, welche Abgründe sich ihr in der Schule auftun. Spielen die rätselhaften Erkrankungen mehrerer Kollegiumsmitglieder eine Rolle? Wusste Daniela Heckert etwas, das sie besser nicht wissen sollte? Kaum lichtet sich das Dunkel ein wenig, da verschwindet plötzlich der so pflichtbewusste Schulleiter ... Hannah kommt nicht nur dem attraktiven Kommissar Jan Heidmeier immer näher, sondern auch dem Täter. Zu nahe!

Hannah Schmielinks zweiter Fall

Helga Streffing:
»Tod im Kloster-Internat –
Der zweite Münsterland-Krimi
mit Hannah Schmielink«
dialogverlag Münster
ISBN: 978-3-941462-59-5

Ein neuer Fall für Hannah Schmielink: Im St.-Anna-Heim, einem von Ordensschwestern geleiteten Internat in der Nähe von Münster, hat sich eine Schülerin das Leben genommen. Die Schulleiterin erhält Drohbriefe, und Schwester Theresia, die Oberin, genießt einen zweifelhaften Ruf. Als eine der Schwestern durch Gift stirbt, übernimmt Hannahs Freund Jan Heidmeier von der Kripo Münster den Fall. Welches Motiv gibt es für den Mord an einer Schwester? Und wer hat Zugang zu Zyankali? Will jemand Rache nehmen am St.-Anna-Heim oder sind persönliche Verstrickungen ausschlaggebend für die Tat gewesen? Ein weiterer Giftanschlag verbreitet Entsetzen und Panik unter den Schülern. Hannah begreift erst sehr spät, dass sich jemand in großer Gefahr befindet …

Hannah Schmielinks dritter Fall

Helga Streffing:

»Tod im Golddorf –
Der dritte Münsterland-Krimi
mit Hannah Schmielink«
dialogverlag Münster
ISBN: 978-3-941462-79-3

Ein idyllisches Golddorf im westlichen Münsterland nahe der holländischen Grenze am Fronleichnamswochenende: Als die 13-jährige Luisa von einer Party im Jugendheim nicht nach Hause kommt, wird Hannah Schmielink, Schulpsychologin aus Münster, in den Fall hineingezogen – eher zufällig. Gemeinsam mit ihrer Freundin Anne, einer Nachbarin der Verschwundenen, stößt sie auf merkwürdige Gestalten: Luisas neue Freunde, von denen ihre Eltern nichts ahnten. Doch was ist an dem Abend im Bürgerpark wirklich passiert? Wem ist sie begegnet? Angst, Misstrauen, Gerüchte, Verdächtigungen: Selbst Hannah kann sich der aufgeheizten Stimmung im Dorf kaum noch entziehen. Nicht nur Außenseiter, auch angesehene Bürger und sogar Luisas Familie haben hinter den glänzenden Fassaden Einiges zu verbergen. Doch nur einer hat ein Geheimnis, von dem Luisa auf keinen Fall erfahren durfte ...

Hannah Schmielinks vierter Fall

Helga Streffing

Pilgerfahrt
in den Tod

Der vierte MÜNSTERLAND-KRIMI
mit Hannah Schmielink

Helga Streffing:

»Pilgerfahrt in den Tod –
Der vierte Münsterland-Krimi
mit Hannah Schmielink«
dialogverlag Münster
ISBN: 978-3-944974-06-4

Hannah Schmielink und ihr Ehemann Jan haben ein außergewöhnliches Ziel für ihre Hochzeitsreise gewählt: eine Pilgerfahrt nach Israel. Nazaret, die Gegend um den See Gennesaret, Betlehem, der Berg Tabor, das Tote Meer und die Altstadt von Jerusalem sind nur einige Stationen ihrer faszinierenden Tour. In wenigen Tagen ist ihnen die bunt zusammengewürfelte Reisegruppe vertraut. Doch Hannah lässt die nächtliche Erinnerung an die schwarze Gestalt in ihrem Hotelzimmer nicht los. Misstrauisch beäugt sie jeden Einzelnen. Ein beinahe fataler Zwischenfall lässt Hannah und Jan glauben, dass ein Gruppenmitglied in tödlicher Gefahr ist. Gibt es einen aktuellen Anlass oder führt die Spur in die Vergangenheit? Und welche Rolle spielt die spannungsgeladene Atmosphäre in Jerusalem? Erst in den engen Gassen wird offenbar, welche Rolle die Einzelnen in dem dramatischen Geschehen spielen. Und wer ein Mordmotiv hat ...

Hannah Schmielinks fünfter Fall

Helga Streffing:
»Tödliche Familien –
Der fünfte Münsterland-Krimi
mit Hannah Schmielink«
dialogverlag Münster
ISBN: 978-3-944974-24-8

Roddy schreit sich die Seele aus dem Leib, als er im Tecklenburger Jugendamt seiner Mutter begegnet. Was hat er in den ersten Monaten seines Lebens alles erleiden müssen? Will die Frau sich wirklich bessern oder macht sie Hannah Schmielink nach Strich und Faden etwas vor? Grund genug hätte sie: Die Schulpsychologin aus Münster muss über Roddys Zukunft entscheiden – nachdem die ursprüngliche Gutachterin ermordet wurde.

Aber auch Roddys Pflegeeltern scheinen einiges zu verbergen. Setzen Frank und Britta Doppheide auf das Pflegegeld für den Kleinen, um ihren maroden Milchviehbetrieb über Wasser zu halten? Was wusste das Mordopfer? Und welche Rolle spielt die Altbäuerin ...?

Hannah Schmielinks siebter Fall

Helga Streffing:

»Tod im Nachbarhaus –
Der siebte Münsterland-Krimi
mit Hannah Schmielink«
dialogverlag Münster
ISBN 978-3-944974-51-4

Gescher, ein Städtchen im westlichen Münsterland zu Beginn der Adventszeit: Scheinbar friedlich liegt die Sonnenstraße da, als Hannah Schmielink, Schulpsychologin aus Münster, dort eintrifft. Sie will sich um ihre Mutter kümmern, die nach einem Sturz im Krankenhaus von Stadtlohn liegt. Was Hannah noch nicht weiß: Eine Nachbarin im Haus gegenüber ist unter ungeklärten Umständen ums Leben gekommen. Sogar von Mord ist die Rede.

Hannahs Ehemann Jan und seine Kollegen von der Kripo Münster glauben an ein Familiendrama, dessen Ursachen weit in die Vergangenheit hineinreichen. Auch Hannah ist darin verstrickt. Noch dazu scheinen andere Mitglieder der Nachbarschaft ebenfalls Geheimnisse zu hüten, die unter keinen Umständen ans Licht kommen sollen. Als ein Anwohner der Sonnenstraße unter mysteriösen Umständen verschwindet, spitzt sich die Lage zu …